锐眼撷花
文丛

野莽 —— 主编

青云衣

叶梅 著

中国言实出版社

图书在版编目（CIP）数据

青云衣 / 叶梅著 . -- 北京：中国言实出版社，
2020.9
（"锐眼撷花"文丛 / 野莽主编）
ISBN 978-7-5171-3530-2

Ⅰ . ①青… Ⅱ . ①叶… Ⅲ . ①中篇小说—小说集—中
国—当代 Ⅳ . ① I247.5

中国版本图书馆 CIP 数据核字（2020）第 145609 号

出 版 人　王昕朋
责任编辑　崔文婷
责任校对　史会美

出版发行　**中国言实出版社**
　　　　地　址：北京市朝阳区北苑路 180 号加利大厦 5 号楼 105 室
　　　　邮　编：100101
　　　　编辑部：北京市海淀区花园路 6 号院 B 座 6 层
　　　　邮　编：100088
　　　　电　话：64924853（总编室）　64924716（发行部）
　　　　网　址：www.zgyscbs.cn
　　　　E-mail：zgyscbs@263.net

经　销　新华书店
印　刷　北京中科印刷有限公司
版　次　2021 年 1 月第 1 版　　2021 年 1 月第 1 次印刷
规　格　880 毫米 ×1230 毫米　1/32　10.5 印张
字　数　210 千字
定　价　42.80 元　　ISBN 978-7-5171-3530-2

山花为什么这样红

在花开的日子用短句送别一株远方的落花，这是诗人吟于三月的葬花词，因这株落花最初是诗人和诗评家。小说家不这样，小说家要用他生前所钟爱的方式让他继续生在生前。我从很多的送别文章里也像他撷花一样，每辑选出十位情深的作者，将他生前一粒一粒摩挲过的文字结集成一套书，以此来作别样的纪念。

这套书的名字叫"锐眼撷花"，"锐"是何锐，"花"是《山花》。如陆游说，开在驿外断桥边的这株花儿多年来寂寞无主，上世纪末的一个风雨黄昏是经了他的全新改版，方才蜚声海内，原因乃在他用好的眼力，将好的作家的好的作品不断引进这本一天天变好的文学期刊。

回溯多年前，他正半夜三更催着我们写个好稿子的时候，我曾写过一次对他的印象，当时是好笑的，不料多年后却把一位名叫陈绍陟的资深牙医读得哭了。这位牙医自然也是余华式的诗人和作家：

"野莽所写的这人前天躺到了冰冷的水晶棺材里，一会儿就要火化了……在这个时候，我读到这些文字，这的确就是他，这些故事让人忍不住发笑，也忍不住落泪……阿弥陀佛！""他把荣誉和骄傲都给了别人，把沉默给了自己，乐此不疲。他走了，人们发现他是那么的不容易，那么的有趣，那么的可爱。"

水晶棺材是牙医兼诗人为他镶嵌的童话。他的学生谢挺则用了纪实体："一位殡仪工人扛来一副亮锃锃的不锈钢担架，我们四人将何老师的遗体抬上担架，抬出重症监护室，抬进电梯，抬上殡仪车。"另一名学生李晁接着叙述："没想到，最后抬何老师一程的是寂荡老师、谢挺老师和我。谢老师说，这是缘。"

我想起八十三年前的上海，抬着鲁迅的棺材去往万国公墓的胡风、巴金、聂绀弩和萧军们。

他当然不是鲁迅，当今之世，谁又是呢？然而他们一定有着何其相似乃尔的珍稀的品质，诸如奉献与牺牲，还有冰冷的外壳里面那一腔烈火般疯狂的热情。同样地，抬棺者一定也有着胡风们的忠诚。

一方高原、边塞、以阳光缺少为域名、当年李白被流放而未达的，历史上曾经有个叫夜郎国的僻壤，一位只会编稿的老爷子驾鹤西去，悲恸者虽不比追随演艺明星的亿万粉丝更多，但一个足以顶一万个。如此换算下来，这在全民娱乐时代已是传奇。

这人一生不知何为娱乐，也未曾有过娱乐，抑或说他的娱乐是不舍昼夜地用含糊不清的男低音催促着被他看上的作家给他写稿子，写好稿子。催来了好稿子反复品咂，逢人就夸，凌晨便凌晨，半夜便半夜，随后迫不及待地编发进他执掌的新刊。

这个世界原来还有这等可乐的事。在没有网络之前，在有了文学之后，书籍和期刊不知何时已成为写作者们的驿站，这群人暗怀托孤的悲壮，将灵魂寄存于此，让肉身继续旅行。而他为自己私订的终身，正是断桥边永远寂寞的驿站长。

他有着别人所无的招魂术，点将台前所向披靡，被他盯上并登记在册者，几乎不会成为漏网之鱼。他真有一双锐眼，撷的也真是一朵朵好花，这些花儿甫一绽放，转眼便被选载，被收录，被上榜，被佳评，被奖赏，被改编成电影和电视，被译成多种文字传播于全世界。

人问文坛何为名编，明白人想一想会如此回答，所谓名编者，往往不会在有名的期刊和出版社里倚重门面坐享其成，而会仗着一己之力，使原本无名的社刊变得赫赫有名，让人闻香下马并给他而不给别人留下一件件优秀的作品。

时下文坛，这样的角色舍何锐其谁？

人又思量着，假使这位撷花使者年少时没有从四川天府去往贵州偏隅，却来到得天独厚的皇城根下，在这悠长的半个世纪里，他已浸淫出一座怎样的花园。

在重要的日子里纪念作家和诗人，常常会忘了背后一些使其成为作家和诗人的人。说是作嫁的裁缝，其实也像拉船的纤夫，他们时而在前拖拽着，时而在后推搡着，文学的船队就这样在逆水的河滩上艰难行进，把他们累得狼狈不堪。

没有这号人物的献身，多少只小船会搁浅在它们本没打算留在的滩头。

我想起有一年的秋天，这人从北京的王府井书店抱了一摞西书出来，和我进一家店里吃有脸的鲽鱼，还喝他从贵州带来的茅台酒。因他比我年长十岁，我就喝了酒说，我从鲁迅那里知道，诗人死了上帝要请去吃糖果，你若是到了那一天，我将为你编一套书。

此前我为他出版过一套"黄果树"丛书，名出支持《山花》的集团；一套"走遍中国"丛书，源于《山花》开创的栏目。他笑着看我，相信了我不是玩笑。他的笑没有声音，只把双唇向两边拉开，让人看出一种宽阔的幸福。

现在，我和我的朋友们正在履行着这件重大的事，我们以这种方式纪念一位倒下的先驱，同时也鼓舞一批身后的来者。唯愿我们在梦中还能听到那个低沉而短促的声音，它以夜半三更的电话铃声唤醒我们，天亮了再写个好稿子。

兴许他们一生没有太多的著作，他们的著作著在我们的著作中，他们为文学所做的奉献，不是每一个写作者都愿做和能做到的。

有良心的写作者大抵会同意我的说法，而文学首先得有良心。

野莽

2019 年 9 月

目录

黑蓼竹

一

吴先生的家乡是一只咚咚喹。

黑得发亮的蓼竹做成三寸长的咚咚喹，实际就是短而小巧的竹箫。不过吴先生家乡的人都习惯叫咚咚喹，小指肚大小五个椭圆的眼儿。吴先生家乡的音乐一般只有五个音阶，宫、商、角、徵、羽，但并不少缠绵和曲折，似乎少的只是半音的矫情过渡，蜿蜒之中已明确指向了顶端，吁吁地不屈不挠地爬了去，又如泻了下来。

便有许多明朗或朦胧的图画。

吴先生离了家乡有四十多年。走的时候在一个白雾茫茫的冬日。吴先生的家乡时常泛起如云如海浪的白雾，层层叠叠地包裹了山、包裹了路，还有人。送行的人跟在吴先生身后三五步之远，只听见草鞋在砂泥路上磨出响亮的声音，看不清人脸，更看不清平常所见满山的翠绿和活的兔儿、野鸡之类。一片无垠的白茫茫使吴先生在冬日的清晨打了个冷嗦。他凄凄惶惶地站住了脚，很小声地嘟囔了一句：

"不走了。"

脚步声在飘浮的前方遥遥停下来，送行的两条汉子恭顺地无关紧要地等着他。吴先生那时才十八岁，严格说是虚岁十八。行前，妈替他扣紧颏下的枇杷扣，泪眼婆娑，不停地抬手擦。妈说你放心地去，我这是风眼，你还不知道？妈确实害眼病，曾经很明媚的一双眼睛不停地往外渗出泪水，洗出一圈红边。妈说男人家的世界是在外面。这话自然是有出处的。所以吴先生虚岁十八的那年决计参加青年救国军，很果敢地去闯一回世界，替自己替妈争一口气回来。

如果在那个白雾迷茫的清晨，吴先生突然改变主张，很难说以后是一些什么样的情景。虽然依照一般的惯例可以做出通常的想象，但人生的许多偶然性肯定无法排除。不可改变的只属于已经发生的事情。那天接下来的情形是大雾越来越浓，一团团像煮开的水无声地咆哮着翻滚，从远远的渺茫地方向吴先生脚下涌来，白得甚至暧昧，厚厚实实地充满了让人踩踏的诱惑。吴先生那时手提小藤箱，脑子里纷纭复杂又一片空白地站在山顶的小路上，一种无所依傍的恐惧像渐渐涨大的雾笼罩了心的全部。

他就那样傻呆呆地站着。

送行的汉子催没催过已记不得了。也不知过了多久，就在浓重的混沌之中，一只鸟儿叫了起来。那肯定是一只羽毛华丽的鸟儿，浑身墨绿如锦缎发亮，头顶却有一点血红。它高高地伫立在云松的顶端，向天空扬起了脖子。这时它头顶的血红便像一只金色的王冠，它就那样从容地歌唱起来了。起初是长长的上下流动的鸣叫，像是一个试探的序言，在稍事停顿之后，便清脆地响起金属般的叩击。鸟儿的利喙啄打着四周沉沉的云海，开始敲出一条弯曲的缝隙，光亮便一丝丝一缕缕透了出来，汹涌的白雾也像是受到某种暗示，缓缓平息了躁动。鸟儿经过一阵急风暴雨的倾诉，酣畅地长鸣，声音穿透云雾，向杳杳远方流去……万籁俱寂。

接着不可思议地响起一个女孩儿银铃般的笑声，叮当地摇开云雾，就闪现在吴先生面前。后来的几十年里，吴先生无数次回想起那一刹那的情形，记忆像一个拙劣的摄像机模糊了若干画面，脑子里只留下白雾中突然冒出的红衫子女孩儿，脸的轮廓在云里沉浮，清晰的是黑发上一层碎玉般晶莹的露珠，密密地闪耀着，非常的清丽。珠帘下女孩儿一双乌亮的眼睛，骨碌碌转动着，友善而好奇，眼睛的一边有块拇指大的紫斑。

女孩儿背着装满青草的竹篓，带着奔跑后的喘息，往身后："喔——嗬嗬——"

山也这样回答："喔——嗬嗬——"

鸟儿又悠扬地叫了起来，却是越来越近了。一双赤脚踩破雾霭，显出一个眉清目秀的少年，握一管短箫在唇边，那鸟儿的余音尚存。

"你是谁呢？"

"你是谁？"

"你往哪儿去呢？"

"你往哪儿去？"

似乎记得当时是这样互相问过的，但不清楚谁先发问。很明显是见过面的，方圆十里的板桥乡，总是会有见面的机会。后来吴先生就问了：

"鸟儿是你叫的？"

"那不是鸟儿，是咚咚喹。"少年扬起短箫说。

吴先生就在四十年前的冬日带走了咚咚喹。他不知道自己怎么会在两个陌生的少年男女走开的当儿，突然张口叫住了他们，竟向他们索要那根咚咚喹。少年明显地不情愿，在薄雾中扭转开身子，将惊异和不屑"哼"的一声吐出来。吴先生以自己都难解的固执重复要求，并打开藤箱，准备拿出几块银圆。银圆其实来之不易，妈在板桥乡受到十分的敬重，是因为她坚贞地守着活寡，一步也不迈出吴家的大门，爹在吴先生尚于襁褓之中时告别家人，考入黄埔军校从此没再回来。爹忙着天下的大事，对老家的婚姻也不甚满意，只是不定时地辗转寄回些钱来，让吴先生母子维持度日。妈将银圆锁在暗柜里，夜深人静之时常拿出来一遍遍清数，吴先生童年的梦中总是闪动着母亲在灯下孤零零的身影。吴先生深知银圆的贵重，但他还是忘乎所以地拿了出来，要换取那根短小的竹管。

少年显然是极大地愤怒了，一言不发地直视着吴先生，肩膀一耸一耸像跳动的火山。这时，久久沉默在一边的红衣女孩儿出人意料地说："给他吧，田佬。"

"给他吧，田佬。"女孩儿又一次说。

于是，那只乌黑发亮的咚咚喹就随了吴先生。在以后的时日里，吴先生给竹箫的两端打上了铜箍，细细地闪烁着沉甸甸的光泽，音色随着人慢慢地成熟。这当然经历了一个漫长的过程。吴先生从台北的夜市上精心挑选了一个小巧的丝袋，将咚咚喹佩带在腰间，仿佛一把短剑的模样，伴着吴先生始终若有所思的脚步轻轻地晃动。

家乡。

吴先生揣摩了四十多年。

二

竹女和田佬从薄雾笼罩的垭口走到坪坝上时，做梦也不曾想到这样一个平常的早晨，会给他们一生的命运带来不可估量的深远影响。在当时，他们实在只有年轻鲜活的心，很轻易地发怒、悲哀，又很轻易地快乐起来。

走下山头的路上，太阳已有力地刺破了雾障，树叶上跳动着朝阳金色的光斑，滴溜溜像一串珠子。竹女用最大的耐心开导和劝慰田佬，竹女说，一支咚咚喹算得什么呢？让我爹再做一支给你就是了。竹女的爹是远近闻名的篾匠，能做各种精细的竹器，也常做笛子和箫，送给远近的人。田佬看竹女殷殷的笑容，脸上的阴郁也就化去大半，但心中总有一团莫名的伤感，使他在那样一个云开日出的早晨只能勉强地笑着。红衫子在前面蹦蹦跳跳，竹女回眸一笑说，你还不高兴吗？我给你吼句山歌子。吴先生的家乡都把唱歌说成吼歌，自然有一种山里人的直率。

当下竹女便唱了《龙船调》，那是一支很多人都唱过的歌。一个年轻的妹子走到一条河边，问哪个来背我？河边的柳树丛中应声答道：我就来背你嘛！很撩拨情绪的一支歌，从很久很久以前传下来，一直唱到以后的年月。当然这地方还有许多其他的歌，在这块巴山、武陵山脉和秦岭交界汇合之处，纠集成一股具有野性的歌舞之风，从屈原的《九歌》《天问》到民间的竹枝词，充满了神奇怪异。虽然板桥乡篾匠的女儿竹女可以说与屈原毫不相干，但她也会唱很多歌。她这时充满女儿态，想使从小一块儿长大的伙伴高兴起来，于是她唱道：

> 正月里是新年咿哟也。
>
> 妹娃去拜年啦哟喂。
>
> 金啦银儿索，
>
> 银啦金儿索，
>
> 阳雀叫嘛催那鹦啦哥，
>
> 催那鹦啦哥。
>
> （白）妹娃要过河，

哪个来背我？

——我就来背你嘛！

艄公你把舵扳啦，

妹娃你请上船。

喂子哟，喂子哟。

把妹娃背过河哟嗬喂……

　　吴先生的家乡兴吼山歌。劳作或赶路或约会，男男女女隔山搭岭放开喉咙对歌，不加掩饰地唱出一段段风情，似乎有着山外人不可比拟的开化。而且还有许多时候，说话不方便或不长于表达，也就干脆豪迈地吼出山歌来，代替了语言。这也是吴先生家乡的一种交流方式。因此，在那样幽静的山野小径上，竹女和田佬突发奇想地唱起了《龙船调》，一点也不奇怪。竹女唱得很卖力，这使她稚嫩的鼻尖渗出些汗，脸也微微发红。田佬在竹女投入的歌声里感动，十六岁的田佬很穷但很有志气，这是板桥乡的老者们公认的，田家的子孙就是具有不同凡响的傲骨，他那时就含着些愧疚地想，不就是一支咚咚喹吗？你怎么小气成这样？

　　于是田佬也真正地快活起来。

　　他就大声雄壮地吼道："我就来背你嘛——！"于是两人情绪高涨地继续吼山歌，从高高山上一树槐唱到妹妹下河洗衣裳。很嘹亮很悠扬地唱到太阳中天。

　　后来很多年里，田佬常回想起这天毫无前奏的对唱，打那以后似乎再也没有唱过那么好听的歌。那明明是一个严寒的冬日，但记忆中雾散了，风也不吹了，满山遍野温馨的阳光，春天般地可人。竹女婉转清脆的声音缭绕了许多年的光阴。

唱歌的地方叫板壁岩。一座很陡峭的山，明晃晃直立的岩壁，门板一样遮挡了板桥人的目光。吴先生就是从这匹山上走出去的。

四十年后，田佬在唱歌的地方碰到穿绿制服的乡邮员。那时有了毛公路，二十多岁的乡邮员苦着脸骑一辆黄泥缠身的单车，硕大的邮包像一个陌生人被动地跟在乡邮员身后。毛路上的石子砸得不够标准，一个个起码有桃核大，乡邮员骑得东倒西歪，骂骂咧咧。

田佬平静地看着乡邮员和他的邮包经过。田佬不知道就在那天的邮包里，躺着远在台北的吴先生寄来的一封书信，信封是淡蓝色的，横式的三角封口，比田佬用惯的县文化馆牛皮纸信封大了一圈，毛笔楷书写着吴先生母亲的名字——吴黄氏。

田佬不知道有这样一封信，也不曾想起吴先生这个人。田佬当时刚从县城坐班车回到偏僻的板桥乡来，竹林里有田佬的妻子和儿女。田佬两鬓斑白，早年想要的东西似乎都有了，在板桥乡已经算得一个举足轻重的人物，可田佬不怎么快活。他在县文化馆当了三十多年干部，养出一副瘦瘦的白脸，社会上都叫田老师，他淡漠地答应着，摇荡着空空的衣服，干硬地从人前走过。田佬交际的人很少，除了上班，情愿独坐在小小的宿舍里，一间两扇玻璃窗的 18 平米的屋子，墙上有拙劣的字画和单身男人的体味烟臭，床的上端挂一根咚咚喹。

咚咚喹也是黑蓼竹做成的，三寸长，尾部系了一束红红的穗子，很具舞台气氛，黑亮地贴在雪白的粉墙上，像是一只夸张的眼睛。这只咚咚喹是在四十年前那个冬日以后做的。那天田佬和竹女带着歌唱以后余下的兴奋，踊跃地冲下山去，见竹女的爹就在冬日的阳光烘照下，眯着眼睛做篾货。篾匠身边堆着长长的青竹，灵秀地卧着，散发出满地的清香。篾匠饶有兴致地剖竹，篾刀像一条活泼的鱼儿，机灵地游过竹的身体，篾匠中指粗大的顶针光芒耀眼。

竹女和田佬跑到篾匠跟前戛然而止。篾匠瞟了瞟竹女汗渍渍的红脸，没有责怪，这在板桥乡也是难得的。女孩儿家吼山歌没什么不可以，但须到一定年龄，而且也不能不分时辰地随意抛洒歌声。倘若有这样的男子女子，一概被称作"晃晃"，近似后来称"二百五"的意思。篾匠对女儿的娇宠超出了一般尺度，女儿所有的行为几乎都被篾匠欣赏和容忍，因此当时虽然时已正午，而灶里冰凉，火坑里也没有一罐热茶，女孩儿应做的事一概搁置着，篾匠也只是满怀慈爱地瞪了竹女一眼。

竹女生气勃勃的双腿疾步向灶屋走去，她想赶快给爹烧把火，先炒出一碗香喷喷的黄豆，炸几个红辣子，让爹喝着酒，再用小火焖洋芋饭，二面黄，一嚼喀嚓喀嚓。走到灶屋门口，竹女突然想起事情，扶住门框转身说道：

"爹，我把那支咚咚喹送人了。"

篾匠浑身一颤。田佬记得，篾匠就是那样如电流通过似的全身痉挛了一下。

"你送谁了？"篾匠问。

"送给吴家那个学生了。他的样子是出远门，硬是要硬是要，我就叫田佬递给他了。"

篾匠盯住竹女，眼神变幻喜怒哀怨，一番番像多变的云。篾匠后来没吃饭，心事重重地喝了杯闷头酒，长声叹道：

"竹女呀竹女！"

三

第一次将嘴唇触到短箫的顶端，怯怯地吁出一口气，竟是极为陌生的"呜——"的一声。吴先生吓了一跳。他往头顶的甲板上方望去，一小块四四方方的天，灰蒙蒙的，身子不能动弹，周围是密密麻麻的人。

十八岁的吴先生，长着端正的鼻梁，干干净净的一张脸，任何粉刺和疵点都没有。吴先生带着山里少年的勤奋朴实，露水一般的朝气从板桥乡进到县城，又从县城下到汉口，从汉口又不断地向南，梦也似的上了这惊心动魄的海船。吴先生逐渐明白了一种恐惧。

恐惧曾在板壁岩那个大雾弥漫的早晨油然而生，那仿佛只是一个提醒。它更像一个深藏讹诈的不速之客，在一个个完全预料不到的时候陡然出现，令人心悸。有在月白风清的夜晚；有在熙熙攘攘的人流之中；有在失意的关口；也有在走运的光景，人生时时与恐惧相伴，这是吴先生四十年后在返回板桥乡的遥遥途中闭目想到的。

那天手提小藤箱走到县城，年轻的心里踌躇满志。县城在滔滔长江岸边，巍峨地盘桓在陡峭的瞿塘峡谷之上。父亲年少时曾在县城念过公学，是受人夸赞的文武双全的才子，吴先生凝视县城青暗的屋脊时，便有了信心。如果不是当晚发生的事情，或许伴随吴先生一生的恐惧就会像刚拱出土的毒虫，在那天就被一脚踹死了。

当然，不能排除第二种设想。

那天吴先生端然走入门庭高大的"军部"，他在心里是这样称呼的，身后具有力量地跟随着送行的两条汉子，这使吴先生很有点人物的气氛，他甚至以为他就这样庄严威风地步入人生了。可走过第一层天井，在第二道门前，两把森严的刺刀拦住了吴先生一行。吴先生掏出父亲朋友的一封举荐信，刺刀犹疑了一下，让进了吴先生，但毫无通融地不准许他的随从再往里走。

吴先生只好自己将两份颇为沉重的负担承受起来，妈细心检点过的铺盖、换洗衣物和书箱。吴先生将负担披挂起来以后，自然不再做得出潇洒从容的样子，腰弓成了一只大虾，双臂像沉甸甸的钟摆，连眉毛都被拉扯歪斜了。吴先生从小没有过田里的劳作，家里八亩稻田课给了乡人，吴先生至多只挑几担井水，泉眼就在屋旁的青石岩下，锅烧热了挑水也来得及。

吴先生步履蹒跚地走进第二层天井，迎面听得一声呵斥："干甚？"吴先生浑身一哆嗦，披挂散了一地。他赶紧掏出那封信，呵斥的人是一个年过四十的军官，接过信草草地看了几眼，随手揉作一团，满脸不耐烦。

"快点快点！"

军官不住地呵斥，没有具体指向。院里和走廊上急躁地走动着一群群人，将一些箱柜或弹药匆忙地挪动，令人眼花缭乱。吴先生被赶进一间挤满了男人的大房，眼前一双双惶惑不安的亮眼珠子，都是四乡来的后生，抓耳挠腮地坐在地上或行李卷上。军官站在门口简短地宣布马上整装，每人只许携带一条被子两件衣服两双鞋，其他杂物一概就地处理，明天一早开拔。

吴先生挤在人堆里清理了自己的物品。妈执意要带上的糯米粉忍痛舍弃，还有一条家织的厚厚床单，土黄底子烂漫的天蓝花纹，粗糙踏实，透着一股子奶香，很叫吴先生不忍，但叠起来有四块方砖大小，怕是累赘，也就只好叹气丢下了。还多出来几双布鞋，厚实梆硬的底子，青布帮，一丝一扣。吴先生将这些东西打作一包，心想明早找个亲戚寄放一下，日后回来再取或托人带回板桥去。

到后半夜，严格讲吴先生还没有入睡，他在许多人的裹夹之中艰难地侧着身子，突然就响起了嘈杂声音。门口一边连串"快点"的催促，屋里乱成了一锅稀饭。天空是漆黑的，兵们在院里烧起了一堆火，藉此光亮行动。吴先生自认为行动是极快的了，但他走出房门时不由惊慌地发现，院子里影影绰绰已排列了队伍，而他已是最后一个。

"你瞧瞧你那副熊样！"有人暴喝道。

火光将吴先生的影子投射到脚下，他看见一个蜗牛的形象，庞大的背压住两条细腿，行走吃力。军官拽住他的背包，胳臂往怀里一抽，吴先生就连人带背包歪倒在地。军官使足劲踢了两脚，庞大的背包哗啦一下散开，砖头似的掉出一本本书来。那人弯腰拾起一本，就着火光翻了翻，扬手扔进了熊熊燃烧的大火。

吴先生那时很年轻，富有弹力的身子奋然跃起，要去抓拿那本唐诗。吴先生扔掉床单和糯米粉，但绝没想到要扔掉那几十本线装书。吴先生憧憬做一个风流儒雅的军人，念过黄埔军校的爹曾多次郑重地来信叮嘱儿子要读书，家存的线装书流传了好几代人。军官眼疾手快，从侧面闪过来，给了奋不顾身的吴先生"啪"的一记耳光。

在吴先生昏沉的记忆里，四周是一片可怖的黑暗。黑暗中隐约响着人的窃笑和叽叽咕咕，却看不清一个完整的模样。吴先生孤零零地趴在地上，大火有滋有味地嚼着一页页古老的纸张。吴先生在步入社会的第一个夜晚，五雷轰顶地目睹古书和理想葬身火海。

就在火堆一尺多远的地方，突兀出现了那支黑色的咚咚喹，鲜红的火焰像是给它油漆了一层生动的颜色，那物件似乎随时能同吴先生一样勇猛地弹跳起来。吴先生那时真切地感到一种前所未有的相知相遇，他伸出手猛地攥了它，心里袭来一阵剧痛。

那是一种火烧火燎的剧痛。在吴先生的家乡，客人来坐的地方叫火坑，火坑如一眼四方的残井，一年四季烘着磨盘大的陈年柴疙兜，没人时用滚烫的火灰掩住，来了人用烧火棍轻轻一拨拉，便噼啪有声地溅出火星，眨眼燃烧起来。火坑上方吊一根梭钩，挂着的铜罐日夜在火苗中熬煎，煨出浓而香的酽茶。吴先生闲坐时，看腾腾的火苗舔那铜罐，一层层要揭了那皮似的，茶汁油油地浸出来，铜罐边沿泛出一圈滋滋有声的碎沫。吴先生后来心里的痛感就是这样一种熬煎的痛感。他那时心也太稚嫩，怎受得了火焰不停地焙烤？他就那样坐在海船的底舱里吹了声箫。

呜的一声着实让吴先生吓了一跳，他羞涩地四处张望，像不小心砸碎了什么东西，但心里奇异地升起一种盈盈的波澜。那是只属于自己的很可靠的成分，一丝丝填进吴先生空落落的仓库里。于是他小心翼翼地低下头，又吹了一声。

接着，又吹了一声。

眼前于是滑出家乡清绿幽凉的山，一条条白绸般晃动的溪水清凉地淌下来，浸润了一滩含浆的小花，淡紫、淡红、淡黄、淡白，在清风中摇曳。这时便有一群群摇头晃尾的白鱼玲珑得数清了小刺，徐徐地游来，在吴先生的小腿上咬啮，分明扯动了细细的汗毛，麻酥酥的痒痒传遍了全身。脚趾同时渗进了河底卵石的凉意，滑溜溜地裹满了青苔。那青苔碧绿地漂动，像女子风中的长发。于是，不能不掬起一捧水，满满地呷进口里，清凉穿过齿缝，柔和地降到心里。

四

篾匠说："我把你许给了吴家。"

那是在四十年前大雾日子的第二天晚上。竹女洗涮了锅碗，利落地关紧猪圈鸡窝，神思慵懒地坐在竹躺椅上，窗外急急地掠过冬日的寒风。篾匠和竹女不会知道，那股风在神秘的夜空里穿行，像一伙蒙了黑布的武林高手，几个时辰之后将穿过巴峡，卷走大堆线装书化作的黑蝴蝶，一片片留在荒凉的峡谷之巅。

四十多年以后，吴先生和田佬对坐在神女酒家的条几前。田佬说："罗篾匠把竹女许给了你。"吴先生脸上毫无表情。吴先生空如无物地凝视着酒家茶邑玻璃外的黛青山峦，老人斑随着嘴的嚅动而牵扯不停。干瘦的田佬及时想到了自己的身份，否则他会抓起条几上的茶盅直直地朝那人砸过去。

田佬那时更是年轻气盛，他想也没想，猛虎下山地撞开罗家精巧的竹门，一脚踢开篾匠做活的竹凳。

"为什么？"他吼道。

"你真想知道吗？"篾匠习惯地眯细了眼睛，怜悯地看着田佬。

"竹女把那只咚咚喹送了人。"篾匠说。

"……咚咚喹？"田佬愕然。

"是的，就是那只咚咚喹。我从前发过愿的，咚咚喹跟谁，竹女就跟谁。"

那不是一根普通的竹子，那是一根黑色的蓼竹，黑得通体没有一丝儿杂色。它在一片翠绿间或谷黄的竹林中像一条昂首翘立的黑蛇，让篾匠大为震动。它老远老远就召唤着篾匠的目光，牵引着壮汉气喘吁吁地爬过刀削的板壁岩，沿着那条隐匿的清泉走来。他站在这根独一无二的黑竹前久久下不了决心。黑竹犀利地沉默着，篾匠几次扬起砍刀又软软地垂下，他开始刨挖竹根的泥土，挖折了砍刀锋利的刀尖，就用手扒拉，终于在太阳落山的时候连根挖起了黑竹。黑竹在泉水里泡过三天三夜，在蒸笼里蒸足了八个时辰，那黑竹出笼来如同玉一般润泽晶莹，在篾匠破烂的茅屋里熠熠闪光。

后来板桥乡天干地裂，九九八十一天没下一滴雨，篾匠去过的竹林唰唰开了白花，在枯黄的山野之中如穿了一片孝衣。远近的巫师梯玛使出了所有手段，祭雨的狗血糊满了龙王庙，十里八里腥臭。在那些古怪的日子，板桥乡先后死去二十多个男人女人，一半是扛不住干涸和饥饿，一半死在取水的深渊。那时十里八里都干了泉眼，板壁岩的半岩上却渗出一碗水，从悬崖边俯身望去，亮亮的一窝水摇晃着满天的白云，就有耐不住诱惑的人腰系缆绳，蛤蟆似的跳下悬崖，想用斟酒的竹筒舀回那水。说来也怪，那水总也不多不少，恰恰饱饮一顿，但却带不走，哪怕一根竹筒。喝饱水空手而归的人平安无事，想带走水的则十有九人磨断了缆绳，风筝落地一般摔散了骨架。

七七四十九天头上，梯玛来到篾匠屋里，面无血色地指着那根黑蓼竹说："祸根就在这里。你挖断了板桥的龙脉，断了水路。"梯玛要篾匠身泼狗血头顶烈日跪倒在板壁岩下，以死求雨。众怒难犯，篾匠顾不得生死，赤身裸体跪倒尘埃，太阳化作十个，嘴上布满燎浆大泡。奄奄一息之时，一过路女子奇善无比，将自己携带度命的苞谷嫩秆毅然取了出来，双手一折，往篾匠嘴里滴进几滴救命的甘霖。就在那天，乌云陡然集聚，哗哗下了一场大雨，篾匠和那过路的女子成了相好。

篾匠因祸得福，精心将那黑蓼竹剔刻了前后半年光景，竟制成一支竹箫，如泣如诉地吹出无数山里的曲儿，化了那女子，养出清秀如竹的女儿来。篾匠就在心里发愿，女儿跟着这竹箫，逢山开路，遇水搭桥。

罗篾匠不知道他选中的女婿四十年后才来到他的面前。他那时躺在板壁岩一处凹陷的山坡上，米大的红蚂蚁穿梭在他置身的狭小空间里。罗篾匠过去的经验长出一蓬蓬乱糟糟的青草，覆盖了他的头顶。吴先生怅然站在这个土堆前，模糊地想起在泥泞的小径上，一个裹黑丝帕的汉子眯着眼走过来，背十几个层层码起的背篓，零星吊着一串串竹筷篓、竹梳、竹钩，汉子总是困难地侧身让他走过，说："吴学生，上学堂去？"

吴先生那时干干净净穿一身白竹布褂子，说："嗯，上学堂去。"

板桥乡的人敬重学问，沾了书的人不是先生就是学生，很尊重。篾匠凭着咚咚喹认定吴先生作女婿，也许还有这样一层道理。而田佬虽然是田土司十九代孙，毕竟只是徘徊在丁老先生的私塾门外，蹬一双草鞋依稀地捕捉老先生讲孔夫子三千弟子七十二贤人。田佬十六岁便已是种田的好手，当雪亮的犁头随着嘴里漫不经心的吆喝深深地翻卷起褐色的泥土，或是薅过的田块如梳理整齐的女孩儿，快感便一阵阵涌来。

田佬很喜欢过乡间的日子，尤其喜欢带着满脚泥和一身劳乏钻进绿莹莹的小河哗哗地撩水从头洗净，然后舒坦地斜靠在河滩上，看淡蓝的炊烟从一幢幢房顶上升起。竹女就唱，妹娃要过河，哪个来背我嘛？

——我就来背你嘛！

简直就是按部就班的事情。篾匠早就眼含默许地看着田佬帮竹女砍柴挑水，在早晨的对歌声中醺醺而睡，但咚咚喹的易主让他不能不改变主意。

田佬希望能从虚掩的屋门里看到竹女。田佬站在场坝里同篾匠对峙，但始终没听见竹女的动静，田佬焦躁得大声叫喊起来：

"竹女，竹女，你说话呀。"

篾匠说："你不用喊了，竹女帮吴家嬷嬷挑水去了。"

田佬站在高坎上，果然看见红衫子的竹女换了绿衫子，扭动着腰肢，将两桶盈盈的水担在肩上，往陌生的路去了。

过了很久，田佬就对篾匠说："我只求您一件事。"

篾匠说："何事？"

"替我做一支咚咚喹。"

篾匠久久地沉默。"……好的不容易，你要知道。"

"我知道。"

"要黑蓼竹才行。"

"我就要黑蓼竹。"

篾匠嗅出田佬的眉头里，祖上留下的颐指气使。田家土司盘踞板桥方圆一千多年，田土司做过朝廷的命官，骑着高头大马系一串西南匪贼的首级进京。直到清朝雍正皇帝改土归流，将不愿意归顺的土司赶入板壁岩上的溶洞，困了整整一年零两个月，土司养出一身白毛，率先自刎于洞中，板桥的土家人才受汉官知府统辖。

田家做了平民。但田家后人爱皱眉头的习惯没有改变。

篾匠叹口气说："好吧，我给你做一支咚咚喹。"

五

吴先生当然不知道这一切。

吴先生写往板桥的第一封信其实很早，那信找不到邮局投递，就随着吴先生上了海船。后来又写过好多，每写一封就吹一回短箫，吹完了就将那信也烧了，心里换来一片宁静，仿佛那信已远远地去了，灵性地飘荡而去了。板桥那边的母亲自然会点燃一盏灯，拿在手上展开了细读，一边读一边扯起手巾拭眼——母亲的眼不好。

吴先生不知道，真正寄到板桥的第一封信着实让不少人着了难，吴黄氏死去快二十年了，吴家没有第二个亲属，他们是三代单传的外来户。商量要退回去，但想想情不容，老人们都记得吴先生当年文静的样子，一点也不招人嫌。于是乡长做主，将信当众拆开了，读信的人是板桥乡最好的中学教师。信其实很简单，信的内容像长了翅膀转弯抹角地飞遍了全乡，吴先生离家四十多年还活着，但没有妻室儿女。

两者都令人惊讶。

吴先生离家时是一个翩翩少年。板桥的水土滋润人，这是人所共知的，到了那岛上，风来得稠密，黏腻的皮肤显出一层暗黄，吴先生始终没长胖。

吴先生当了兵但没打过仗，这是千真万确的，没有板桥乡传说的那么吓人。吴黄氏活着的时候，日夜留了门，又害怕又希望儿子突然空降下来，像一只老鹰扑扇着翅膀落在场坝的石磨上。但显然不可能，吴先生在母亲盼望的时刻却是做了川菜馆的跑堂。

吴先生家乡的口音同四川话相仿。原因在吴先生的家乡地处三省交界处，湖南湖北四川，地图偶尔出现差错时，板桥乡会归了湖南或四川。家乡人都爱吃辣子，早些时候的山歌里有这样的句子：想吃辣椒不怕辣，想当红军不怕杀。吴先生自小长大辣椒拌饭，很适合在川菜馆做事。

吴先生那段日子里有一节风波。一个扫清堂面的午夜，伙计阿四神秘地对他说："吴，阿换说你在外面养了三个女人。"

吴先生懵懂了一阵，半天才义愤填膺地明白过来，一时间浑身热血冲动，顺手就将一叠汤汤水水的盘子掷了过去。阿换正坐在店堂角落里装牙签，头一低，盘子在玻璃窗上砸出个五彩缤纷。

阿换瞪着大眼说："我没说。我就是没说，谁要说我说了把证人叫出来，三人六眼讲个明白……"

吴先生稍微冷静，不便把阿四讲出来，阿四曾反复强调，不准说是他说的，吴先生点头答应过。吴先生后来觉得自己一时的冲动很幼稚，三个女人算什么呢？女人对男人来讲越多越好，世人心底深处是这样认为的。但那时吴先生是一个洁白无瑕的青年，虽然每天满头热汗地来回于脑满肠肥的吃喝男女中间，但做一个人物的梦始终未完全破灭。人物要一个好名声，吴先生不抽烟不喝酒，也不上牌桌子，严以律己。吴先生只在梦中幻想过清纯可爱的女友。

他那时嘶哑了嗓子："你别扯别人，就你要给我说清楚。"

阿换拿腔作调地站起来："谁说的？啊？谁说的给我站出来，啊？"阿换练过气功。但在吴先生一脸决绝的神色前，脸也发了白，虚张声势地咋呼着。老板珍娘冷冷地站在柜台后面看了一刻，突然张口说道：

"一个大男人，说这种碎话。"

珍娘的声音不大，但像锥子一样。阿换越发脸白了去，干巴巴地挥动着胳臂，缩回到灶间。后来珍娘把吴先生留了下来。珍娘说，你别生气，啊？这种话听得多了，早传到我耳里，我只是不信。阿换这帮人没别的，就是妒忌，看你人年轻，干干净净的，又看我平素对你颜色好了些。这世上，哪有人不说人的，不听也就罢了。

吴先生点头，心里很宽慰。

但回到自己的小屋，一袭月光铺了满地冷清，静静地望着窗外浩渺的夜空，吞下一口冰凉的白水，不由伤感起来。人活着真是不容易。在店里吴先生沉默寡言，阿换几个几次要邀了一起去喝酒，吴先生也不多加解释就谢绝了。看他们一伙热热闹闹的，不眼热也不讨厌，随各人的去。吴先生一心想的是个人的追求，对于别人的长短从不计较，但四周仿佛布满了陷阱，阴森森地等着你，无论怎样迈步都被人算计了去。吴先生的四肢便漫出一阵阵心灰意冷。

怎么会专盯着我呢？怎么会说是三个女人？一个两个似乎还不够？仿佛一朵洁白清馨的花儿被泼了污浊，心里怎么也干净不起来。那时是盛夏，屋子里火热，汗不停歇地从额上背上黏黏糊糊地往下淌。吴先生心想，活着这么累，究竟图什么呢？

吴先生在那样一个晚上又吹起了短箫。

嘴唇贴上去，屏了气一吹。屋子里就好像有了一个活物，那是除吴先生之外的一种力量。起风了，长长地掠过，呜——呜——平缓优雅的长风。于是板壁岩的树叶儿轻轻地翻卷起来，燕儿一般上下盘旋舞动，一点都不悲哀，似乎以为这样的姿态是永久的，而落下去是一瞬间的。重要的在于过程而不在于结果。风快了些节奏，短促疾厉，嗖嗖有声，松树林如麦浪摇摆出起伏，涛声如遥远的滚雷，唱出"啊，啊——"的赞美。这样，活动的似乎不是风，而是整个苍黄的山川。如同吴先生曾在列车上感到的不是列车的移动，而是大地和天空的行走。

实质还是风的力量，风来自铅灰色的无垠天空。天的深处伸展出一个无限放大的隧洞，无影无踪地释放出呼呼有声的力来。风到了丛林里便有了黑的颜色，这一笔占据了画面的大半，剩下的三分之一是板桥乡千古不变的高山和小河，随着风歪斜着树梢。

吴先生的脑子里若明若暗的，浮现出这样一幅中国画，在庞大而显得微小的板壁岩前，人更是微乎其微了。

突然感到，一切伤感和恐惧都毫无意义。

吴先生这样思想的同时，一些重要和不重要的人物正生下来，或正在死去。

六

田佬的妈当年就说："你何必非娶竹女不可呢？竹女脸上恁大一块泪人痣，竹女的命不强。"

田佬不爱听，一溜烟走得远远的。田佬爬到高高的山上，往坪坝里捕捉竹女穿红衫子或绿衫子的影子。田佬想逮住一个机会问竹女，你怎么这么狠心？一句话就跟了别人。但时光一年年从眼皮下溜走，却总没找到机会。终于碰了面，竹女低首敛着衣角，相距不过二三尺，但田佬想说的话却没了。

因此，活了一世也都没有问过。

其实很简单。竹女曾在篾匠跟前发了阵呆，说："我不去吴家。"篾匠不吱声。竹女又接着说："我不去吴家，爹晓得的，我同田佬好。"

篾匠直直地问："好到哪一步了？"

竹女怔了怔。竹女老老实实地说："我们吼了歌子，手拉过手。"竹女对爹隐瞒了一个细节，那天在河边上，骤然刮起了大风，卷起含混的泥沙，田佬将竹女的头揽到了怀里。田佬的胸脯很宽厚，像一堵安全的墙。两人安安静静地站了一会儿，等风过了，竹女也就把头从田佬怀里钻了出来。田佬双手送走，心平气和地拍了拍竹女的后脑勺。后来想起，生出许多当时没来得及发生的激动，如咀嚼川府的牛肉干，慢慢渗出越来越多的滋味。

当然不好对爹说。爹听了竹女的话，放心地拔下嘴里的烟杆，吐了泡口水，说："明天帮你吴家嬷嬷挑水去。"

竹女哭了。年少的竹女泪水很汹涌，片刻将胸前的衣裳湿了大片，心里是没有多少沉淀。后来岁月将心里积的东西变多了，石头一样堆着，挨挨擦擦或高或低码了齐顶，泪水便被挤得没了渠道，一点点地往外渗，再哭，眼角只湿一湿。

哭完了，当时竹女就想，爹说的也是，吴家嬷嬷可怜得很，独儿独苗的走了，偌大的屋场剩了她一个，闲下来时是数鸡呢还是扎鞋底呢？吴家嬷嬷眼睛不好，怕是两样都不好做的。竹女第二日就挑了爹做的小巧水桶，怀几分好奇往吴家去了。去的路上自然想起吴家的学生，细挑挑的个儿，和气的眼睛，有些发傻的样子，竹女便独自一笑。

吴先生在后来比较悠闲的日子里查阅了大量典籍，甚至到博物馆仔细琢磨了明清时期西南地区历史文化的变故，终究没有找到令人满意的答案。严格地说，吴先生的家乡不是在板桥，板桥只能说是出生地。吴先生的太爷是清代的武官，至于具体是什么官衔，就如吴家原来的姓氏一样，被淹没在岁月的尘埃里。太爷大概是惹怒了朝廷，也大概是犯下了一桩什么样的命案，总之，一家老小得了朋友的报信，仓皇地离开了江西萍乡，一路逃避着追杀，沿着越来越高的山路，西行到一片崇山峻岭之中。那山黑黝黝的，寂静了外来的声音，太爷扔下包袱，扑在潮湿的溪流边，喝出一串"好甜好甜"。太爷一家就在这小小板桥地方购置了土地。太爷自称姓吴，家谱用一本崭新的毛边纸从头写起。吴即无。吴先生曾用好几年时间着了魔似的想找出原本的姓，但太爷做事稳当，那时消灭了一切祸害的痕迹，真正隐名埋姓地活下来，留给后人的只是一个过去的故事。

太爷严谨的风范显然对后代影响深远，吴家大门前总是扫得一尘不染，屋子里闭则闭开则开一丝不苟。吴家嬷嬷虽然是外姓人，但继承得滴水不漏。吴先生听老辈子说，母亲坐在一乘不透风的小轿里，突然一天出现于吴家门前。母亲不知来自何处，她古怪的口音让板桥乡的人揣摩不透。这在吴先生后来的时日里留下很多咀嚼。他品味着母亲的语气，估计大概是江浙一带人氏，但永远无从查考。

竹女去到吴家，并不羞涩。水桶浅浅地摇荡着，秀气地洒下一线线水。竹女到门前，就喊："嬷嬷！"

吴家嬷嬷系一领围腰，浅蓝底子绣两朵白花，打着一圈褶子，端庄得体。吴家嬷嬷平静地迎出来，说："竹女？"

竹女说："哎！"

于是，吴家嬷嬷上前扶住竹女的扁担，两人合作着，将水倒进沁凉的石缸。竹女和吴家嬷嬷从一开始就没有陌生，很自然地处在一起。吴家嬷嬷等竹女做完一宗活，总是说："歇一歇，吃点儿糯米粉。"

竹女知道那糯米粉，炒得喷香，浅黄颜色，用石磨细细推了，装在一个细腻的蓝瓷坛里，圆坨坨的盖子用白布裹了好几层，为的是密不透风。吴家嬷嬷就摇摆着小脚从屋里抱出坛子来，用一个洁净的瓷调羹舀出满满的两勺在小碗里，很珍贵地再加一勺白糖，用壶里煮沸的开水冲了，搅出一片温馨。

竹女每天到吴家吃一回糯米粉，脸上逐渐地丰满红润非常使田佬生气。田佬对远去的吴先生咬牙切齿。如果四十年前能像用一架天文望远镜那样遥遥地看到几十年后的事情，田佬当时肯定会换一种做法。田佬当时再也不睬竹女，任凭竹女在身后毫无成见地呼叫，纵是心软也硬了脖子。田佬趁竹女不在时找到篾匠："你答应做的咚咚喹呢？"

篾匠忙于生计，编织着赶场要卖的青背篓。篾匠说："唉！你要它还不如要这门手艺。我收你做徒弟好不好？"篾匠几乎没正经收过徒弟，这是给了田佬很大的面子。但田佬那时傲慢地抬起下颏说："谁学这个？我只要一支咚咚喹。吴家学生有的我也要有。"

田佬不知道这句话进一步改变了他的命运。几年以后一个阳光灿烂的日子，许多穿灰制服的人聚集在板桥乡集训，队长（后来叫区长）好奇地拉住田佬腰间这个黑光闪闪的短箫，问："这是啥？"

田佬容光焕发，说："咚咚喹，土家人的乐器。"

在苦大仇深的贫寒子弟中，田佬是极为罕见小有文化的年轻人，能书写一般公文笔记，这非常受器重，队长本来预备在土改后期将这年轻人推荐到县委去做秘书，但田佬的短箫使队长后来改变了想法。队长说："你给大家吹一个。"

田佬兴奋得脸都红了。他一把摸出短箫，温润的竹管让人感到踏实，他两手饱满地摁住了眼儿，头一歪，百鸟婉转齐鸣。那是春天的日子，田间林子里的布谷鸟勤勉得一片红火，"布谷布谷，豌豆苞谷……"那么，农人的门咯吱咯吱地开了，婆娘儿子揉着眼打出一个大大的呵欠，真正地苏醒过来，"布谷——！"人们忙乱起来，挖田的，挑粪的，播种的。鸡匆匆地叫上五更，羊儿牛儿哞哞，农人忙得四脚不停。渐渐又到了晚霞缀满天空的时刻，鸟儿带着满足和不想泄露的倦怠，长长地鸣叫着归入山林……

队长沉醉良久。田佬的箫声使他想起家乡的梆子，若不做军人他本是戏班里的一个琴童，于是队长带着欣赏说："田佬，今后县里要是办了剧团，你就到剧团去。"

后来队长到县里当了书记，真的办起了剧团，把板桥乡的土改根子田佬招了进来。

七

如果罗篾匠不做那样一支咚咚喹呢？

许多事情会有想不到的发展。至少篾匠的死。

篾匠在田佬催过三遍之后，确实感到不能不来理会这样一件事。他其实是留了心的，赶场的路上，挖药的山上，他都留意过，但没有发现心中希望的黑蓼竹。那时吴先生走了好几年了，一点音讯都没有。竹女的身材相貌都长到了极致，罗篾匠的手脚却开始迟缓起来，老人们常说的"心到手不到"。

天上当然只有一个太阳，那天在那岛上炎炎地照着，满街刺日的阳光。横挂着烫金招牌"独一家"的川菜馆里，老板珍娘那天化了妆，眼睛抹出浅蓝，很幽远的两片，波光盈盈。珍娘派人把吴先生从正在营业的店堂里叫进她的卧房，再次认真将吴先生从头到脚审视了一遍。吴先生骨子里有着武官的精髓，这一点毋庸置疑，吴先生站在那里如钢打铁铸，虽然单薄了些，但找不出一丝儿弯曲。吴先生略含忧郁的眼睛更是令珍娘感动，珍娘开口说道：

"吴先生，你在独一家是想长干呢还是暂时栖身？"

吴先生苦笑笑，说："我本是一个无家可归的人，到哪里不是一样？只要老板肯收留，我自然情愿干下去。"

珍娘眼睛一亮，说："那么，我们一起来商量个长干的主意。"

那天街上太阳很热烈很亮，但珍娘的房间里拉上了一道半透明的网眼剔花窗帘，珍娘的脸就浸在了一片朦胧之中。而在板桥那地方，天却下着雨，山野里洋溢着一层清新的空白，像是云，又像是光亮本身。罗篾匠叮嘱竹女准时去吴家看看，帮忙做些每日必做的功夫。那时情形有巨大的改变，吴家嬷嬷受到许多陌生人的关注，罗篾匠深知这一点，但压住了心中的忐忑，照常过日子。他在这天早上起床的时候感到烦躁不安，按说下雨天气是阴凉的，罗篾匠却心火难耐，喝下一瓢凉水，说："上山去！"

他寻了没有路的路走，满山的巴茅如剑戟林立，罗篾匠完全没有目标地在山里钻了大半天，一无所获。他颓丧地坐下来，想到允诺于田佬的话，感到一份从没有过的沉重。他想，算了吧。

然而就在这时，简直是黑光一闪，他发现在他坐的正前方，一块房屋大小的青石后面，齐齐立着两根黑油油的蓼竹。罗篾匠以他的年龄不应有的敏捷欢呼着跳起来，他飞快地扑上去唯恐它们跑掉似的，扬起手中的砍刀唰地砍去。

手同时触到了蓼竹，冰凉得沁骨。一根倒在他的怀里，一根倒在地上，却柔韧地扭动着身子。篾匠顿时炸出一身冷汗，他来不及思索，一手提起那黑蛇的尾巴，蛇头昂扬地伸起来，要来舔舐篾匠的脑袋。篾匠一刀削了下去，蛇成为两个部分，疯狂地弹跳着。篾匠就在这时清楚地看见自己左手大拇指上两个红红的针眼，他再一次顾不得思索，又一刀削了下去。粉红的拇指像新生的蛇头翻滚了几圈，落在那片蓼竹林里。篾匠龇牙咧嘴，一手拉着砍下的黑蓼竹，一手残缺地贴在胸前，神思格外清醒活跃……

这时天都快临近黑夜。珍娘同吴先生的谈判经过好一个漫长的对话。珍娘说："你到底是愿意还是不愿意呢？"珍娘想娶了吴先生。珍娘很有钱，至少相当于后来的五六十万吧。珍娘比吴先生大几岁，按新潮的观念看来也没什么不妥。但吴先生那时坐在一个矮些的沙发上，松软的坐垫陷下去好深，而珍娘跷着腿坐的是一张红色的旋转椅，使吴先生看过去不能不微微抬起头仰视。这是一种很不舒服的感觉，这感觉使吴先生心烦意乱，他因此拒绝了珍娘温情脉脉的共进晚餐的邀请，急于早早结束对话。他迟疑着说：

"你让我考虑考虑。"

"我要等多长时间呢？"

"一个礼拜吧。"吴先生冷静地说。

一个礼拜以后，吴先生离开了"独一家"。答案其实一开始就有了，吴先生的家谱上不可能有别的选择。他用积攒了好几年的一点钱购置了一辆三轮和其他一些物件，开始走街串户卖家乡的醪糟汤圆和糯米粉。这种买卖方式很具人情味和诗意，尤其吴先生在买卖开始之前，首先低头吹一曲咚咚喹，那脆亮的声音毫无羞涩地在密集的人群上空悠扬，将一个喧闹的集市引入一片静谧的青山绿水……

在那同一段时间里，罗篾匠以一种创造的激情完成了一根黑蓼竹的雕琢。他左手自然很不方便，手掌少了一根枝杈减少了一半内容，并且不停地往外渗着血。竹女不可理喻地看着篾匠，说：

"爹，你疯了？你不要干了！"

篾匠头也不抬。竹女伸手去抢，试图强迫篾匠停止操作。篾匠脸色发青，肘子一拐，让竹女空手闪了个趔趄。第七天头上，咚咚喹终于做成了。篾匠举起来对着发白的天空看了看，那竹晶莹透明，端庄如处子。罗篾匠哈哈大笑。

"这下好了。这个女儿就嫁给田家了。"

他很高兴地刮了胡子，穿戴齐整地要往田家去。做过土司的田家住着一幢高大破败的吊脚楼，楼的柱头有圆桌面粗大。罗篾匠出门时天色极早，坪坝里几乎还没有人走动，于是罗篾匠在岔路口犹豫了一下，他忽然想去那片蓼竹林子看一看，如果侥幸还有一根黑色的蓼竹呢？

他就那样去了。远远地，便闻见一股恶臭，死去的黑蛇狰狞地瞪着他，被砍去的头居然找到了身体，很艰难地拼凑到了一起，那情状让篾匠陡然心惊。他闪开眼睛，在草丛中看见了自己面目全非的指头，那像是一个被剥去皮的胀大的蛇头，又如被毒液膨胀了的气球，充满了继续生长的欲望。

罗篾匠本想转身走掉，但毕竟感到一种牵扯。他抑制着恶心和不安，不情愿地挪过去，仔细地端详那离开本体的指头，最后鬼使神差地用一根小棍轻轻拨了拨。

他也许想翻个面，也许想拨拉到更深的草丛中埋藏起来，但就在他触及的一刹那，指头爆炸了。如果有第二人在场，一定会听见弓弦断裂的脆响，一股黑色的液体井喷一般冲天而起，到一定高度呈放射状溅开，篾匠感到一脸刻骨的黏稠。

罗篾匠仰面朝天地倒在那条黑蛇的身旁，黑蛇凝固的双眼，冷冰冰地含着嘲笑。

八

到目前为止，只能说时间这东西才是最好的方子，在医治创伤、抹平记忆、消愁解恨、化干戈为玉帛等问题上，没有比时间更为有效的了。

四十年以后，田佬一行人在长江一处小码头迎接了吴先生。田佬淡淡地注视着这个同自己年纪不相上下的干瘪老头，很难想象自己心力交瘁地同他作了几十年的较量。吴先生从舷梯上走下来，脸上看不出任何情况的说明，田佬客气地接过他的手提箱，说：

"吴先生，你回来了？"

吴先生应着："唔，唔！"混乱地同人们握着手。

　　田佬作为最亲密的同乡陪吴先生吃饭喝酒。吴先生流了很多汗，在席间频频地擦。田佬去房间为吴先生放了一池热水，用手试了试水温，估计正好。

　　但那时竹女哭倒在地，罗篾匠七窍流血地装进薄薄的棺材。跳丧的汉子壮烈起舞的时候，田佬心里闪过一道恶念，活该！他想，倘若事情不是那样的话，一切都不会如此。他摸着那根黑色的短箫，看竹女抽动的泪人痣，心里涌起一阵怜悯的快意。

　　吴家嬷嬷家里并不富裕，这在板桥乡家喻户晓。吴家嬷嬷的男人已经有好些年没往家里寄钱，同他的儿子吴先生一样杳如黄鹤。吴家嬷嬷在三岔路口卖凉茶和糯米粉，这同异地的儿子有些不约而同——这是他们彼此都想象不到的。尽管如此，吴家嬷嬷很大气地卖掉手腕上一只玉镯，给篾匠换了一口棺材。田佬本来说服了爹，将家里从前备下的一副寿料拿出来给篾匠，但迟了一步。

　　田佬因此望着死者肿胀的脸，想活该。竹女从此成了孤女，竹女哭得哀天恸地，可怜无助地唤道："田佬！"竹女的眼睛像受到惊吓的兔眼，戚戚地寻找安全。田佬不忍地想起从前。

　　妹娃要过河，

　　哪个来背我嘛？

　　——（白）还是我就来背你嘛！

　　田佬默默地扶起竹女，环视三间凄惶的竹屋，小声说：

"卖掉屋场算了，竹女？"

竹女鸡啄米地点头："嗯，嗯！"

"你不能孤身单人地过，竹女。"

竹女深深地点头："嗯，嗯。"

田佬激动起来：

"你想好了，竹女？"

竹女抽泣着点头："我想好了。过几天我就搬到吴家嬷嬷那里去，同她做伴。"

田佬当着众人的面，给了悲痛中的竹女一耳光。竹女惊愕莫名地捂住半边脸连同那块泪人痣，万分不相信地轻声吐出："田佬？"

后来，田佬的手经常疼痛，难忍的酸麻。而竹女在埋下罗篾匠以后，来到吴家嬷嬷跟前，脸肿得像发糕，清晰的五指棱角分明地印在脸上。吴家嬷嬷虽然眼不好，但还是一下就感觉到了，她一把揽住竹女瘦削的肩膀，完全了然地唤道：

"儿啊——"

竹女头昏目眩地倒在吴家嬷嬷怀里。吴家嬷嬷苍凉地对着东南方喊道："儿啊儿啊，你可都看见了？你要是还不快快回来，不好好待承竹女，你就一辈子亏了心啦！"

吴先生其实是天天会来的。车停稳以后，摊开了凉水醪糟汤圆，食客自取自吃，吃完往一个铁皮盒子里放钱，吴先生看都不看。吴先生不远不近地坐着一张小板凳，神思恍惚地钻进咚咚喹里去了。

呜——啊啊。

——咿呀——啊。

下雪了。纷纷扬扬，可板桥这地方在白雪中仍然有翠绿颜色。树叶并不是全部落尽，尤其松杉，兴致勃勃地接受那花儿似的雪，轻轻抖落，轻轻抖落，依旧绿绿地伸长。小桥凉亭像白了胡子的老人，动也不动地看着一条条踩出泥泞的小径，从身边黄绸一样铺开了去。走来一个两个扛纤担的农人，叽叽咕咕地说笑。河面上铺了薄冰，一丝丝冒着寒气。水却是温的，鱼儿惬意地游，看满天的雪花越飘越急。这时，不定有一对斑斓的锦鸡在窝里待得乏了，一翅翅闲散地飞来飞去，往洁白的雪地探出鲜红湛绿的灿烂身体，亦惊亦喜地踩着碎步，像矜持的王子。

吴先生细腻地感觉出脚趾在冰上的清爽凉意，一股振作的寒气就从那里缓缓升起。吴先生还看到皑皑白雪中的吴家屋场，稳定庄重地崭露头角。

离吴先生的摊位不远处，有一个卖冰水的女孩儿，看吴先生很久了。她看他如痴如醉地吹一支黑竹管，吹出很低沉很忧伤的声音，女孩儿心里就细细地感动。她用印花的玻璃杯装满橘黄的冰水，加了两颗樱桃，她走过去说："你喝点水，天怪热的。"

吴先生正在冰雪中徜徉，连连摇头："不热不热。"

女孩儿看吴先生额上果然没有汗，在焦躁的蝉鸣声中，吴先生冬天般吸着气，嘴唇甚至略略发乌。女孩儿生出一点惧怕："你病了？"

吴先生迷茫地说："病了？"

女孩儿说："我替你守摊子，你去看看医生。"

吴先生好容易才明白女孩儿的意思，起初光看见女孩儿红艳艳的大嘴动弹。他说我没病，我在想家。他的口气像智力不够的幼稚园儿童，骨架瘦瘦的，脸上明显有疲倦和营养不良的菜色。

女孩儿突然眼泪汪汪地说："先生，你好……"

吴先生说："好？好什么？"

后来相好了，阿兰不止一次告诉他，她当时就突然感到与他相熟了几十年，血里肉里联系着什么东西，她的心被扯得疼。她想说："你好可怜……"可吴先生不喜欢这样的衔接。

"我不可怜。"他硬硬地说。

九

很快大家都感觉到，吴先生这人不好相处。

到县里的当天，县长和分管台办的副县长热情洋溢地赶到吴先生下榻的招待所，想亲切地叙谈一番，然后再共进晚餐。两个县长同时出马，这在巴山一带的县城里是了不起的待遇，主要看在吴先生慷慨解囊，几年前就捐助了台币二百万，为县中修了一栋设施齐备的图书馆，还看在吴先生的父亲原是黄埔一期，做过不少有益于民族的事情。

县长特意换了西装，擦了皮鞋。招待所的小姑娘见了打趣，说哟，县长也像个港澳同胞了。县长有些发福的肚子得意地凸了出来，县长打成一片地回笑道，可惜肚子还小了些。大家都嘻嘻哈哈乱笑。县长怀着这样高的兴致走进吴先生的房间，按通常的规律，一分钟之内就可活跃起来。但秘书领着县长走进去，对吴先生介绍了县长的身份，县长高叫道："欢迎你啊，吴先生！"当下伸出双臂去握手的时候，吴先生却只是象征性地握了握，嘴里"唔唔"了两下，什么表情都没有。

县长尴尬了一刹那，打了几个哈哈，在房间里转了一圈，很东道的样子说："条件不好，吴先生多多包涵。"按常理这样的客气话以后，客人一般都感激不尽地表示地方长官照顾太周到了，事务这么忙，还亲自跑来看，真是担当不起，等等。可吴先生那里早已顾自坐下来，心不在焉的，两手平稳地撑在膝上，很有架子的样子。

后来吃饭，兴致就去了一半。县长勉强抖擞精神，介绍席上的山珍野味，吴先生一概不动筷子。后来上了那道娃娃鱼，清蒸全鱼，圆圆光滑的头，驯服地平展了四肢趴在蓝花腰盘里，吴先生一看就呆住了。

"这鱼不能吃的。"吴先生说。

县长说："咋不能吃？大补大补。"说着伸去筷子，预备给吴先生敬一箸。吴先生一把压住了县长的手。

"这鱼不能吃。"吴先生坚持说。

后来又上油炸青蛙，两条粉红的大腿一律绷得齐整，像即刻跃入水中。吴先生就在这期间频频擦汗，坐在一旁的田佬低声劝菜，吴先生又一次执着地说：

"这青蛙不能吃的。"

说的神态又不像玩笑，没办法往下接话。县长就有些掩饰不住的愠怒。草率每人吃了一小碗西红柿鸡蛋面条，就说，请吴先生休息吧，意思是散席。大家都纷纷站起来拉椅子，吴先生却毫无感觉地坐着不动，凝视着静卧盘中的娃娃鱼，嘴里嗫嚅不清。

后来还是田佬发现，吴先生听力不行。在十分重要的场合，吴先生就戴上助听器，像一个工作中的报务员。多半时候不戴。吴先生似乎并不十分重视人们的谈话，宁肯清静了耳朵，想一些自己的事情。也就难怪同人们交流时，只"唔唔"作答。

因为耳聋，人们又原谅了吴先生，加倍对吴先生热情。吴先生家乡的人素来好客，即使陌生的外乡人走到家门口，也毫不见外地请到屋里，遇上吃饭就吃饭，遇上喝酒就喝酒，吃完嘴一抹自个走人就是了。田佬原先待过的剧团最爱唱的就是"请到山寨来作客""请喝一碗油茶汤"之类的歌，大半都由田佬作曲。

但其实吴先生从前耳朵不聋时，也常是别人说话他心不在焉，他自有一个心里的世界。即或是在与阿兰最亲热的时候，只要有一点小小异样的动响，或是阿兰一个未曾出现过的表情，吴先生就立刻全军崩溃。脑子里却油然生出遥远的山和水，寂静地移动着没有点滴声音，这先使吴先生急促的呼吸平缓，继而疯狂的躁动退潮一般消解，剩下一片宁静。温柔的阿兰在这时也忍耐不住红了眼，蛇一样纠缠着他，说：

"要你，我要你。"

吴先生久久无话。心里感到很对不住阿兰。

阿兰是岛上人，黑黑的皮肤，凹眼大嘴，出奇地温柔。吴先生从一开始就没问她从哪里来，还有家世光景。吴先生并不打算娶她为妻，只是平静地接受阿兰时时的关照。醪糟汤圆和冰水摊子合成一处，由阿兰照料着，吴先生受聘于邻近一所小学。这样钱比较够用，后来买了一套旧房，吴先生就与阿兰生活到了一起。吴先生渐渐习惯了阿兰的饭菜，闻出浓郁的海风味道，也能津津有味地吃。阿兰看他吃完，找出折叠得有棱有角的干净衣裳催他洗澡，洗完澡，看吴先生很舒适地躺在竹椅上，阿兰也很舒服，就娇娇地偎上去，任吴先生轻轻抚摸她的头发和耳朵，小猫一样呢喃。

"你娶了我吧。"阿兰说。

吴先生不吱声，只是一个劲地抚摸阿兰，手渐渐慢下来。吴先生动动身子，阿兰感到自己被推了一推，就知道吴先生又要起身摘墙上的箫了。

阿兰逢吴先生吹箫，就一句话不说退到一边。先是远远地坐着，后来独自去到门外，再后来就到街上去逛。终于有一天，阿兰说："你吹得不好听。"吴先生用一块丝绒擦去箫孔的水汽。阿兰又说："你以后隔天只吹一回好不好？呜呜的，搅得人心里乱，旁边邻居也不好说，但我看他们都摆出样子了，见了我都不理。"

吴先生沉默了很久很久，说："是你搬出去，还是我搬出去呢？"

阿兰明白过来，流出很多的泪。这样一个人，心都给他吃了，通体的热煨着他，却暖不过来。阿兰后来就流着泪走了，嫁给了阿四，两口子不几年自己开了爿店，也是饭馆，兼营杂货。吴先生帮忙起了个店名："不二门。"

吴先生的家乡有一处天堑，就叫不二门。吴先生那晚吹箫恰恰走到那里，雄奇旖旎的风光，云蒸霞蔚。过去传说中，上界来到人间的仙子，都必得经过了这门，显得非此不可。这对于饭馆倒也很具意味，生意格外地兴隆，人们都说沾了这招牌的风水。

也就很难说吴先生这人好不好相处。阿兰说起吴先生，就总只有一句话："吴先生这个人啦——唉！"

十

过去的事就过去了。

突然感到，要对耳聋的吴先生说清竹女这样一个人，实在太费劲。严格地讲，吴先主并不认识竹女。田佬和乡长一路再没提起。

吴先生终于回到阔别四十年的吴家屋场。那显然是一处好所在，三面环山俨然一把气势庄严的黄色交椅，屋场端端坐在交椅上，占尽天时地利。正前方恰是一马平川的坪坝，远处的板壁岩对着房屋现出一个凹口。挡不住的风水，人都这样说。吴先生的太爷当年选择这所屋场，踩踏了大小五十几个山头，先后请过三个风水先生。

啊尼！

大竹盘根。

传说大鹰也来帮忙，

传说大猫也来相助。

大树飞起做支柱，

大竹飞起把天撑，

大鹰展翅横起身，

大猫伸脚撑得稳。

啊尼！

天开地也开啊，

天成地也成。

吴家太爷看好屋场择定吉日挖土造屋，土家的梯玛巫师就是那样唱起开天辟地歌。落难的田家土司的后人无可奈何地看着这外乡人稳稳当当地填下了基石。

这时吴先生戴一副金丝眼镜，看清屋场大门上挂一块白底黑字的牌子：板桥小学。屋场很大，走马转角楼，上下两层，几百名小学生列队排在校门外，乡音十足地喊："欢迎欢迎。"

小学搬进来也有了几十年，田佬的儿子眼下在小学当校长，三十来岁很有城府的样子。吴先生第一封家信就提到要回家拜见母亲，县上的人同乡里商量，屋场怎么办？田佬的儿子很有主见地说："尊重历史，尊重现实。"于是什么也没动。

其实吴家嬷嬷同竹女后来并没住在这屋场的正屋，只住了屋场根脚从前拴骡子的两间小屋。吴先生一步步走来，吴家嬷嬷若在世，常坐在门前的石槛上，肯定毫不放松地会听见吴先生的脚步声。吴家嬷嬷同儿子相反，后来磨炼出极好的听力，每天早晚数着小学校几百个男娃儿女娃儿从身旁蹦跳走过，能准确地叫出其中喜爱的名字来，拉了那小手，塞一个核桃或一只橘子。

当初吴家嬷嬷就眼不好，后来瞎了眼但并不妨碍做活，小漆方桌擦得明光锃亮，摆上一壶清茶两只杯子，过路人喝了茶愿给钱就给，不给也不要。等到傍晚，吴家嬷嬷就收了那散乱的茶钱，数一数掖在兜里，颤颤地端了小桌回屋。

吴先生回来，再也见不到这情形，久闲的小屋朝吴先生扑来一股股霉味和潮气。一张刻花的架子床，长长的条枕和麻布帐子，还都是吴先生熟识的东西。在一个编织精巧的竹篮里，装着一只碧色浅浅的玉镯，还有一双未扎完的袜底。

吴先生曾对阿兰说，我妈有一对玉镯，曾说我将来娶媳妇时给那媳妇一只，得到玉镯的女人才算我妈的媳妇。阿兰明白那意思，阿兰以后不再说娶她的话。吴先生一直固执地以为自己要娶的女人是在板桥的家乡，实在是因为疏忽了时光从身边的流逝。吴先生在很长的儿十年里，说到母亲的时候总是隐含天真地称"我妈"，忘记了自己已是年近花甲。

这时，吴先生提过那只竹篮，感到似曾相识。他应该想到竹篮与他日夜把玩的咚咚喹同是出自罗篾匠之手。吴先生看见那只玉镯，又看那绣着梅花的袜底，手工的精细当然不像一个垂暮老妪的女红。于是吴先生指着袜底说：

"这个人呢？"

田佬明知故问："谁？"

耳聋的吴先牛戴上了助听器，说："这个人呢？"

田佬不知怎样回答。田佬早先想原原本本告诉吴先生一些事情，但突然什么也不想说了。与其折磨别人，不如折磨自己，这是田佬几十年后的一点善意。

田佬走到三面环山的屋场里，小雨淅沥。他动情地想起四十年前那个大雾的日子，竹女红红的一个影子湿漉漉地欢笑着跑来。田佬吹起了咚咚喹。

呜——呜呜——

呜哇——呜哇——

逝去的日子远的近的重叠着闪回。一个十五岁的女孩说，但愿我现在是七岁或二十岁。如果是七岁，我就认真地读书、读书，考大学、考艺术学院，去唱歌。如果是二十岁，我就交男朋友，人来到世上一趟真不容易啊，高高兴兴地活，想笑就笑，想哭就哭。

呜哇——呜——呜哇——

竹女从十五岁那年就变成了不会笑的女孩儿。淅淅沥沥地下小雨时，竹女担水砍柴的影子风一样地闪过，无声无息。竹女偎着吴家嬷嬷坐在落日的晚霞里，守着黄昏悄悄流去。那时，鸟也倦了，云儿也散了，竹女说，回吧。吴家嬷嬷就扶着墙站起来，说回吧。

吴家嬷嬷说："找个合适的人家吧，竹女。"

竹女看着吴家嬷嬷茫茫然的双眼，说："哪能呢？"

竹女夜夜在灯下扎袜底。三面环山的吴家屋场，坪坝上都看得见，一方发白的窗户镶嵌在漆黑的夜里，好多年。

妹娃要过河。

哪个来背我嘛？

……

吴先生说："你吹的是一段日子。"

田佬一曲吹罢，余音散尽之后听见吴先生在身后说话，吴先生两眼着魔似的盯着田佬的咚咚喹。

"黑蓼竹？"吴先生说。

"黑蓼竹。"

"也是那女子的？"吴先生看田佬缓缓点头，"她叫什么名字？"

"竹女。"

十一

竹女竹女。吴先生终于为她找回一个名字了。跳荡的记忆终于像一叶小舟靠了岸，吴先生恍然大悟。

直到这时，吴先生眼前的景物才真实起来。在吴先生幻想世界里存在的女孩儿与眼前的世界有千丝万缕的联系，这使吴先生相信了某种统一。

吴先生吹咚咚喹并不好听，几乎就没有什么技法，这在田佬文化馆的音乐厅里得到了证实。如果阿兰知道一定会获得某种平衡。

那时只有阿兰独白倾听吴先生的演奏，但在文化馆音乐厅里，聚集了县城所有的文化名流，一张张脸兴奋得溢着流光，等待着岛上来的著名音乐家演奏咚咚喹。新建的文化馆在一处波光粼粼的湖面上，灯火倒映在水中，如龙宫仙阁。吴先生到得很晚，旁若无人又若有所思，在人们如饥似渴的等待中，吴先生缓缓地吹起来。

那几乎不是一首曲子。杂乱无章的箫声忽高忽低，像小孩子的淘气，又像老人无奈的挣扎。可吴先生却在习习的晚风中步入了山间小径，月色撩人，斑驳了树叶和河水，长一块紫斑的女孩儿脉脉含情地倚在树下，摘片树叶儿卷起来，红嘟嘟的嘴唇含住就吹。清纯如水，水如女孩儿。

吴先生吹得走火入魔，陶醉得闭上了眼睛。吴先生听力不弱，声音不是流动在空间，而是响在吴先生的心底。然而聚集在一起的文化人面面相觑，起初都保持一种欣赏的微笑，后来觉出滋味不对，又如皇帝的新装，没人敢首先表示异议。一个勇敢的通俗歌手大胆小声评论：这是什么破曲子？吹得人脑子都要炸了。一语落地，附和声起。

都说吴先生不会吹咚咚喹，比起田老师来，真是一个天上一个地下。

但一曲终了，田佬上前去握住吴先生的手说，你吹的是一个世界。田佬毕竟反思了若干年。他说吴先生，你为你的日子创造了一个世界，是这样的吗？

吴先生不置可否。

"而我，要为我的世界创造一段日子。你明白吗？"

田佬这些话也许根本没说，田佬不是个擅长咬文嚼字的人。

田佬自然听得出来，吴先生确实不是技巧演奏，不像自己后来接受过艺术学校的培训，能婉转地模仿百鸟朝凤的鸣叫，能前因后果分明地吹奏出三段体的曲子，起承转合，抑扬顿挫同文章的作法大致相同。但吴先生的箫声里有一种骇然动魄的力量，揪扯着心和幻想，走入另一个陌生的天地。吴先生显然形神分离。

吴先生拿着那只绣有梅花的袜底，欣然说道："原是认得的。"

无法描述的只是她的容貌，但对于她的形体和气息，犹如伴随着自己的血液和头发，熟悉到习惯。眼一闭她就来了，从一个豆蔻少女到楚楚妩媚的妇人，千百遍地从板壁岩郁郁葱葱的山林走过，挽一只装满青草的竹篓，散发着袭人的芳香。

有太阳，有月色，有清冷的雨天，有寒风凛冽的冬日。她挨次地走来，时隐时现。有了她，吴先生活着的世界里自然是两个人。

吴先生唤她山鬼。

原来山鬼也是有名字的。

竹女竹女，吴先生是一个六十岁的少年，切切地唤道。

十二

田佬的咚咚喹是蛇变的。

在于一种狡黠的神奇，轻易就逗弄了树上的鸟儿，真诚地不知疲倦地鸣叫，而田佬早已一路吹着远远地走了。

田佬在那个灿烂的黄昏回到板桥，心里充满了美好的信心。他站在板壁岩上居高临下地俯视着包括吴家屋场在内的整个坪坝，白雾轻柔地覆盖着它们而飘绕在他的脚下。田佬有了宽容和亲近一切的激动。

他刚刚获得一次辉煌。很难说当年队长的好奇使田佬一生阻塞了仕途而弄起了音乐是一件坏事。田佬创作并演奏的《百鸟迎春》从巴山的峡谷里欢快地传扬开去，田佬庄重地穿上家族的短衣大裤脚，有两道意味深长锁边的服装，一圈圈仔细地用两丈五尺长的黑丝帕包了头。田佬站在那里仿佛一个象征。对着太阳一般明亮的聚光灯，身后紫红的二幕富丽堂皇，田佬就那样举起了咚咚喹。黑蓼竹贴上嘴唇的一刹那，浑身的不安惶惑顿时消失，他的舌头迫不及待地吐出一串串琶音，黑蓼竹身上的孔眼磁铁似的粘连着唇和手指，使脑子简直追赶不及。这使田佬习惯地皱着眉头，他像一个真正的王子雄踞在美丽绚烂的百鸟中间，威严慈祥地倾听它们争先恐后的啼鸣，然后挥动宽大的袍袖，目送它们一只接一只从高耸的峡谷顶上盘旋升腾，恋恋而去。

在一个个华丽的剧场里，人们给了田佬海啸般的掌声。田佬上了北京，进过中南海，黑蓼竹在一双双巨人的大手中传递。田佬回到县城，车站炸了一百串鞭炮，戴制服帽的县长满脸红光地为田佬接风，给他胸前披红挂彩，问寒问暖，甚至拍着田佬的肩头说："小田，找对象了吗？没找让周大姐给介绍一个。"

周大姐是县妇联主任，县长的爱人。当下就凑过来关切地问："小田，你二十几了？家里还有几口人？父母身体还好吗？"

田佬说："我有对象了，在家乡板桥。"

田佬说这话时没有半点犹豫，一想就想到了竹女。

清楚地记得他后来走到吴家屋场时，吴家嬷嬷的茶摊还没收。那时月儿已出来了，与正在落下的太阳并存，金黄的天空衬着豆芽儿似的弯月，显得时间不早不迟。

"你是谁？"吴家嬷嬷侧着头，聆听他嚓嚓的脚步声由远而近，脸上的平和换了颜色，一种突如其来的愁苦紧张瞬间爬上了她的额头，她心里有一种预感早已产生。

"你怎么不说话？"吴家嬷嬷转着头问。

"竹女呢？"田佬说。

吴家嬷嬷脸上的肌肉使劲跳了两下，她抿住嘴唇不吱声。后来窸窸窣窣地摸着墙站起来往屋里走，田佬伸出胳膊拦住了她。

"你把竹女还给我。"

"你到底是谁？"吴家嬷嬷无力地问。

"你没有权利让竹女陪着你……"

吴家嬷嬷抖索着想拨开挡在胸前铁棍式的手臂，但没有成功。吴家嬷嬷气喘咻咻地说："你是谁？你到底要干什么？"

"我就要竹女。"

"你自己去找她。"

"我要你答应我，你让竹女走，让竹女离开你。"

吴家嬷嬷像一片枯黄的树叶贴在墙上，瘦瘦的手指乱颤着撩起蓝底白花的围腰，想擦拭看不见光明却仍然不断流泪的双眼。田佬就耐心地守候在屋场的吊坎下，嘹亮地吹起了咚咚喹。

黄四姐啊！

你干啥子？

我要送你一只金簪子啊。

你送我一只金簪子干啥子？

戴在妹头上啊，

行路又好看，

走路有人瞧舍，

我的个乖乖。

　　这是一曲欢乐的歌儿，年轻的货郎与姑娘男欢女爱地调情。像这样的曲子在板桥这块地方可以说是浩如烟海，因此田佬可以毫不犯愁地吹上一个时辰又一个时辰。那跳动的箫声像一粒粒滚动的黄豆，硬邦邦地铺盖了吴家屋场的空间，吴家嬷嬷脸色苍白地捂住了心口……

　　那时，一伙巴峡的老乡找到吴先生家里，说我们成立同乡会吧。人家河南山东好些地方都有了，我们也得弄一个。于是热血沸腾地讨论了一个晚上，临了大家又传看了一阵那支黑得出奇的蓼竹管子，啧啧不已，心里都有一种莫名的触动。最末了，吴先生就吹起来了，大家显然对箫声的兴趣不如对箫本身，就在声音中陆续散了去，把完整的声音留给了吴先生一个人。

　　曾经说过，不知从什么时候起，吴先生的箫声里有了一个山鬼的影子，头上插了一圈绚丽的野花，苗条的身影在绿草白石间闪过，有时背一只竹篓，有时抱一只野兔，有时穿了短衣宽裤，端坐在小河边，娇憨地出神，湿漉漉的长发披了一肩。

这与竹女那天的形象有某些相似。竹女下河洗衣裳时已接近黄昏，潺潺的流水亲昵地绕着她的腿，但即刻充满理性地按原来速度往前流去。竹女看不见水的尽头，即使酸了脖子。就有一处伤感袭扰，竹女吸了口气，后来用棒槌洗完衣裳，月牙儿与太阳并存，时间不早不迟。竹女就抖开长辫，弯腰洗了起来。

后来就听见了咚咚喹。竹女蓦然心跳，她几把挽起了长发。竹女回到屋场的时候，没看见吊坎下的田佬，只听见急如爆豆的咚咚喹在空中作响，吴家嬷嬷歪倒在墙边。

"你快走开，竹女。"

吴家嬷嬷最后哀哀地说。

十三

吴先生回到被烧过祖传线装书的县城。码头朝上百十步石阶像漫长的天梯，好在两边堆满了黄澄澄的柑子柚子，一个个伶牙俐齿的娃儿满口乡音地招呼："柑子啊，三峡的柑子啊——"

"石头啊，三峡的石头啊——"

还有用一个个盛满清水的脸盆放上奇形怪状的三峡卵石叫卖的，吴先生的家乡对石头司空见惯，不想这物件竟也是如诗如画，能换了钱来。

"买一个吧，满天星。"招呼的是一个老妇人，手上举一块淡灰底色有墨汁溅开细致花纹的石头。

吴先生在一行人簇拥下只遥遥地望了一眼，心里很喜欢那石头。后来的许多天里，一直后悔当时没停下来，将石头买了去。

吴先生接到家乡来信是在三年以前，回信是热情洋溢的表弟，自称是吴黄氏娘家表兄弟的儿子。吴先生不知道当年母亲的小轿来自何处，但信中却详细回顾了历史，说是抗战中吴黄氏一家与相处甚笃的亲戚逃离战火纷乱的南京，悄悄来到巴峡小城，沿的是一条大江。表弟代表所有的亲人时刻期待吴先生回到家乡。

来信自然使吴先生受到极大震撼。母亲的去世原在意料之中，但一经证实更令人伤痛欲绝，欣慰的是没想到家乡还有许多亲人，原以为吴黄二家冷清了的。以后的半年之中，吴先生往日空荡荡的信箱里经常出现来自大陆的陌生笔迹，各种哀婉悱恻的语气，表兄表妹姨侄外孙女如雨后春笋冒了出来。

吴先生一一回信。吴先生那时已小有资产，家境稍显出优裕。在自家小花园里，吴先生衣着整洁，老而不衰挺拔的身材，琅琅地拖长声调念：

人闲桂花落，
夜静春山空。
月出惊山鸟，
时鸣春涧中。

又能写一手绝好的书法，尤其擅长楷书和狂草，两种迥然不同的字体凭心情的平静或不平静畅然流出。至于资产，全是珍娘和阿兰关照所为。二十多年前，两个女人就同心合力地照料吴先生的生活，将他的一点薪水积攒起来买了股票，这后来据说有了一大笔钱财。究竟多少，吴先生却并不太想知道，那仿佛是一件与他无关的事。

有了家乡的来信，吴先生的脸上显出骄傲，像一个多年不露富的财东偶尔被人发现以后所流露的矜持和自傲。他说："我要回家了。"口气自豪得很。

但吹完箫，脸上甚为迷茫。箫是每晚必吹的。吴先生与田佬吹箫的时间不同，吴先生是工作完了吹，田佬后来则是工作才吹，平常连看也不看。吴先生一贯在自己的箫声里行走，通常是清亮的小河空寥的峡谷，恬淡的坪坝，极为亲切和熟悉。但收到的来信多了以后，画面中竟有了热热闹闹的人群，嘻嘻哈哈地笑着嚷着，扰乱了惯常的画面。就有一种难言的恐惧和陌生，吴先生不由自主地一次次推迟归期，待到终于不能不上路的时候，似乎全然没有了早先的激动。

在吴先生回到巴峡的日子里，各种各样的亲戚果然都迎候着。吴先生就如一只头羊，走到哪里，一群胖瘦高低不一的男女就簇拥到哪里，七嘴八舌热心地说话。吴先生在招待所的301房间一刻也没有安静过，吴先生坐在正中的沙发里，像一个沉默的靶子，任在座的人射击。

在一片嘈杂之中，吴先生会突然舔舔嘴唇，说道："那首歌呢？"

就像啄食的麻雀堆里丢了颗石子，小雀儿们在一瞬间停止了一切动作和声音，但仅是一瞬间，更为纷繁的声音马上接着响起："哪首歌？""怎么想到歌？""哈哈，表舅还会唱歌？"看吴先生没有回答的意思，大家自然又去讲别的话，都明白这老人听力不行。

吴先生悠悠地想，在无数的画面中，那女孩儿叫作山鬼的，红嘟嘟的唇分明一启一合，唱着一支歌，但却怎么也听不清。她究竟唱的是一支什么词的歌儿呢？

吴先生的心回到板桥却没有回到家乡。

十四

田佬在吴家屋场吹过那段被吴先生称为"一段日子"的曲子以后，嘴唇第二日突然就肿胀起来了，脸的下部丰满得像七月的瓜。

田佬近三十年没吹咚咚喹了。

竹女那时凄厉地喊道："别吹了——"竹女迎风站在三面环山的金色土坡上，张开双臂像要飞翔的大鸟。

竹女在埋葬吴家嬷嬷的第二天，无影无踪地消失了。吴家的什么东西都没动，井井有条地被擦拭整理过，基本如吴先生后来见到的模样。石缸里也挑满了水，青竹扁担似乎还留有竹女肩膀的余温，竹篮里斜放着玉镯和未扎完的袜底。人们山上山下林子里小河边到处都找遍了，猜测竹女会不会是去寻死，或是远远地找了何人相好。想想都不像。只有田佬伤心地明白，竹女是远远地走了。

她那么单薄的身子怎样在荆棘丛中行走呢？翻过板壁岩，那边还是望不到边际的山，竹女知不知道这一点？罗篾匠的女儿过去从来没走出过板桥，她怎样蹚过陌生的河流，面对一张张变化不定的面孔？

田佬想吹一段咚咚喹："妹娃要过河，哪个来背我嘛？我就来背你嘛——"但他恐惧地发现，黑蓼竹喑哑了。他宁可相信是自己嘴唇的毛病，满怀希望地请别人试吹，但都只是"噗、噗"的声音，像秋日的连枷在场坝里打谷。

黑蓼竹从此只能挂在墙上，如一只瞪大的眼睛，狰狞地看着田佬。田佬最初是将黑蓼竹锁进了柜子，后来又藏进床下的纸箱，但无论放在哪里，只要他一坐下来，便能真切地感到那地方细碎地响起，仿佛一条光溜溜的黑蛇不慌不忙地向自己爬来。田佬甚至感觉到那蛇爬过的地方留下蚕丝一般发亮的黏液，感到那蛇头蓄谋已久的饥渴。他好几次极力忍耐住狂叫，砰砰地打开房门，找借口招呼些人来，当着人打开柜子或纸箱。并没有蛇。黑蓼竹就静静地躺在里面，像一只冷冰冰的眼睛，讥诮地看着田佬。

田佬几十年都没过安静。

其实什么都很淡泊，对于人、对于名利、对于享乐，等等。但就是不安静。严格讲，田佬没什么错，从一开始就没做错过什么事情，奇怪的是命运，把一些很平常的人也弄得很苦。田佬一直在等待一个机会，要砸碎这支属于自己的黑蓼竹。

机会定在吴先生离去的日子。

板桥乡的男女老少都或近或远地看到了吴先生，惊讶吴先生的脸和身材，又对于吴先生居然没有娶妻，没有传宗接代表现出最大的关切和怜悯。好好的一个人，怎么就有了那种病呢？倘若是在本乡本土，至少可以请了巫师梯玛来向巴沙老母求子，十有九灵。

吴先生给母亲砌了坟，三拜九叩，用楷书刻写了墓志铭，同时为板桥小学题了字。该做的都做了。县长熟悉了吴先生的性格，不再计较他的漠然，热情地邀请他四处游览参观。家乡的风景不错的呢，龙船河、小石林、不二门，还有暖水溪、黄金洞，县长扳着指头如数家珍。但吴先生说：

"我该回去了。"

比原先计划的日子提前了一个星期，在一个大雾弥漫的早晨，吴先生在众亲戚的簇拥下漫步走下码头的长长石阶。峡谷在云雾中满怀惆怅，倾倒地俯视着江水。从板桥乡蜿蜒起伏的小径上走来一个从前，眨眼就消失在波浪滔天的江水之中了。吴先生平静地走着，没有了四十年前的那一份恐惧，他已经不在乎这里或是那里，重复地表示，他似乎有了一个自己的世界。

突然，他驻足不前。

他不相信，在这嘈杂的江边会有那样清纯的鸟叫。那是一只白色的鸟儿，从绿得发暗的峡谷阴影里闪电一样飞出，沿着奔腾不息的大江低低地飞翔。大江无声地鼓涌着波涛，像是一个庞大的无声合唱，鼓足了辉煌雄浑的气氛。然后，鸟儿如领唱的男高音华贵无比地张开了口：

啊，啊——

——啊依——啊——

那声音由低到高，穿透了峡谷千重山万道岩，于是，又有一群群白色的鸟儿扑扇着翅膀，云一般聚集，浑黄的江面上或高或低盛开了星星点点的白花，随着歌唱的鸟儿一起飞升，又一起坠落。舒缓的齐鸣，啊——那万年的峡谷也回应，啊——啊——天上人间，响彻了这歌声。

"这就是那支歌。"吴先生说。

"我回想了四十多年，总没想完整。"吴先生这样对吹箫的田佬说。田佬拿着那只黑蓼竹的咚咚喹，凄然一笑。田佬的唇刚刚消肿。

"我那天吹的不是这支。这支才是真的。"田佬说。

吴先生试探着拿过来，就似乎有一股灼热嗖地钻进了心里。他取出挂在自己腰间的那支咚咚喹，两道黑光咄咄逼人地凑到一起，一支暗红，一支暗绿，像一对孪生的兄弟，长短粗细分不出彼此。吴先生抚摸良久，唰唰流出两行热泪。

"从今天以后，就只剩你一支了。"田佬说。

"为什么？"

"我要砸碎了它。"田佬说。

吴先生大惊。田佬已从他手中拿过那支暗红的黑蓼竹，他举起它对着刚刚升起的太阳看了看，仿佛要找出什么斑点，然后猛力向江边耸立的礁石摔去。人丛中一片惊叫。但那黑蓼竹与礁石相撞，只不过是像蛇一样弹跳了两下，丝毫无损地翻滚着，落在一片金黄的沙滩上。

一只妇人的手拾起了它。卖三峡石的老妇人，梳一个过时的发髻，看不出是五十还是六十年纪，有一双时而浑浊又时而清澈的眼睛。

"你何必择了它呢？"妇人说，"我用这块满天星与你换，好吗？"

田佬怔怔无语。

"你是谁？"田佬问。

"你是谁？"妇人有些生气地反问。

"你从哪里来？"田佬急切地问。

"你从哪里来？"妇人嗔怪地说，"你真是个怪人，你这些话，问过我好多次了，总跟你说不清。"妇人留下那块硕大的满天星，攥着黑蓼竹慢慢走去。转身的当儿，吴先生清楚地看见，那妇人的左眼旁边跳动着一块紫斑。吴先生想叫唤一声什么，还没吐出口的时刻，"扬子江号"轮的汽笛拉响了，一行人簇拥着吴先生上了船。

吴先生站在船舷边，眼望着越来越小的巴峡码头，通往板桥的小径由一条白线化归了山林。吴先生摸摸腰间，硬硬的，佩剑似的一条丝袋。

吴先生放心地吐出一口气。

通天洞

从前有座山，山上有个洞，洞里有一块千年万年的老石头。

长江三峡沿岸，高低起伏的大山里有许多大大小小的溶洞，它们是丛山峻岭中一只只睁大的眼睛，不动声色地凝视着天地，是是非非，风风雨雨，爱恨情仇，沧海桑田，一代又一代，人老山未老。

那天，姓田的少年从那个黑黝黝的洞里走出来，朝着刚刚升起的红喷喷的朝日伸了个懒腰，一只鸟儿几乎就从他的肩膀上掠过，他扬起嗓子叫了一声，鸟儿略略迟疑了一刹那，便振作翅膀嗖地飞向了高高的蓝天，然后又漂亮地划过一道弧线，朝对面青绿的山坡飞去。

少年羡慕地看着鸟儿远去的矫健身影。

他的脚下是一道笔直的万丈悬崖，崖下有一条清悠悠的小河，小河那边便是让少年神往的绿树葱郁的山坡。每当太阳升起的清晨，会有一个穿土红裙子的少女从半山坡的茅屋里走出来。

她背着一只小巧的竹背篓，手里似乎还拿着一把雪亮的镰刀，他猜想她是去山上砍柴。娉娉婷婷地沿着青草杂芜的小径向山上走去，红裙一会儿不见了，一会儿又从绿茸茸的树林间闪现出来。少年的目光，捕捉着那个窈窕身影的时隐时现，期待又兴奋。

少年名为田昆，是湘鄂西最有名的田土司的小儿子。土司夫人生他时，已年过四十，呼天抢地足足三天三夜，田土司跪拜白虎神，许下郑重心愿，奄奄一息的夫人才得以分娩。夫人将他视为掌上明珠，却因这小儿生性好动，便自幼将他女孩儿打扮，想让他因此斯文一些。田土司儿女众多，倒也没有觉得，却有一次土司在外游历了半年回来，见迎侍的人群中站着一个七八岁的女孩儿，清秀顽皮格外地招惹人眼，不由奇怪，问是谁家女儿。夫人笑说，他哪是女的，却是王爷您的小儿田昆啊。

土司听罢竟虎颜大怒，当下一声暴喝："岂有此理！快给我扒了！土家的男人就要有个男人样！"

当下便叫人把田昆身上的鲜艳衣衫扒了下来，并叫撕得粉碎。夫人吓得一旁簌簌发抖，小小田昆却不害怕，对着父亲绽开花一样的笑脸，拍手道："我要穿爹爹的衣服。"

田土司不由转怒为喜，从此对他特别在意，亲自教他习武练功。

那田昆好悟性，学什么都比他的几位兄长轻松自如，但却是不肯刻苦。田土司苦口婆心，说："男人生来就是为了建功立业，你的曾祖父受先皇调遣，去到吴国平叛立下大功，你祖父受命去到东海抗倭，更是功劳卓著，还受到朝廷奖赐，为儿孙造下福荫。好男儿，当自小便加紧习文练武才是。"

田昆却道："爹爹言之有理，只是建功立业并不是全凭武艺，也须看时势如何造就，所谓顺势者昌，逆势者亡……"

田土司威风凛凛，王府上下没有半个人敢与他顶撞，只有这么儿田昆嬉皮笑脸，敢说三道四，为父的常常也只好沉下脸来，摇头叹息作罢。转年，便花大钱从很远的荆州请来一位先生，专给田昆教读诗书，学堂却是设在悬崖峭壁上的通天洞。

土家人对洞穴的深刻感情，应从遥远的祖先巴人开始。

那时在清江之畔的武落钟离山，有着赤穴黑穴两个山洞，住着五姓族人。巴氏之子生于赤穴，其他四姓之子生于黑穴，起初不分君长，俱事鬼神，后来相约掷剑于石穴，讲明能中者，则奉以为君。巴氏之子务相独中。其后又约各乘土船，能浮者当以为君，余姓皆沉，唯务相独浮。五姓族人于是心悦诚服，共立这本事高强的巴务相为廪君。后来，廪君成为土家人供奉的祖先，死后化为白虎神，受到子孙万代的敬仰。

到了清代，传承祖先，居住三峡一带的田氏土司三代受皇帝封赏，其子弟往往被送到武昌、荆州、宜昌念书习武，或将外地的先生请进山来，专在与世隔绝、风光秀美的山洞里设置学堂，为的是让孩儿们断绝尘念，专注修身养性。

这远离王府的通天洞居高临下，紫气东来，冬暖夏凉，真可谓洞天福地。洞中起居床铺、洗漱一应齐备，王府的家丁每天都会按时送来可口的饭菜、小吃或衣物，只是读书人决不许无故下山。

田昆最初一百个不情愿，说几位哥哥都是去武昌或荆州读书，为何偏要他去钻那荒山野岭的山洞？他三番五次想与土司耍赖，但土司丝毫没有改变主意的意思，倒有雷霆发作之势，最后不得已，田昆才与秀才先生上了山。

都以为小王子上山后耐不得几日，便会变着法儿下山，却不承想，上山送饭送衣的人回来都说，小王子高高兴兴的，一句也没提要回家来。

田土司听了十分安慰。

他却不知，他的幺儿除了读书以外，早晚更有一门让他痴迷的功课，便是到洞前眺望对面山上的光景，那出没于绿草丛中，穿土红裙衫的女孩儿，就像巫师梯玛念过的咒语，让田昆如痴如醉，他对这门功课的好奇远远超过了先生所教的书本。

秀才先生哭笑不得。年轻的秀才家中本有新婚的妻子，若不是田土司重金礼聘，而秀才又确实囊中羞涩，他绝不会到这崇山峻岭之中的蛮夷之地，真个是上有青冥之长天，下有渌水之波澜，天长路远魂飞苦，梦魂不到关山难。好在这土司的幺儿天生聪颖，文章过目能诵，让秀才省了不少气力，每日里也就只好依着他，早晚由他望着对面发痴。

却不想这一日田土司带人上得山来。

那会儿，田昆正朝对面山上长长地呼啸了一声："噢嗬嗬——"

峡谷里跟着有了回声，此起彼伏，像是一通通雷声滚过。

那边，穿行在绿树丛中的红衣少女听得分明，她站定身子朝这边扭过头来。田昆兴奋地叫道："先生，先生！您看见没有，她对我笑了！"

山崖陡峭高耸，果真看得见那粉团团的笑脸，好似就在跟前，但又犹如隔着一道天河，远不可及。田昆只有两手围着嘴，伸长脖子，朝对面送去一串串赶山的号子。正喊着，先生连连拉扯他的袍袖，田昆头也不回地说："书也读了，字也写了，先生还只管拉我作甚？"

先生也不答话，一把扳过他的肩膀。田昆正待埋怨，却见先生一脸惶恐，他顺着先生的眼神望去，却见父王与大哥田呆竟站在跟前。

田土司浓眉紧锁成一个川字，满脸沉怒，就像通天洞山顶上厚厚的乌云。

田昆忙跪倒在地，还未曾开口，田土司闷闷地吐出两个字："掌嘴！"

田昆一笑，仰头叫了声爹爹，田土司打断他的话头，咬牙一字字说道："我让你自己掌嘴！"田昆依然笑道："爹爹！我做错什么了？我今天的书都读完了，你不信问先生……"

一语未了，田昆只觉眼前闪过一道巨大的黑影，接着轰然一声惊天动地的脆响，等他稍清醒些，愕然发现自己已经倒在地上，父王黑色的裹腿，还有拖地的披风，就晃动在他的鼻子跟前。一道咸咸的液体从他嘴里缓缓地流出来，褐黄的山地上很快有了一摊猩红，一时间，翠绿的山体也摇晃起来，重重叠叠劈头盖脸地朝他压下，他不由闭上了眼睛。

"父王！"他呻吟道，"你真的打疼我了！"

二

田快活进通天洞的那天下午，自己躲在屋里美美地睡了一觉，醒来时窗户底下鸡在咯咯乱叫，周围已是一片漆黑。一翻身，裤裆那里湿漉漉的，定神一想，心扑腾扑腾直跳，他舔了舔舌头，那梦做得跟真的一样，让他不顾死活地把桃子做了一回。

桃子开始也不情愿，在前面跑啊跑，他在后面追，腿迈得也不容易，软软地提不起来，可他心急如焚，拿出了吃奶的力气，到底还是把桃子的手抓住了。就像攒了一坨棉花，让他恨不得一口吞下肚去，后来就去剥那女子的衣服，才拉扯开上衣，桃子就不挣扎了，由着他摆弄。他把她放倒在青青的草地上，就在河边，那女子白白地躺在那里，脸儿似笑非笑的，撇着嘴，还是瞧不起人的样子，说你在城里打了几年工，屁都没捞着一个。他可顾不得许多，一下子就把自己送到了她的身体里。她扭啊扭的，让他发狂，可惜的是没几下就天崩地裂，他骨头散了架。接下来就是一场酣睡，这一觉睡得他神清气爽。

田快活把一大锅油焖洋芋米饭吃得一干二净，连个锅底也没剩，他正在考虑拿什么来喂鸡的时候，大嫂怒气冲冲地在门口叫了起来："快活，你管不管你的鸡？"

田快活眼皮也不抬，大嫂就冲到了他跟前，一把夺过他的碗："你少装聋！你养鸡，可又不喂，横竖让它们啄我的菜，你赔我的菜来！"田快活扫了一眼大嫂，看她红头涨脸的胸前一鼓一鼓，扣子也掉了，只撑着一截线头，半边肥肥的奶探头探脑地挤了出来。田快活就嘻嘻地笑了两声，说："嫂子，小心招风！"

大嫂愣了一下，下意识地把胸前的衣襟扯了扯，破口大骂道："扯你妈的骚！你一双狗眼朝哪里看？我要你赔我的菜！你赔不赔？不赔，好好……"

大嫂嚷着，满屋打转，抓起灶上新头的钢精锅铲，明光锃亮地掂量了两下，说："快活你要是不赔，这个东西就归我了！"

田快活心平气和地说："归你就归你，打明天早晨起，我到你们屋里吃饭去！"大嫂说："你莫想偏了脑壳！"田快活说："你不信就等起。"

大嫂相信他做得出来，骂骂咧咧地又把锅铲放下了。田快活追出去喊道："嫂子你慢些走，柿子树上才结了个蜂窝，小心莫撞了头！"大嫂一听害怕，还没走到树下就连忙两手蒙着头，把身子矮了半截。

田快活看她小心翼翼地走了过去，才又笑着喊了一句："逗你的！开个玩笑你就当真了！"大嫂捡块石头朝他砸过来，叫着："田快活，你日后得个儿子没屁眼！"

大哥大嫂对田快活是有好些说不出口的意见。

那年快活说要到城里去打工，大嫂连忙欢天喜地帮他整理衣服鞋袜，还煮了十个茶鸡蛋，笑呵呵地说，快活，你日后发了财可别忘了我们。都以为他不会再回山里来，那么他田快活名下的土地、山林和房子就天长日久地归了大哥。可田快活在城里待得浑身长刺，清水河这地方山好水好就是太穷，穷得让人过不下去，山里人都想往外走，但出去不多时又想回来。

在城里的那些日子，清水河的石头山、石头洞招魂似的，时时都在脑子里晃，晃得他心神不定，他断定，自己只有回到清水河，才能过上安稳日子。谁知道回来一看，哥嫂的脸都变了，三天两头找碴子，逼他分了家，只想再把他赶出门去。

田快活懒得跟哥嫂生气，人活一世不容易，能不生的气就不生。

大嫂走后，快活从床头拿起一根长手电筒，又拖出一捆早就预备好的松明火把，扎紧腰带裤腿便上了山。

山道上静静的，草丛中虫儿的鸣叫在淡淡的月光下分外清晰，去往通天洞的路只有一条，险峻而又陡峭，田快活加快脚步，心里涌上一股要做大事的雄壮气魄。

那神秘的通天洞里藏着一宗财宝。

这件事不是田快活的想象。打小就听老辈人说起，说很久以前清水河一带由田氏土司掌管，到了清代末期，田土司有一个小儿子喜欢上了仇家牟氏的女儿，他们私下里相好，正要比翼双飞之时，田土司遭到湖广总督陷害，官兵追杀到清水河。情急之中，田土司把土王宫里的金银珠宝运到了通天洞里，这个秘密只有土司的儿子们知道。

田氏的族人后来大都被官府流放到千里之外，此地只留下了土司的小儿子，小儿子发誓说只有等到他的哥哥们全聚在一起，他才会从洞中取出财宝。可是，他的哥哥们一去都再也没回乡。

这个秘密流传至今。

那洞因此远近有名。洞两边的悬崖绝壁，猴子也难攀爬，只有山脊上一条不足二尺宽窄的险道，令人恐惧地通向洞口。前前后后，不知曾有多少人进洞探宝，但都一无所获。只传说有两个人为此摔断了腿，有一个人被莫名其妙的鸟儿啄瞎了眼睛，还有好些人进洞以后，就再也没见出来，连尸骨也没找着。

清水河的人，都轻易不敢再进那洞的深处。可田快活不信这个邪。

他爬上山来，沿着那条险道摸到洞前已是半夜时分。月亮清寒地俯视着群山，一层层如烟如雾的紫色云霭，在一座座山腰飘荡，山脚下的空谷一片神秘的寂静，只有远远的流水声清清亮亮的。桃子的家就在对面山上，看来近在咫尺，但桃子如今却在数百里之外的城市打工。桃子不知道他就要进入通天洞，有可能就像那些没留下姓名的寻宝人，一进再没有踪影。

同学的桃子，亲亲的桃子，田快活打小就喜欢她。那次放学回家的途中，他好饿好饿，两条腿拖不动，桃子说我帮你摘野泡，野泡就是野莓子，长在路边崖坎下的刺丛中，一兜兜红艳艳的。桃子不怕扎了刺，俯下身子就摘，脖子也探出老长，他一眼看见桃子耳朵后边长着一颗小小的红痣，晶莹透明得像颗珠子，在阳光下一闪一闪。他当下心里一热，好想伸手去摸一摸。

桃子摘了野泡叫他吃，他却两眼直直地傻笑。细想起来，他田快活就是从那一刻爱上桃子的，那年他才十二岁。他笑嘻嘻地说："桃子，你长大跟我当媳妇好不好？"桃子一翻手，把鲜红的野莓全都糊在了他脸上，他一边在山路上疯跑，一边舔着那些又酸又甜的汁儿，嘴里叫着："桃子！桃子！"那酸甜的味道从此就留在了心里。桃子并没有恼他，之后照样在放学路上替他摘野泡，小大人样一本正经地说："吃吧，吃吧，你这个饿痨鬼。"

可女大十八变，桃子越变越好看，也越变越让人摸不透了。自从到城里美容院打工以后，再见到他，脸上的表情就复杂起来，总爱撇着嘴，似笑非笑的，透着股瞧不起人的劲儿。他一下决心，也跟着进城到表姐夫的建楼工地上当泥工，每天往一层层越来越高的楼上送水泥砂浆，肩膀很快磨出两块硬疙瘩。他用第一个月的工钱给桃子买了件衣服，粉红的还带着花边，五颗扣子有五种颜色，人说城里人现在时兴这个，可桃子只瞥了一眼就叫他赶紧收起来，说你带回去带回去，给你侄姑娘穿好了。

再看桃子，脖子上金晃晃的，手腕也晃着个绿镯子，指甲蓄得长长的，还涂了银粉。田快活约她到街上去玩，快中午时候，田快活说咱俩一人吃碗面吧？漂着红油的肉丝面一碗得十块钱，也不便宜。桃子却又是那样似笑非笑的，说，吃面？我不饿，要吃你自己吃好了。田快活看她实在不吃，那面味道又蛮香，就不得不很惭愧地把两碗面都吃了。桃子说不饿，可径直走进肯德基，要了一大盘叫不出名堂的东西，他后来细看了牌子，是两只上校鸡腿一个汉堡，还有一个苹果派，桃子递进一张百元大钞只找回几张零头。

桃子客气地问他："你要不要也来一份上校套餐？"他土头土脑地打了个面嗝，心里却想到自己是个男人，清水河边顶天立地的男人，凭什么不是自己来为桃子买那几只上校的鸡腿？

山巅上起风了，身上凉飕飕的，田快活从对山收回目光，他点燃了火把，黑黝黝的洞口显出狰狞的石头，看上去好瘆人。

那洞口好大，是一个能容纳几百上千人的大厅，比传说中土王宫的大殿还要气派，他打小就爱到洞里来玩，厅的正中有一块光滑平整的大石头，像张八仙桌，他和大哥在那下过五子棋，要是白天会依稀看得清用墨石画的棋盘，大石的边缘有上百道深深的印痕，长短不一，也不知是天生的，还是哪朝哪代的人刻上去的。大人们嘱咐只准在洞厅里玩，不许再往后面去，但田快活有一回大着胆子，摸到后面一个小岔洞里，拉了泡屎才出来，让大哥一番好找，见面就给他额头一"磕柱"（又叫麻栗子），疼了他好几天。

大厅伸进一个个小岔洞，田快活对这些洞已经摸出一些底细，一个是他拉过屎的，半袋烟就可走到底，三面石壁，除了来路别无去处。另一个洞却耸立着悬崖峭壁，他曾把做泥工的抓钉用上，壁虎一般往上爬，爬着爬着见到了天日，悬崖顶峰是一个筛子大的洞眼，他费尽九牛二虎之力攀上去，伸出头，一股腥臊扑鼻而来，一只巨大的黑褐羽毛的鹰，伸着铁钉般的利爪立在距洞眼不到三尺的绝顶上，周围骨头羽毛狼藉，见他伸出头来，立刻恶狠狠地欲朝他扑来。他吓得魂飞魄散，赶紧缩回洞里。

还有一个稍大的岔洞，洞里又有好几处小洞，迷宫一般，好几次差点没让他走昏了头，那洞干燥曲折，非常适合藏匿东西，但他除了摸足两手蝙蝠粪，一脚高一脚低，受了几次惊吓以外，什么也没找到。最可笑的是，他从那洞里千辛万苦摸索进一个大厅，他惊喜地以为有了新发现，却不想很快就看到了厅中那块八仙石，他简直不敢相信；直到又摸到大石边缘那些熟悉的刻印，心里才不得不承认又回到了原来的洞口。那岔洞的进出口都在这大洞里。

如今，他没有摸清的，还剩最后一个岔洞。如果老祖宗传下的故事是真的，那么财宝就只能在最后这一个洞里了。

三

挨了父王凶神恶煞的巴掌以后，田昆只得规矩地坐在冰凉的八仙石旁，与先生一起读书。父王派了四个侍卫，日夜轮流守在洞前，除了早晚两个时辰到洞前的小坪坝上习武，轻易不许田昆出洞门一步。

他用腰间的佩刀在八仙石边缘刻下深深的刀印，一天一天的，发泄着对父亲的不满。

可他虽不能久久地站在洞前，亲眼看对面山上云雾缭绕的绿草，还有在草丛中轻盈行走的少女，但他闭上眼睛仍能想象那红衣飘动的情景，那朦胧中的面庞更是无限地姣好。一天一天的，这想象变成思念，让田昆再也按捺不住。

有一天黄昏，又到洞前的小坪坝上习武，他将早已写好自己姓名的土纸叠了两折，戳在箭镞上，然后轻抖猿臂拉满弓，朝对山那棵如伞盖的银杏树射去。

接着便是刻骨的担心和猜想，那张小小的纸条会不会被少女发现？如果她在砍柴的路上忽视了它，一经早晚的露水浸染，纸上的字迹也就化作了一团墨汁。但他又想，他会不断地，一箭箭地射去，直到纸条被她小小的手儿握住。

于是，他变换着花样，在纸上写了名字，还画上一只老虎，嘴里甚至衔了一朵鲜花。少女不知道他属虎，但他的心意，她一定会猜出几分，她不会不是一个聪明的女子。

那是一个激动人心的早晨，天刚亮，他拿着弓箭走出洞门，环绕在山间的云雾如波涛起伏，就在云聚云散之间，他一眼就看到让他震惊的情景。

红衣女孩儿正弯着腰，在一大片绿茵茵的青草坡上飞舞着雪亮的镰刀，显然她已经忙碌了好一阵了，山坡上已现出绿草割尽的横竖几道，他不知道她想干什么，但仿佛感到她温暖柔软的手，从青草间掠过。

终于，随着少女镰刀的翻飞，他吃惊地发现，他的姓——田，三横三竖，四个方格，鲜明夺目地从绿草间凸现出来，浓凝翠绽，绿得耀眼，威风八面地耸立在高高的山坡之上。而那女子，站在田字的中央，婀娜艳红，像一颗心又像一团火，与那田那山浑然一体。

刹那间，山川多情，吼吼山风和沸腾的白云也争先恐后地簇拥着，将这山与那山连在了一起，几乎就可以踏步而行。

田昆热泪盈眶，如同他心里已装满了她红色娇艳的笑，而她这人，也已是满满地将他刻在了山上，刻在了心里。

他知道，他与那尚不知姓名的女子永远也分不开了。

可就在这天，大哥田呆突然上山，他带来了父王的命令，让田昆和秀才立即下山。田昆两人都十分意外，大哥田呆也不加解释，直是催着赶快动身。

田昆不明就里，但大哥脸色阴沉，再也不发一言。田昆只得在沉默中随大哥回到土王宫。一进宫，就发现气氛紧张，父王田土司与付爷、知事，还有几位兄长正神色紧张地坐在一起议事。

他们刚跨进门，田土司即吩咐拿给先生酬金。知事早就预备妥当，四锭大银外加一担礼盒，装的是山珍八品，木耳金针薇菜香菇板党野参和鹿茸，还有八段不同花色的土家织锦，名为西兰卡普。

秀才看得眼花，却听田土司说："先生辛苦一场，穷乡僻壤也没什么好东西，一点心意。我看先生趁这天还没黑，速速启程回荆州去吧。知事，派人送先生出山，我与小儿就不多留了。"

秀才愣怔片刻，满腹委屈地说："土王，我虽不才，但已算竭尽绵薄之力，土王至少得试看小王爷学业究竟如何，再行辞退不迟。"

田土司说："先生你误会了，并非先生教得不好。"

秀才说："那为何才学一半就草草收场？土王得把话给小生说明白才是，否则小生有何脸面见家乡父老？日后又还有哪家子弟敢再随小生就读？"

田土司焦躁起来："你这先生真不知好歹，我已与你安排妥当，你只管回家便是，却偏要啰唆什么？来呀，送客人上路！"殊不知那秀才生性倔强，又是迂腐至极，听罢土司的话，一头便向宫墙上撞去。

幸亏田昆眼疾手快，一把从旁边拉过，秀才的命才算保住了，只是前额仍擦伤，汩汩地渗出血来。田土司无奈地叹道："唉！你这个书呆子，为何偏在这时给我添乱？"当下吩咐将秀才弄去敷药包扎，明日一早定要送他出山，就是抬也要把他抬走。

田昆从跨进宫门就感觉到从未有过的气氛，平日威风凛凛的父王，眼前形销骨立满脸胡须，心中不禁骇然，便问："父王，出什么事了？"

田土司表情复杂地端详着他，说："昆儿，你今年十八了吧？"田昆点头说是。土司说："我十八岁那年，就在燕京通州做了官，第二年则娶了你的母亲，生下你的大哥。"

田昆看着父亲的眼睛，默默无语。田土司说："你为何一言不发？"田昆说："我问的问题，父王还没回答我。"

田土司忧郁地凝视着儿子："或许你不知道更好。"他转而问道："昆儿，那天我打了你，你恨我吗？"

　　田昆摇摇头，但又点点头，他想起他刻在八仙石上的那些刀印。

　　田土司叹了口气："很好，你没有瞒我。其实我知道你会恨我的，可我为什么打你那么重？"他站起身来，黑色的长袍有些空荡荡的，父王真的瘦了。父王似乎口渴，伸手去拿桌上的茶盅，田昆上前一步先拿起，斟上玉壶的热茶，捧到父亲跟前。田土司双手将茶盅和他的手一并攒住，说："因为你，是我最疼爱的儿子。"

　　一股滚烫的热流涌过喉咙，直往上冲，田昆他差点像小时候那样朝父亲的怀里扑去，但他忍住了。

　　"一个男人活在世上，就要建功立业，像你的太祖父、祖父那样留下英名。你要记住为父的这句话。"田土司说，"好了，时间不早了，不再多说了。昆儿，明天一早，你跟你的先生一起到荆州去，让他在那里教完你的学业，我会派人替你们安排好一切的。"

　　田昆吃惊道："父王，不把实情告诉我，我哪儿也不去。"

　　田土司脸色沉闷，说："这由不得你。什么都别再说了，你快去见你的娘，准备明天一早动身，我这里还有许多事情要办。"

　　土王宫正面临一场极大的祸端。

　　半月前，朝廷突然派人进到深山，宣田土司进京。

　　要说山高皇帝远，但远在几千里外的皇上对宣慰司田土司却并不生疏，田土司的祖父参与赴吴平叛立下大功，先皇封给他的宣慰司在所有的土司中级别最高，为世代承袭的一品官，历任湖广总督到任之后，都要亲自派人到清水河畔的土王宫来看望。再加上田土司能文善武，在继承职位以后的几十年里治理有方，方圆数百里大小土司都以他为首，言听计从，湖广一带远近闻名。朝廷对宣慰司常有赏赐，可皇上亲自下旨召田土司进京，却是第一次，圣谕中没有任何嘉奖恩典的意思，这不能不让田土司忐忑不已。

他一面想法拖延，一面派人到武昌湖广总督处打探实情。那时刚过新年，下过了一场大雪，山道上的树杈都挂着冰凌，腊梅花却开得正旺，田土司在山口上等来了快马，那骑手昼夜兼程一身冰霜，头发胡子都沾满了雪花，一头滚在田土司脚下，带回一个让人心惊肉跳的消息。

原来湖广总督迈柱秘密给皇上呈递了奏折，那奏折上写道：清水河田土司近来行止乖张，谋为不轨，大兴土木新造鼓楼三层，拱门三洞，上设龙凤鼓，景阳钟，门内凿沼一道，清流环绕，名曰玉带河。架石桥三拱，名为月宫桥，住居九重，厅房五重，称为九五居。更于私垣建筑观星台，著令门客异人，昼夜观望星斗，等等。皇上看了奏折后十分不快，当即朱笔御批：着此来京说明。

田土司听罢密探的禀报，不由面如土色。

事出有因。去年田土司从武昌一带游历回来，雄心勃勃突发奇想，动手修建了规模颇为浩大的土王宫，以为百年大计。竣工之日宴请了八方宾客，湖广总督迈柱也远远派人前来祝贺，并送上了一份厚礼，谁知总督笑脸背后藏有杀机。虽说土王宫所修规模远远不及总督奏折中渲染的那样，但于楚蜀之地确也算得宏伟，皇帝最忌讳的就是下臣心生异端，尤其这蛮夷之地，再英明的皇帝也无法亲自前来体察究竟，田土司到了京城就是浑身长嘴也辩白不清。此一去绝对是凶多吉少。

田土司苦思冥想赶写了一份奏折，称臣僻在荒服，世沐圣德，复蒙皇上屡沛殊恩，今宣臣进京，皇恩浩荡受宠若惊，只是臣近来患病在身，虽一心向往但实在动弹不得，待稍有好转即刻前往。谁知不久之后，第二道圣旨又下，口气越发严厉，称如若来京当一切自明，若有意推诿，朕就是想加以袒护也难了。

田土司心里明白再拖延下去，官军就会前来清剿，可他实在不想就这么不明不白地去京城送死。于是即刻考虑应对的各种事宜，第一件便是安排好内眷和儿女。

田土司不想把这些事告诉小儿田昆，他要让他去一个远远的地方不受牵连地读书习文，今后自奔前程。

可第二天一早，家丁去叫醒田昆，在那门前敲了又敲，屋里却无半点声响。土司着人撞开门去，屋子里空空荡荡，床上只有个空筒子被窝，冰冷的。

四

田快活对通天洞的亲切仿佛与生俱来，最能说明的是一摸进这个洞，他就好像闻到了爷爷田红军身上那股辣辣的烟味和汗气，爷爷那双苍老但却仍然明亮的眼睛始终就在旁边注视着他。就像小时候，他蹲在爷爷的长烟杆前，爷爷眼盯着他，给他摆古。

四村八寨的人都叫爷爷田红军，实际上爷爷打小的名字叫田大胆。爷爷三岁敢下清水河摸鱼，六岁敢爬到崖上取鸟蛋，十二岁那年，寨里的两个痞子赌他到坟地里睡一夜，说给他两个猪耳朵，他也就真去了。爷爷他怕半夜身上冷，找别人借了件襄衣，没心没肺地在乱坟堆里倒头就睡。两个痞子夜里摸到坟地里，想去吓唬他，没想到他霍地站了起来，吓得两个痞子飞跑，一个摔断了腿，一个吓掉了魂，硬说坟地里有胖头鬼。

爷爷他第二天安然无恙地回到寨子里，说那不是胖头鬼，是他身上穿的襄衣，人们还是都不相信，说他细娃火眼高。爷爷田大胆的名声就传了出去。

爷爷十六岁那年投了红军，而后来投红军的人死的死了，走的走了，这村子里只剩下他这么一个红军，大家便又都叫他田红军，几十年就这么叫了下来。越叫越平常，年轻人都以为田红军就是爷爷的名字。

爷爷早年断了右腿，是当红军的时候被枪子儿打的，爷爷走起路来身子一歪一歪的，寨子里的娃儿们逢到爷爷去赶集，会毫不尊重地跟在他的身后喊叫：咞子咞，咞上街，一扑爬，撒一街。有一回爷爷到集上卖核桃，就是一扑爬摔在街面上，将背篓里的核桃撒了一地，娃儿们轰地上前一抢而空。爷爷追不上，叉着腰在街上骂了一回，酒也没喝成。

爷爷好喝酒，但没什么挣钱的路子，靠卖些田头地角长的果子换点酒钱。通常也只有几角钱，不值得把酒打回家，便站在镇上的饭馆柜台前，眼睁睁看那竹舀子打出浅浅的一土碗酒来，就着一个干辣椒，三口就喝下去，鼻子便红了。

爷爷的鼻子是人们说的那种酒糟鼻，红起来显得硕大难看，越发不逗人敬。更难堪的是，每每从镇上赶集回到家里，才想起忘了买回一家老小最需要的盐。田快活的妈一看爷爷空着两手红着鼻子回家，就会把场坝里的鸡赶得满天飞，骂骂咧咧地说："只会吃不会做的货，都给我发瘟死了才好！"

爷爷知错，每次都不吭声地回到自己的小偏房里，连饭也不出来吃，爷爷越老越畏畏缩缩的。爷爷不出来吃饭，田快活的妈也不许田快活的爹去叫他，田快活不管那些，从饭甑里拿出两个苞谷粑粑就跑，几步窜到爷爷的小房里，说爷爷快吃，还是热乎的。

爷爷会嘻嘻地笑，把田快活搂在怀里，一边啃粑粑一边说好孙子，我再给你摆个古。摆古就是说故事，上下几千年，还有爷爷的过去。只有田快活才知道爷爷是一个情怀壮烈的人。

爷爷十六岁之前，在水井坎上替大户人家黄财绅家里挑水，有天大清早的，他瞌睡还没睡醒，一桶打下去，却在井里碰到个软绵绵的东西，他眼屎巴叉地往下一看，当时就呆了，井里泡着那个可怜的女人桂桂。

桂桂是黄财绅从城里娶回不到半年的小老婆，比黄财绅小了近三十岁，刚来的时候像一朵花，只半年就蔫瘦蔫瘦的。桂桂待下人和气，有一回看见十六岁的爷爷脚上只穿了半截草鞋，脚皮冻得裂开了血口，嘴里啧啧了好一会儿，过后塞给爷爷一双从城里带来的球鞋，说原是她在学校打球穿的，爷爷脚小将就也可以穿。

爷爷觉得桂桂是个好人，桂桂不明不白地死在水井里，肯定是黄财绅那家人害的。下人们都知道，黄财绅的大老婆恨死了桂桂，成天挑她的刺，黄财绅的大儿子看桂桂，眼睛色眯眯的，有好几次趁黄财绅去了县城，晚上就去摸桂桂的门。后来黄财绅的大老婆就一个劲地骂桂桂不正经，要黄财绅把她卖到县城的窑子里去。

现在不知怎么死在了井里，爷爷站在水井坎上怒火满腔，他很想提把刀把黄家的人都杀了替桂桂报仇，但他明白自己没那个本事。爷爷个子瘦小，有一回，黄财绅的大儿子说他的泥巴脚把厅前踩脏了，拎小鸡似的一把将他拎起来甩到了大门外，爷爷浑身的骨头差点被摔断。

身单力薄的爷爷田大胆，虽然不能当面去同黄财绅一家较量，但他怒从心头起，当天夜里一把火点燃了黄财绅家的吊脚楼，烧得狗日的一家叽里哇啦乱叫。爷爷一个孤儿没有了去处，就想到了一百里外的红军，那时湘鄂西之间正"闹红"。爷爷烧了黄财绅的楼，就着那根火把走了一夜山路，第二天在白杨寨找到了红军。

实事求是地说，爷爷投红军的起因，是为了那个不明不白死去的陌生女人桂桂，说陌生，是因为桂桂同他一共也没说上十句话，可爷爷觉得好人不能白死。

爷爷投奔红军不久，红军果然打到了通天洞下的寨子里，黄财绅一家早就闻风而逃，红军把他家的财物清理出来，分给了周围的穷人，爷爷在自己住过的马棚墙缝里，找到了桂桂送给他的那双球鞋，他想，总算替桂桂报了仇。

红军在寨子里扎了不到两月，"围剿"红军的国民党军队紧随而来，好几仗打得惊天动地。大部队红军撤离湘鄂西，向洪湖一带而去，可几十个红军伤员不能远行，腿上中了枪子儿的爷爷跟伤员们一起藏进了通天洞。不久，黄财绅带来的清匪团得知了消息，伙同国民党一个团的兵力开到清水河畔，日夜部署攻打通天洞。

那洞着实险峻，路又狭窄，上去一个被撂倒一个，打得国民党的团长两眼直冒火星，便让黄财绅的大儿子到洞前喊话，说愿意投降的不仅不杀，还要奖赏大米银圆。爷爷田大胆听到喊话，从受伤的连长手里要过枪来，说喊话的这人他认得，鬼才相信他的话，投降的人绝对没有命，不如让我一枪打了他。

黄财绅的儿子开始胆小，只露了个头顶，后来见洞里没有动静，胆子就大了，身子越抬越高，张牙舞爪地朝洞口这边喊叫，说再不投降捉住了千刀万剐！爷爷在他的叫喊声中，朝他一张一合的嘴巴仔细瞄准，老实说，爷爷当了红军快两年可一枪也没放过，红军枪支弹药少，爷爷一个小通讯员，只配了把大马刀。

可爷爷用了全部的心思，枪就瞄得准，叭，就放了那么一枪，清清脆脆的一响，就把喊话的黄财绅的大儿子给打趴下了，爷爷笑得前仰后合。连长说没想到你田大胆枪法还不错，是个当兵的料，要是能从这个洞里出去，我看你日后说不定能当将军。

爷爷后来把这几句话翻来覆去地背给田快活听，他说快活我的孙子，你莫小看你爷爷，我的腿要不负伤，这会儿爷爷就不会坐在这里同你啃苞谷粑粑了，说不定早进了北京城。不过话又说回来，几十个伤员里头，你爷爷我一个人能死里逃生，终究还算得福大命大，他们死的时候都才一二十岁，我比他们多活了几十年，儿子孙子也都有了，我享的福大了。

那些日子里，伤员们在洞口就能听见山下寨子里鬼哭狼嚎，黄财绅红了眼，把红军家属一个个绑起来点天灯，头上扎一堆棉花，浸了煤油，点上火慢慢地烧。又用铁丝串了肩胛骨，一个连着一个推到通天洞前。洞里的红军不敢开枪，眼睁睁地看着"清匪团"躲在红军家属们身后一步步走到跟前。

红军伤员在洞里坚守了七七四十九天，弹尽粮绝。"清匪团"在洞口烧起了熊熊大火，浓烟熏得饥饿伤痛交加的伤员们奄奄一息，连长让大家用尽最后一口气把身边的枪支全都用石头砸坏，不要留给敌人，然后大家搀扶着冲出洞口，跳下了百丈悬崖。

那一年，寨子里开来一辆又一辆小车，县里乡里的领导都陪同着，从车上走下一个头发花白的老人，穿一身旧军装，身后紧跟一群高大英武的侍卫，人说是来了原武汉军区的副司令员。副司令员不要坐车，热泪盈眶地东走走西看看，嘴里叨叨地说早该来了，早该来了。一群流鼻涕的孩子跟在旁边看热闹，老军人俯下身去想拉拉他们泥糊糊的手，问他们叫什么？孩子们嬉笑着一哄而散。老军人感慨地看着，钻到路边的农户家里，一屁股就在矮凳上坐下了，向正在剁猪草的老者问长问短。

寨子里的人好奇，都拥到那吊脚楼前看，就听那副司令员说，当年这里驻扎过红三军，有不少战士就是当地的，接着说出一串名字来，问认不认得？在场的人都摇头，说一个也没听说过。

田快活那时也站在窗子外面的人堆里，依稀听到田大胆几个字，就扯起喉咙喊了一声，说我认得田大胆！周围的人哄的一声都笑了。

那老军人却听得分明，连忙从屋里出来，拉住田快活问，田大胆在哪里？乡长急得直扯田快活的袖子，说田快活，这种场合开不得玩笑！田快活说，田大胆就是我爷爷，你们不信去问他，他此刻正在屋里打草鞋。

乡长半信半疑，副司令员催着马上就要去，一群人轰轰烈烈地走到田快活的家门前，田快活的妈又在赶鸡，爷爷正低着头往小偏房里躲，鼻子红红的。田快活叫了一声爷爷，说有人看你来了。

爷爷一回头，与那老军人打了个照面，脱口叫道："这不是狗娃吗？你怎么到这里来了？"那副司令员一听，叫了一声："田大胆！你还活着？"连奔带跑地扑过去，两个老人笨拙地抱在一起，眼泪鼻涕把互相的肩膀都打湿了。

狗娃原是爷爷同班的战友，两个人差不多大，狗娃投军比爷爷还晚一年，来时也是赤手空拳，夜里没地方睡，就钻到爷爷的蓑衣被里，两个人背靠背地取暖。爷爷说："狗娃，看你现在的样子是当大官了吧？你狗日的运气比我好。"狗娃那时是跟着大部队撤离的，他说："当时都以为过个一年半载就会回来的，咱哥俩还是钻一个被窝，没想到一走就是几十年。解放以后，我派人到鄂西打听过，说当年留下来的伤员都牺牲了。你是怎么活下来的？"

爷爷说："叫花子天照应。"

当时连长叫跳崖，爷爷本来是跟在他身后跳的，一看洞口的大火烧得遮天蔽日，连长他们一出去就没了踪影，就不由自主地退回了洞里。那洞深不见底，他想反正是个死，就什么也不顾地往里钻，直到一跟头摔了下去。爷爷在不见天日的洞里也不知爬了多远，结果从另一个洞口钻了出去。爷爷沿着长江，跑到重庆码头，背脚下力混生活，直到一九四九年才回到寨子里。

当过副司令员的狗娃走进田大胆住的小偏房，看到屋里四壁空空，床上就是一床烂棉絮，一个糠壳子枕头，油光光的，不禁大发雷霆，把当地的乡长县长臭骂了一通。

爷爷说："狗娃，日子过都过来了，现在已是离天远离土近，你不要再给我找麻烦。"

这事后来也就渐渐过去了，爷爷还是喝他的小酒，人们也还是叫他田红军。

五

那天半夜里，田昆从土王宫中跑了出来。

那不是一件简单的事情，父王早在三年前，就给这土王宫周围布下了密密麻麻的岗哨，父王要防的是来自四川云贵的蛮夷侵犯。田昆曾对秀才先生说起这些，秀才先生不以为然地笑笑说，田土司把别人当蛮夷，可其实据我所知，荆州以下甚至包括施南地方，都把你们这里当作蛮荒之地，把你们土人当作蛮人。田昆听了十分不快，父王其实很小就在外读书，后来面见过皇帝，被皇上派往京都通州做过官，后来为承接土司职位才回到鄂西。父王知书达礼，应是开明之人。

田昆偷了父王的令牌，过了土王宫三道关瞳，终于站在了远离宫外的山头上。天已放明，土王宫的轮廓在若明若暗的天际中默然而立，田昆突然感到一阵莫名的伤感。自小长大，他还没体会过忧愁和焦虑，可昨夜他算都尝到了。父王不由分说地要他离开鄂西，尽管不肯说明原委，但他已从父亲的脸色感到了事情的严重，他最后表示遵从父王的指示，可是请无论如何让他在临走前去看一看心上的姑娘。田土司听完他的话，苦笑着连称荒唐，田昆还想申辩，可田土司半句也不愿再听，说明天一早必须启程，任何人也不能更改。田昆无可奈何之下，只好半夜溜出了宫。

顺着清水河的北岸，是一道绵延向上的山路，他在黎明时分来到了那块让人魂牵梦绕的地方。那一片绿茵茵的草地含着珍珠般的朝露，沐浴在金色的晨曦之中，他再一次看到了那个惊心动魄的田字，还有那条像一团火焰般的土红裙子。

他的心一下子亮堂了。

女孩儿正站在银杏树下，一动不动地朝对面的通天洞眺望着，她一定不知道他下了山，一定在奇怪为什么久久不见他的身影。

田昆想张开喉咙大声叫唤，可并不知道她的名字，但他还是叫了，朝着心上人的背影，朝着峡谷对面陡峭的山岩，他喊出了一串号子：噢嘀嘀——山那边很快做了回应：噢嘀嘀——

云随着他的号子奔腾，河水也在随着他的号子奔腾，女孩儿浑身一抖，迅速地转过身来，那双明亮的大眼惊喜万分，有一千道光芒一万道风情向他射过来。她奔向他，他也奔向她，他们都跑得太急了，到跟前，都差一点撞在对方的身上，女孩儿叹息着："哦，你终于来了！"就歪倒在他的怀里。

他们仿佛认识了一千年，没有丝毫的陌生。田昆抚摸着女孩儿浓密的黑发，随着奔跑，她的发辫散开了，黑发长长地披散在脑后，像一道瀑布。田昆吻着那些柔软光亮的头发，一边惊异它们的芳香，说："你真好，你为什么这么香？"

"我每天到清水河里洗头，因为那里有一潭水像一面镜子，我可以看我到底长得丑不丑，能不能配得上我心里的男人。"女孩儿低低地回答着，声音里像加了蜂蜜。田昆被她的话说得醉了，他开始吻她红润的脸颊，他说："你是天底下最美的姑娘，清水河可以作证，让我亲亲你的脸，亲亲你毛茸茸的眼睛，还有你的耳朵，还有你……比山茶花还要红的嘴唇……"

再也说不出话来，他们的嘴唇紧紧贴在了一起。等到终于松开，女孩儿的脸比天上的朝霞还要红，她说："田哥哥，我一直在等你。"

田昆狂热地再次搂住了女孩儿柳枝一样的身躯，他说："我不是在做梦吧？快告诉我，这不是在梦里。这样的梦我做过一百回了，每次到这里就醒了，好妹妹，你不要让我醒过来。"女孩儿咬住他的耳朵，说："田哥哥，这不是在做梦。你看看我，这一切都是真的。"

田昆看着女孩儿，她的眉眼她的笑容都是那样的甜美，让他怎么也亲不够。他说："你是天上的仙女吗？你是白虎神送来的精灵吗？为什么我们会隔着山崖相识，又隔着山崖相爱？"

女孩儿说："田哥哥，你说话就像读诗。"田昆说："快告诉我，你是谁？"女孩儿说："我姓牟，叫杏儿。"

杏儿是清水河南岸牟土司的女儿，杏儿妈是河边一个普通的苗族女子，牟土司那年带着一群人踏青，跟着一只野兔儿策马追到河边的草丛中，一眼就看中了正在河边洗衣的杏儿妈，杏儿妈窈窕少女，白嫩的双腿在碧波中分外耀眼，牟土司丢下弓箭，不管不顾地就朝她走了过去，一把将她拉上了马，杏儿妈连叫喊都来不及。牟土司把她带到草木掩映的山洞里，轻而易举地占有了她。

杏儿妈始终没能正经八百地嫁给牟土司，随他走进土司的皇城，苗人的酋长无论如何不让她嫁给那个粗蛮的一口气能吃半只麂子肉的土人，哪怕他是个土司，更何况在他的皇城里已经有七个夫人。杏儿妈对牟土司恨了一辈子，但因为有了杏儿，她不得不认可自己的命运，独自守着杏儿出生和长大。

杏儿和田昆偎依在银杏树下说着绵绵的情话，在他们身后，有一双忧郁的眼睛远远地看着他们。当母亲的从对面山洞前一开始出现那个少年，就发现女儿粉红的脸上有了异样的表情，女儿向那里投去的目光越来越忘我，神情越来越恍惚，这让当母亲的不能不忧心如焚。"杏儿——"她悠悠地叫起来。

杏儿拉着田昆，像一对灿烂的蝴蝶翩翩地飞了过来，她把田昆送到站在屋檐下的母亲面前，说："妈，我给你带来了客人。"杏儿妈看也不看田昆，别过脸去对杏儿说："你给我进屋去。"杏儿诧异地说："妈，你怎么不问问客人是谁？"杏儿妈说："我知道他是田土司的小儿子，我还知道他本来是在通天洞里读书，但却私自跑到了这里。杏儿，你让他赶快离开，我们不想见任何人。"杏儿抱住妈的肩，羞红了脸说："妈，你听杏儿说一句话，田昆哥哥是杏儿喜欢的人，杏儿要嫁给他！"

杏儿妈一下子瘫坐在门槛上，无力地说："天啦！我的杏儿……"杏儿扶住母亲，惊诧地说："妈，你怎么了？"杏儿妈说："这都怪我，让你见的世面太少，你太天真了！杏儿，你听妈的话，不要走妈的老路，你应该嫁给一个老老实实的男人，平平安安地过日子，不要受妈受过的苦……"

杏儿说："妈，杏儿不会的，田昆哥哥不是像我爹那样的人！"杏儿妈严厉地打断她的话："住口！不许你用这种口气说你的爹。"田昆上前一步鞠躬到底，说："伯母，上有天下有地，清水河可以为我作证，我这辈子要娶杏儿为妻，你答应了我们吧。"杏儿妈气恼地看着他，说："你赤手空拳地来到山上，看你身上的袍子，连腰带都跑得没有了！赫赫田土司的儿子有这副样子来求亲的吗？我知道你们这些男人，都想拿穷人家的女儿来开心。杏儿，你要是再敢跟他在一起，我就从前面的崖上跳下去。"

杏儿的脸变得惨白，她哆嗦着嘴唇说："妈，你怎么会这样？你平时最疼爱杏儿了，杏儿要天上的星星，你也会去替杏儿摘，可现在杏儿最想要的你为什么不肯答应？"

杏儿妈固执地决不肯在女儿的眼泪和恳求下松口，田昆被关在了木楼的门外。黑夜里，他不知往何处去，想起父王和宫中面临的不明不白的变故，自己却不辞而别，不知会使父王和母亲多么地焦急，不禁越发心乱如麻。等到月亮升起，他走到了山崖边，对面就是他住过了许多时日的通天洞，此时静静地黢黑一团。

不知过了多久，他突然看见对面山上有火光闪烁，不禁惊讶地从草丛中站起身来，他简直怀疑自己的眼睛，那火光黄澄澄的越来越多，照亮了通天洞口，并且就在火光映照之间出现了一个熟悉的身影，他不由失口叫道："父王！"

接着，他还看见了大哥田杲，带着一队队兵丁忙乱地将一些箱子朝洞口搬去。兵丁们忙碌着，而父王却始终对着苍茫的峡谷一动不动地站立，尽管是在黑夜，田昆似乎仍然感到了父王那鹰一样锐利的目光，他想大声地叫起来，让父王知道他就在这里。

就在这时，田昆身后的草丛被一阵轻盈而急促的脚步划开，杏儿气喘吁吁地叫着："田哥哥，你在这里吗？"田昆回过身来，杏儿已到了跟前，将一团温热投到他怀里，说："你饿坏了吧，快吃。"

田昆狼吞虎咽地吃完杏儿拿来的荞麦粑，杏儿怯怯地说："田哥哥，你不要怪我的阿妈，她是怕我像她一样，被人给骗了。等明天我再给她好好地说，说不定她会回心转意的。"田昆看看对山的火光，却说："杏儿，我得走了。"杏儿吃惊地说："你要走？"

田昆说："是的，我们田氏皇城里像是出了什么大事，虽然我一时还不太清楚究竟为什么，但十有八九凶多吉少，要不然我父王他不会带人连夜上通天洞来。我得去见我的父王。"

杏儿一把拉住田昆的手："田哥哥，你带着我一起走。从此以后。你走到哪儿我跟你上哪儿，我不想再离开你一步。"

田昆心里感动，却说："杏儿，我这一去吉凶未卜，你还是不去的好，就乖乖地在家里等我的消息，只要父王那里没什么要紧，过一阵我会让父王派人到你家里来提亲，再把你风光地娶回去，让你的阿妈放心。"

杏儿扑在他的胸前，说："不，田哥哥，我心里有一种感觉，你这一去就再也不会回来了，我必须跟着你，要不然，我会再也见不到你了。"说着说着，田昆觉得自己胸口那里洇湿了一片，那是杏儿的泪水。

刹那间，他心里突然感到了生离死别，一种从未有过的伤痛让他喘不过气来。他低低地说："杏儿，我真的是不愿意离开你，可父王他就在对面山上的洞前，他的眼睛就像在死死地盯着我，我是田氏家族的男人，我不能在他们最困难的时候藏匿在一边。杏儿，你原谅我，我很快就会回来的。"

六

岔洞一拐弯突然凹了进去，就像端端正正一间房，甚至靠墙的下方又突出来一条，再好不过的一张石床。田快活走到这里独自笑了，心想李老师那家伙还蛮会找地方。上个月有一天他刚走到这石房子前就听到窸窸窣窣响，吓得他打了个尿噤，早听人说这洞里有野的活物，那个没走出洞的人十有八九就是被野物吃掉的，他不得不防。

但接下来他闻到一股熟悉的腥味，在空气中弥漫着，一下子让他的心落到了实处，从十四岁那年，他自己糊里糊涂往床上抛洒第一道印渍开始，就一次次闻到那股生动的味道，他知道是怎么回事。

他灭了火把蹑手蹑脚往前走了几步，尽管一片昏暗，他还是不用费劲就看清了石床上蠕动着的两个人，像两团纠缠在一起的白云，伴随着风雨雷电的声响，上上下下斗得惊天动地。他站在那里看了一阵，先是浑身发热头晕脑涨的，后来突然一激灵身上松下来，便替自己也替那一对男女不好意思起来。

他发誓再没朝石床上看，只是点了一根烟。那边却哇地连声惊叫，他刚好一口烟没吸进去，呛得咳嗽个不停。那边连滚带爬地缩到石头缝里，前面再一转弯就是百丈深渊，底下是深不可测的落水潭，他不能让他们再往前去，忙说："莫怕莫怕，我是人不是鬼。"

男的女的胡乱地穿着衣服，男的咕哝着说："你要是鬼倒还好些。"

田快活就听出那男的是清水河小学的李老师，教体育的，成天穿一件红蓝相间的运动衫，胸前挂个哨子，却不吹，嘴里喊着一二三四，带着学生娃娃在土坝子里走正步，或是娃娃们打篮球，李老师当裁判，做出各式各样好看的姿势。坝子周围会围上一圈看热闹的男人女人，大家都笑嘻嘻的，手里拄着锄头或抱着孩子，仿佛看着的情景都是与他们十分有关的亲切的事情。清水河的人都这样。田快活也常在人群中，人家都说李老师肌肉胀鼓鼓的，劲大得很，一抬手就把百十斤的杠铃抓了起来，他不大服气，下来就找李老师掰手腕子。李老师那人也随和，说掰就掰，输了的人打酒。田快活每次都输，就真的去打酒，到李老师宿舍里去喝。李老师的老婆在家里种田，也不常来，李老师每星期回去一次，带些老婆腌的腊肉和泡菜，牛高马大的李老师一喝酒就眼泪汪汪的，说："田快活，还是你这号人活得自在。"田快活说："自在到处有，看你找不找吧。"

田快活没想到李老师会找出这样的自在，更吃惊的是，那女的不是别人，却是村长娘子。村长当了快二十年，在清水河这一方说话比打雷还要响，前年死了老婆，从后山娶回的这女子，比他的儿子只大了五岁。年轻的村长娘子身个瘦瘦的像还没完全发育好，二指宽的脸，只看见一双黑黑的大眼，软绵绵地看着人，让人见了心疼。村长娘子从来不爱往人前站，见人只有三句话，不知怎么就会和李老师到洞里来睡觉。

那天以后，田快活只在水井旁边见到过村长娘子一次，她也是去挑水，一大早站在井台上，脸儿朝着小学校那边，眼里飘着一层雾，一见田快活，脸儿唰地发白，努力想凑出个笑脸，但无奈没有血色的嘴唇却抖个不停。田快活心里老大不忍。他无话找话说："这水好清。"村长娘子受惊似的说："好……好清。"

村长那人平时霸道得很，村长娘子被李老师睡了，田快活其实觉得蛮解气，他赌咒发誓对谁也不会说，就是对桃子也不说，但李老师那人就是不放心，过了好些天还找着机会问他那天是怎么到洞里去的？会不会是事先有人给他说了什么？田快活说："脑壳掉了碗大个疤，你做都做了，还只管怕个什么？"

李老师苦笑着说："我不是为我怕，是为她。她脸皮薄，要传出去会吓出毛病的。"他说村长娘子原是他从前一个学生，成绩蛮不错的，但小学没毕业家里父母就不让她读了，要她回去割牛草，她家里养了两头母牛，每天要吃两大筐青草。后来她父亲被汽车撞断了腰，母亲就把两头母牛卖了给她父亲治病，再后来，就把她嫁给了清水河的村长。李老师喝得有些醉了，一个劲地说："我没别的，就是看不得她那双眼睛，看得我心里发颤，就想抱住她亲她疼她，让她安安稳稳贴在我怀里。"

田快活想李老师也值，有个人喜欢着。

就像他喜欢桃子一样，心里总有个盼头。不过他还不如李老师，到如今也没实质性地碰桃子一下，除了那次在城里的大马路上走着，他大起胆子拉起了桃子的手。那手软生生的，到底是在美容院里泡着，连手也变了，不像小时候那么糙。

桃子当时似笑非笑地想把手挣开，他就是不放，大街上那么多人，桃子也不好叫喊，只好说："快活，你这人真坏！"

田快活说："你又表扬我？"

桃子说："你脸厚。"田快活说："城墙转角厚。"

桃子说："你死皮赖脸的。"田快活说："那你给我做个脸部护理。"他天天从桃子打工的美容院门口过，玻璃大门上红的绿的写着去斑、护理那些字样，都看惯了。

桃子忍不住笑了，捏紧拳头在他背上捶，田快活说："你多捶几下，好舒服。"两人讲得口干，桃子要喝饮料，田快活掏出两块钱去买了瓶矿泉水，说："我也喝不了好多，我俩一瓶就够了。"阳光下，桃子眯着眼睛叹了口气，说："田快活，要说你这人嘛，别的都还行，就是太穷了。"

田快活说："这人世间，有富人也有穷人，穷富的味道看各人怎么品。我给你讲个故事，有一年腊月三十下大雪，一个叫花子讨得半钵子剩汤剩水吃了，就想去找个睡觉的地方。走哇走，看见路边有一堆牛粪在冒热气，就背靠粪堆坐了下来，背上感到热乎了，但雪落到脸上还冰冰凉的，就把那讨饭钵往头上一盖，雪也挡住了，不禁吟诗一首：数九寒冬大雪飘，背靠牛粪头顶瓢，我今倒有安身处，天下穷人怎开交？"

桃子笑着说："田快活，你就跟那个叫花子差不多。"

田快活一边想着桃子，一边进到第五个岔洞的深处。

这洞就是不同寻常，穿过石房子，一边是水声隆隆的深渊，不知有多深，丢块石头下去，好半天才听得微弱的一响，而另一边是鸡肠子似的小洞，曲里拐弯的，他得小心翼翼地紧贴着湿漉漉的岩壁一步步往前挪，稍有不慎，就会跌到深渊里去。清水河的人没几个敢走到这一步，他田快活就不信这个邪。

那天他站在美容院门口正同桃子说着话，过来一个骑摩托的，把头盔往上一掀，很潇洒地甩着钥匙朝桃子走了过来，说："桃子，跟我兜风去吧？"那人一看也是从乡下来的，虽然穿了西装，手上还戴了个金晃晃的戒指，脖子后面的衬衣领子却是黑黑的，皮鞋帮子黄一道白一道的泥垢，身上一股子酱味。

田快活伸手拦住了那人，板了脸说："桃子哪儿也不去。"那人翻着眼皮看了看他，说："你是桃子的哥？"田快活说："不是。"那人眼一翻，把田快活往旁边一拨拉，说："那你给我走开！"

当时脑子一热，田快活抬手朝那张脸就是一拳，五颜六色哗地迸了出来，人也倒了，玻璃也碎了，那一拳叫铁匠夸徒弟——打得好。让他很感安慰的是桃子没去扶那人，却一把揪着他问："你的手怎么样了？手怎么样了？"

那人临走时指着田快活的鼻子，说你等着，有一天我要砍了你的两只膀子。田快活说："好，我等着，你十天之内要不来砍就是狗日的！"

桃子说那人就在附近做酱油生意，有事无事就往美容店里钻，非要店里给他洗头按摩，她们也不敢得罪他，解释了好多回，说店里只接待女客人，那人就是不听。田快活留了个心眼，偷偷访到了那家酱油作坊，却是个做假的，一窝子人租的是工厂的废车间，打起赤膊上阵，往自来水里加些色素和盐，再往瓶子里一灌，就成了酱油。瓶子上还贴了标签，印得真真的，金牌生抽。

田快活连夜到工商所里报了案，工商所的人正忙着，开始不大在意他的话，说这种事多了。田快活说："也是，工商所报社都是国家的，只要有一家去也就行了。"人家一听有报社的去就慌了，吆喝起来就走，开了车让他坐在前面指路。田快活装着一时糊涂，让那车在大街上多兜了好几个圈。夜风凉悠悠的，路灯一盏盏从身边飞快地掠过，他坐在车上轻飘飘的，又得意又舒坦。那滋味一辈子也忘不了。

可是就这么想着，洞里的田快活脚下一不留神，身子一歪，就朝一个黑咕隆咚的深处掉了下去，手上的火把像天边的流星，在他眼前划出一道长长的金色光带，他真想一把拉住，可惜眨眼即逝。

七

田昆从那条窄窄的山道一路走来，没少遇到土兵的盘问，虽然大家都认得他是小王子，可仍然一丝不苟地问他姓甚名谁，上山何事？问完了以后才带着歉意地补充，说是土司的交代，除了天上的飞鸟河里的鱼，任何人都不得随意走近去往通天洞的山路。而沿途遇到的百姓更是面带慌张，一个去到施南做过棉布生意的男人拦住他说："小王爷，听说从宜昌荆州那边结集了好多官兵，杀气腾腾地朝这边开来，难道是我们的土王得罪了皇上，皇上派兵兴师问罪来了吗？"

田昆听得心思沉重，他步履如飞地赶到洞前，仿佛就是昨天看到的情景，土王仍叉着腰站在山崖上，任风将他宽大的袍袖吹起，田昆奔过去扑地跪倒，还没来得及将父王二字叫出声来，田土司那里已经开口说话了："昆儿，你来了？"

父王转过身来，也就是一天一夜没见，土司乌黑的头发全都变得花白，威严的脸上显出一道道苍老的皱纹，田昆又吃惊又心痛，哽声道："父王，我错了，不该偷偷地离开你。"

田土司现出满脸怒气，他背过身去叹道："你走就走了，又回来干什么呢？"田昆说："父王，你责罚我吧，打我骂我怎么都行。"

田土司良久没有说话。

田昆知道，父王是一个功过分明的人，对于他的下属所犯的错误从不容情，特别是自己钟爱的人。田昆的舅舅曾为皇城内的知事，聪明能干深得土司赏识，但背地里倚仗权势霸占土地，还打残了一个青年，让人家终身都难以站立行走。土民告到宫中，田土司不顾夫人求情，硬是将舅舅的一只脚筋挑了去，说是让他也尝尝害人的滋味。

田昆恳求道："父王，你说话呀！"

田土司转过身来，严厉的鹰眼里闪出一丝慈爱，他伸出手想拉田昆，但快到跟前时却停住了，说："还是你自己起来吧，以后所有的事情恐怕都得靠你自己了。"田昆惊道："父王……"

田土司说："父王一生好强，从你爷爷那里承袭土司职位，就想励精图治，扩大领地，让这方圆数百里富庶强盛，可没想到称王称霸终究得罪于人，连皇上也怪罪下来，如今连我自己也糊涂了，到底我田氏是对还是错？我这几十年的作为难道都将付之东流？"土司断断续续地说着，到后来已经不是在对田昆说话，更像是在自言自语了。

田昆从来没有看到父王这副失魂落魄的样子，心里十分震动，他走过去扶住父王的胳臂，说："父王，你坐一会儿吧，你站得太久了。"

田土司说："昆儿，如果你还听父王的话，那么你听我一句，我现在就让你离开这里，远远地走吧，到任何一个你想去的地方都行。"

田昆说："不，父王，我决不会在这种时候离开你。"

田土司说："你守在这里又能做什么呢？"田昆说："父王，我不明白你为什么会得罪皇上，我认为你应该遵照圣旨去京城面见皇上，把事情说明才是上策。"田土司勃然怒道："区区小儿，连你也敢来教训我吗？"

正说着，大哥田杲急匆匆地带着一队兵丁从山道上过来，一个个神色凝重，田杲看也不看田昆，说："父王，湖广总督迈柱所带的官兵已经从施南出发，直奔清水河而来。"

田土司神色一震，说："知道了。"

不远处传来一阵喧哗声，一个兵丁提着刀跑过来，叫道："大将军，这里有个姑娘死活要见小王爷，怎么也赶不走。"田昆脱口道："杏儿？"

大哥田杲愤怒地瞥了他一眼，说："你一来就把麻烦带来了？是怎么回事？"田昆说："父王，大哥，一定是对面山上的杏儿找我来了，她就是昆儿我昨天去找的姑娘。"田杲说："哼！大敌当前，你倒好，为一个女孩儿私自跑出宫去，又把她招惹到洞里来。你知道吗？父王交代过，宫中一行人进洞的事对任何人都不能说及，你偏偏在这个时刻领了她来，你……"说着田杲扬起了手中的马鞭，就要向田昆抽去。

田土司皱着眉头叫了一声："田杲你住手！"

田土司说："我心里已经够乱的了，你们兄弟还在这里争斗个什么？"

田杲不满地嘟哝道："父王，田昆他一错再错，理当受罚才是。"田土司却说："让那姑娘过来。"

杏儿被两个兵丁押了过来，她身上那条土红的裙子虽被荆棘划破，但仍然鲜艳夺目，一走来就让所有的人眼睛一亮。杏儿一眼看到田昆，喜极而叫："田哥哥，田哥哥，我终于找到你了！"

田昆看看父亲，不敢造次，忙对杏儿说："杏儿，不让你来你怎么还是来了？你快下山去吧。"

杏儿一听，眼泪汪汪地说："不，只要你在这里，我绝不会下山。"她转过身来朝田土司跪下，哀求道："土王爷，让我留在田哥哥身边吧！"

三天之后，湖广总督迈柱果然带着官兵杀气腾腾地开进了清水河畔，他们一气冲进了土王宫，但宫中除了几个年老的守卫在慢吞吞地扫着地，再找不到一个人，值钱的财物也都不见了踪影，只有门前的一对铜狮子无言地瞪着大眼。迈柱从附近找来种地的百姓，询问土司一家和兵丁们的下落，都只是摇头。皇上有旨不能杀害无辜，迈柱对着百姓也只有干生气。

官兵在山下一筹莫展，迈柱费尽心思，说动了周围一个小土司，辗转给田土司捎来一封书信，说皇上只是宣田土司进京叙话，并无其他意思，此时若想得明白，一切都还来得及，赶快下山来与总督一起启程进京，面见皇上说个清楚，当保土司无事。

洞里的田土司接到那封信，足足看了一个时辰，突然仰天长笑，但笑着笑着却流起泪来，旁边的将士无不怆然。田土司将信纸凑到灯前点燃，那桐油大灯照得洞里白昼一般，烧去的纸灰片片飞扬，随着洞中的蝙蝠上下舞动，所有人的心也都跟着七上八下。

田昆在一旁将那信看得明白，一片肃静之中，他走出来说道：“父王，我看这总督说得也不无道理，孩儿我愿伴随父王进京面见皇上，但求洗清不白。”

田土司听罢一脸愤然，唰地拔出了身上的佩剑。旁边的人顿时都吓得脸色惨白，替田昆紧捏了一把汗。只见土司挥剑劈向身边一个两人多高的钟乳石，剑光闪处，那尊形同壮汉的石头断为两截，洞里响起一片低低的惊叫。田土司斩钉截铁地说：“谁要敢再出此言，这就是他的下场！”

那送信来的人见此情景，早已瘫倒在地，土司却上前扶他起来，说：“两军交战不斩使者，更何况你不过是听命于人送信而已，我怎会伤害于你？”说着，将洞中所藏的美酒大碗盛了，叫那人喝下去壮胆解渴，然后放归了那人，并带信给迈柱搪塞道，去岁山中灾荒不断，洪灾旱灾并遇，臣一向过问勤勉，恐此时离开对土民有所扰动，故等春种一过，臣星夜兼程赴京仰望圣上龙颜云云。

夜深人静之时，兵丁们三三两两地靠在石壁上打瞌睡，田土司却仍孤坐在洞厅里的大石旁想着心事，那副憔悴的样子让田昆心悸。他上前给父王披上了一件夹袍，田土司回身抓住了他的手，说："昆儿，你一再与我作对，非要我进京去见皇上，是何道理？"

田昆低头道："父王既然决心已定，孩儿我以后再不说就是了。"田土司说："我现在就想听听。"

田昆说："父王要孩儿从小研习文章，天下大事也略晓几分，孩儿以为皇上的本意并非是想加害于父王，而只是想改变西南一带土司众多各自为政，陈规陋习泛滥之现状，不得不软硬兼施，力图改土司制为流官制，要从父王这里开刀而已。"

田土司又是惊讶又是震动，不由得站了起来，说："你小小年纪也想到了这一层？"

田昆说："父王你其实心里明白？"

田土司默然无语，田昆说："父王，或请人送上奏折，将父王改进革新之意从实道来，或派人到京城找皇上信任的大臣从中斡旋，皇上一定会三思而行，说不定就云开雾散，柳暗花明。"

田土司摇头叹道："晚了，一切都晚了！知我者，皇上也，而对皇上，我田某人也略知一二，晚了！"

第二天，田土司把大儿田杲叫到跟前，让他准备洞中酒宴。田杲见父王面有喜色，以为事情有了转机，田土司却说："一连多少天，我田氏皇城从宫里到宫外都是一片愁云，到这洞里更是死气沉沉，叫人好恼。喜得你弟弟有了心爱之人，杏儿那姑娘又不畏险阻独自上山，我想为他俩举办订亲之礼，让大家也跟着喜庆喜庆。"

田杲大惊："在这里为田昆订亲？"田土司点头："这里有何不可？"田杲说："就在今天？"田土司悲喜难测地说："宜早不宜迟。"

田杲说："父王，儿以为实在不妥。田昆他与那女孩儿只是一面之交，如何就谈得上婚嫁？父王那日将那女孩儿留了下来，也只是权宜之计，儿看如今时势越发紧张，正准备着人赶那女孩儿下山，父王何以又想到订亲之事？"

田土司说："杏儿明知我田氏正在危难之时，却不顾一切追随昆儿，我看也属难得，既然他俩一往情深，不如就成全了他们，也给大家带些喜气。"

田杲固执地说："父王，洞里兵丁一片忧心忡忡，哪有心情……"田土司说："你不必多说了，把昆儿叫来，看他们的意思如何？"

田昆和杏儿一听要为他们订亲，都一时喜得呆住了。

那应该说是田氏家族最为别致的一场喜宴，他们远古的祖先曾经长久地居住在山洞里，但绝不会有田土司为小儿子的喜事点燃的那样明亮而又热烈的烛火，通天洞大厅里密密麻麻的嶙峋怪石上逐一安放了灯烛，数百盏大小不一的灯火或高或低，灿若群星，将一个洞穴变得如天上仙景。田土司在夫人和儿子们的簇拥下，走上了高处的土司王座，众多的兵丁们整齐地跪伏在地，齐声庆贺小王爷的佳日。

田土司豪迈地笑了，他将两只银光灿灿的项圈从身后的宝匣里拿出来，一手递给田昆，一手递给杏儿，说："按我们土人的规矩，你们的订亲应当经过许多的礼节，但今天我们都全免了，父王只能送给你们俩一人一把银锁，你们交换了，就把对方锁在心里了。"土司夫人给他们俩亲手佩戴在胸前，手还没放开，眼里早噙满了泪。

田昆与杏儿四目相对，无数的话都写在如电驰雷掣之间，可田昆有一句话不忍告诉杏儿，他对父王如此急切地为他们订亲，心里升起一种不祥，他几次看着父王的笑脸，想私下里问上一问，可父王像是知道了他的心思，总是回避着他满含疑问的目光。

田土司喜气洋洋地大喝一声："咂酒！"

洞厅里那数十只半人高的大坛被揭开封泥，一股股酒香冲天而起，兵丁们不由自主喜笑颜开，纷纷席地而坐，将麦秆伸进坛里猛喝起来。就在一片酣畅之中，洞口那里响起了喊杀声。一个浑身是血的兵丁跑进来语不成声地报："……牟，牟土司带着官兵从后山杀上来了……"

田杲一听怒目圆睁，拔剑就要劈向正沉浸在幸福之中的杏儿，口里喝道："我早就看出你是个害人的狐狸精！"杏儿丝毫来不及分辩，眼看就要迎头受上那一剑，一旁的田昆一个箭步抢来将杏儿拉到了自己身后，那剑从他的胳膊上划过，鲜红的血立刻渗了出来。田杲还要再劈，喀嚓一声剑却断了，田土司用那柄祖传的宝剑拦住了田杲的剑锋。田杲大叫道："父王……"

田土司不容分说地按住了田杲的肩膀，洞前的喧嚣和洞中的紧张他仿佛全没在意，脸上却是一派出奇的平静。田土司对着洞口正在厮杀的官兵叫道："都给我住手！"那声音不大，却在洞中引起一阵轰鸣，激战中的刀枪都不约而同地松了下来。

田土司将迈柱的将军请进洞里，当面说道："将军可看清了我这洞中的道口？那越往深处越为狭窄，且不见天日，根本无法施展兵器，你们现在虽然已经到了洞口，可若是想硬行拼杀，想让我土兵全都投降并非一朝一夕之易事。"

那将军开口说道："那依田土司之见呢？"

田土司说："将军何必着急，你们这些日子也已是劳乏不堪，不如先坐下来喝上我儿子的一杯喜酒，再说别的不迟。还有那牟土司，就是我今后的儿女亲家，他既然亲自领了你们来，更应该让他进来见上一见才是。"

那将军本待发作，但看那洞的四周却是一片闪闪烁烁，让人辨不清究竟，便还未开口就虚了声势，说："好吧，在下早就听说出土司是个仗义之人，想你不会设下别的圈套，让在下难以复命。我这里就遂你的意吧！"当下便要手下兵丁叫牟土司进来。

牟土司一族虽与田土司隔河相望，但多年来敬而远之、少有来往，田土司一心想扩展领地，采用买卖的方式向周边延伸，但属下不讲礼法，强索硬讨、邀功买好，侵占牟族土地的事情隔三差五屡屡发生，畏于田土司的兵力强盛，牟土司只有敢怒而不敢言，但心中的不满早已有之。前些日子杏儿私自跟着田昆而去，杏儿妈无计可施，只有禀告了丈夫，牟土司新仇旧恨，索性大张旗鼓地投靠了围剿田土司的官兵，从一条多年来悄悄开凿、少为人知的绝壁小道攀上了通天洞顶，这牟土司也是个豪气之人，听说田土司请他进洞，便毫不犹豫地束紧了腰带，一手提了剑昂然走了进来。

田土司命知事斟满酒，亲手捧到牟土司跟前，叫了一声亲家，说："田某情急之中在这洞里为两个孩儿举办订亲之礼，实在是不得已而为之，难得你也赶了来，这下子算真正遂了我的心愿。"说着唤过田昆、杏儿，说："你们两个还不赶快见过你们的爹爹！"

那牟土司本是一腔愤怒，但却见两个漂亮鲜活的人儿往跟前一跪，齐声叫爹，一时心软得不知所措，口中不觉已答应了去，说："快快起来，快快起来！"

田土司说："亲家，你先喝下这杯酒去，我有一事要当着将军的面托付于你。"

牟土司说："何事？"

田土司说："你得先喝了这酒。"

牟土司爽声道："喝就喝，我本来是想找回我的女儿，今天既然已经见了，我也就不怕你在酒里下毒！倘若你真要了我的命，那么我今天领着官兵上山对你所做不敬之事也就算两下相抵，谁也不欠谁的了！"说着将满碗酒几口喝了下去，却将那瓷碗叭地摔碎在洞壁，溅出一片火星。

田土司喝道："好！我田某人有你这样的亲家，不枉生了这一串儿子。"牟土司说："有什么事，你赶快说吧。"

田土司说："女婿半边儿，从今日起，田昆跟杏儿一样都是你的孩子了，你要善待他们。"

牟土司看那田昆，生得高大俊朗，眉宇间一股浩然之气，心下暗暗喜欢，只是事情变化得太突然，他一时难以张口说个好字。田土司也不等他说，只管又对那将军说道："我知道迈总督要捉拿的是我，与本族所有人等一概无关，今天将军要依了我的话，将我族中全部老少放过，让他们各自回家，并从此不加追究，我田某立刻让他们放下刀枪，归顺朝廷。"

那将军沉吟良久，点头道："在下愿在总督面前尽力陈述，保土司族中人等平安。"

田土司说："不，此刻我就要看着他们回家。将军不得将他们扣留。"

将军变色道："土司你这不是在为难我吗？"

田土司说："如果将军实在不肯，我手下的数百将士只怕也只好以死相拼了！到那时两败俱伤，又是何必？"

将军回头一看，周围全是虎视眈眈的土司兵丁，那田昊更是握剑在手，只等土司一声令下，立刻就要杀将过来。

几番辩说，那将军不得不应允了田土司的要求。

田土司怕是有变，又让那将军写下字据，方抬起头来对洞中密密麻麻的兵丁叫道："各位不得再与官兵对抗，放下刀枪各自回家去吧，男耕女织好自为之，田某在此给各位行礼了！"

洞中兵丁们大惊，一个个大叫道："土王！"

田土司摆摆手，朝天叹道："想我田某人一生所为，功过均有，我知道，土民百姓对我也是毁誉参半，可我唯对当今皇上并无二心。"他说着，苦笑了几声。半晌又朝天叹道："皇上既为改土归流拿我开刀，我也就成全了皇上，身后是非，留与后人说去吧！"说着，他一把从腰间拔出雪亮的佩剑。

那将军和牟土司都惊得跳出一丈多远。

田土司并不看他们，自顾对剑说道："可惜这把剑，你曾为祖上杀倭寇立下大功，到我的手里却成了一件饰物。几十年来，我总想有朝一日用你为皇上效力，可却没盼来机会，以后怕是再也不会有了。"他悲呼道："剑啊剑啊，你白跟我了——"

随着那声长啸，一道剑光闪过，田土司面带遗憾端然而立，那脖项处却现出一条丝般的红线来，手中的剑咣当一声滑在了地上。就在人们瞠目结舌之间，那血突然如箭似的喷上了洞顶。

田呆、田昆瞋目裂齿扑将过去，嚎叫道："父王——"

洞中将士齐齐跪倒在地，无不大恸。

八

田快活朝洞的深处坠落。

奇怪的是，脑子里空前活跃，在那短短的几秒钟或者再短一些的时间里，他飞快地想到了桃子的笑脸，甚至还有桃子知道他的噩耗以后吃惊的样子，心里不由闪过一阵阵遗憾。没有吃上那餐火锅，乡巴佬火锅，那家餐馆就叫这个名字，他和桃子从门前走过，清楚地看见里面热气腾腾的台面，还有蚂蚁一般拥挤的食客，桃子的眼光里明显流露出想进去的意思，可他装作不懂，其实他被大门里飘出的香气熏得直流口水，如果放开肚皮吃，他觉得自己可以把整个餐馆都吃下去。

遗憾的滋味揪心地疼。

还有外面的阳光和蓝天，为什么生命这么短暂？是什么鬼使神差，让他一次次走进这个倒霉的洞？钱财那玩意儿终究抵不上性命的重要……这一切唰地闪过，砰就落在了一堆软绵绵的东西上，山洞里立刻回荡起一声凄厉的尖叫。

田快活最初以为碰到了野兽，但他的手却触到了布的感觉，那哼哼声就像是一个人，他尽管毛发孪起，还是不得不大着胆子问："你是谁？是人还是鬼？"

那东西哼哼叽叽地开了口："你……你把我的……腿，砸坏了！"

田快活不禁喜出望外，自己没有死，还碰上个活人，简直是想不到的好运气，上去就抱住那人，一迭声地说："太好了，在这里碰上个人，比中了大彩票还要好！你是哪儿的？怎么到这洞里来了？"

那人却说："快活，你一开口我就听出你是田快活，你快把我扶起来，我是你的村长啊！"

田快活大吃一惊，说："村长，你怎么了？也是到洞里来找宝的吗？要知道你来，我俩还不如搭个伴，互相照应着，说什么也不会掉进这天坑里了。"

村长哼哼着骂了他一句："你晓得个屁？我这里才说了一句，你恨不得把十句都接了去，我是被人绑架来的。"

原来就在前日，大太阳照着，村长从他开的小煤矿上出来，到镇上的馆子里喝了三盅酒，真也不算多，但那酒性子烈，一出来在太阳底下一晃，头就晕了。后面跟上来一辆吉普车，说村长坐车吧！糊里糊涂地就被架了上去，一溜烟开到山根脚，然后两个人把他的头一蒙就往山上拖。

村长这才明白事情不对，酒也醒了，使劲想挣扎，但哪里由得他？人家把他往地上一放，就问他钱放在哪里？存折密码是多少？村长听那口音都是外地的，但人家对他的情况却是了如指掌，知道他开着小煤矿，每年少说有几十万的进项，又从村里得了不少好处，房子修成了钢筋水泥的小楼，墙上贴了马赛克，在清水河畔分外打眼。

人家说到这里时，村长就在心里暗暗地骂自己从前的女人，就是她好张扬，非要修什么小楼，那婆娘出的主意没一个帮了他，真是个扫帚星。但他舍不得把钱告诉人，那些钱来得都不容易，他不能因为一顿酒一喝，半道上遇着个人就把一辈子的积蓄全都拱手相送。

村长因此任那几个人问啊骂呀打呀，就是死活不肯承认自己有钱，更别说是密码什么的了。到了下半天，村长感觉到身上都有了凉气，那几个人也都累了，说既然你不肯说，那就怨不得我们了，送你去一个地方吧，到那儿你就会想说了，可惜的是我们再也听不见。那几个人就把他往洞里一推，他轰轰隆隆摔了下来，也是以为自己死了，没想到还活在这里。

两天两夜了，也没进一口水。四处也都摸遍了，没有一个出口，今生今世只有死在这里了。说着说着村长就哭起来，说：

"早知道这样，我要那钱做什么？要是那几个人还来，我把什么都给他们，钱也好房子也好，要老婆都行，只要他们能让我出这个洞，村长也让给他们当……"

田快活摸了摸村长的头，并没有高烧，倒像是说着胡话。

村长又说："快活，你身上带了什么吃的没有？快拿出来。"

田快活浑身搜了一搜，从家里出来时他带着几个苞谷粑，可他这人嘴馋，没事的时候嘴里就要嚼点什么，刚才在上面不知不觉地就把几个粑粑全都啃了。村长一听又忍不住哭了，说："那你来做什么？既不救人又不带点粮食，你这不是来气我的吗？"

田快活说："村长，你这就想不开了，你死到临头了，还有人来陪着你，这是过去皇帝才有的事，该你轮上了，你还不知足？"村长拼着全身力啐了一口，说："我要人陪着死干什么？我不要死，我就要活，好死不如赖活着。"

田快活说："村长你既然不想死，那你就先别骂人，我们俩再想想有没有别的活路？"他说着，突然惊喜地叫了一声说："嘿嘿！我这口袋缝里居然还藏了几颗板栗！"村长一听朝他扑了过来，说："在哪里？快给我！"摸索着就从他手里抢了去，连皮也舍不得丢，囵囵地嚼了又嚼，吞得咕咕的，说："我的妈呀，真没想到这板栗这么香。快活，你还有没有，再从口袋里搜搜。"

快活说："要再搜出来，村长你得拿钱来买。"

村长忙不迭地说："行行，莫说钱，你要救了我的命，我出去把小煤矿让给你来开，包你一年成个大富翁。"

田快活在黑暗中突然叫了起来，说："村长你快来摸！"

村长问摸什么？

田快活顾不得细说，他从那洞壁上摸到了一道道半寸来宽的沟，像是一道道梯阶往上伸去，他大叫着："我们有救了！"

田快活说那洞壁上有一道浅浅的石梯，肯定是从前有人在这天坑里待过，慢慢挖出来的，顺着一定能爬出去。可他还没来得及往上爬，村长就摸过来一把推开了他，说："你让我先上！我年纪大些。"

但村长爬了两级就爬不动了，说："这么窄的石头缝，人站都站不住，哪还爬得上去？田快活你死到临头还来捉弄人！"田快活说："哪个让你爬的？我这里话都没说完，你就爬了，又来怪我。"

村长一扑爬落下来，哼哼道："算了，我就在这里等死吧。刚才你说得对，过去皇帝有人陪着死，我有你快活陪着，黄泉路上也不算孤单。"

田快活说："说到死，村长我问你一句话，你活了一辈子，做了哪些亏心事？"村长恼了，说："田快活，把你当个人你就把自己当个神了！我堂堂村长当着，有什么亏心事？"

田快活说："你看看，你看看，不过是说着解闷罢了，人都要死了，就是做了什么见不得人的事说说又有什么？你没看人家外国电视里，人死的时候都有神父在跟前，专门做忏悔，把一生做的坏事都抖出来，死了灵魂才能上天。"

村长半天没做声，幽幽地叹了口气，说："快活，我要真说出来怕吓着了你，这么说吧，如果按量刑的话，我做的那些事判个枪毙重了点儿，判个无期差不多。就说去年煤矿那次塌洞子，把两个活蹦乱跳的十六岁的娃娃砸在了里面，都怪我。他俩都是高中生，家里穷上不起学，硬要来挖煤，我晓得洞里设备要整修，县里一再不让开工，可心里一时贪利，就让他们也跟着下了洞，有经验的跑出来了，两个娃娃连个尸体都没挖出来。后来我光做噩梦，看见他俩血糊糊的脸，心里那个后悔呀，唉！没法说。"

他们沉默了好一阵，田快活问："没有了？"

村长说："你少问这些好不好？说了又有什么用，人当真死了还上得了天堂不成？"田快活说："你不愿说就算了。要我说，你这个村长早就不该当了，没给清水河做一件好事，旁边那些村子好多都富起来了，只有我们这里还穷兮兮的。"村长说："那也怪不得我一个人。"

村长听田快活又窸窸窣窣地在岩上刨，问道："快活，这半天我还没问你，你究竟到洞里干什么来了？"

田快活说："刚才我不是说了吗？我是到洞里寻宝来的。"

村长来了兴趣，说："人家都说过去姓田的土司把财宝都藏在了这洞里，我也曾打过主意，那一年还找了几个人到洞里来摸过，啥也没找着。你这家伙找出什么名堂来了吗？"

田快活说："找出来了呀！"

村长一听，霍地朝田快活跟前靠了靠，问："在哪里？"

田快活说："问题是我们要出不去，就是找到一座金山，又有什么用？"村长丧气地说："那倒也是。不过你说给我听听，让我过过干瘾也好。"

田快活说："实话告诉你村长，我是到洞里来求仙姑的，你没听人说，这洞里出过仙姑。一个儿子不孝，把老爹爹背到洞里一丢就跑了，过了几天偷偷去收尸，一看发了呆，那爹爹不仅没死，还养得红光满面的。原来是洞里有个好心的仙姑，给老爹爹挖了一个石饭甄，老爹爹肚子一饿，就到石饭甄里一刨，就刨出又热又香的大米饭来。"

村长说："田快活，你把我当苕是不是？真要有那么个石饭甄，我们清水河的人不需种田了，也不需你争我斗的了，到了吃饭的时候只管排队就是。"

村长说着说着，听不到田快活的回音，就说："快活，你怎么不说话？哎，你人到哪里去了？"村长用手在小小的天坑里摸了一通，却什么也没摸着，不禁惊叫起来："快活快活！你成了精了？"

田快活在他的头顶上边笑了起来，说："村长你莫叫，一叫我心里发慌，我这里正爬岩呢！"村长一听田快活说话的声音已经升上去老高，一下子急了："……哎，哎，快活，你可千万别……别把我一个人丢在这里……你要做这种没良心的事，我……日后变了鬼来掐死你……"

田快活说："村长，要是我真的爬上去了，你得答应我一件事，答应了我就放根绳子下来救你。"村长说："你只管说，我先就叫你说，要钱要小煤矿要什么都行。"田快活说："那些我都不要，我要你把村长的位置让出来，我要当村长。"

幸亏出门时给自己全副武装，除了丢失的火把，身上还有抓钉火柴绳索等物件，田快活就用抓钉牢牢地抠紧了洞壁，然后沿着那些浅浅的石缝，一步步爬出了天坑。那些救命的石缝长短规则，田快活在摸索着湿润的洞壁，壁虎一样一点点往上爬时，简直就是亲吻着它们，心里充满了对前人的感激。

一边想起了爷爷讲的故事。

爷爷说先人在通天洞里九死一生，那土司王当着众人自刎以后，湖广总督启奏大清皇上要鞭尸三百，然后没收全部家产，所有妻妾子女贬卖为奴。皇上看了奏折不以为然，反念田土司先祖抗倭有功，下旨将其厚葬，并不再对土司的家人加以追究，所有财产也不动分毫。田氏族人无不感恩戴德。

从那年开始改土归流，清水河畔实行流官制，州县两级官员都由朝廷直接委派，土司制度从此再也不复存在。

爷爷说皇帝将土司的大多儿女迁移到千里之外的平原地面汉阳黄陂一带，赐给各人宅院一处良田数十亩，从此远离清水河畔成了他乡之人。唯有田家的小王爷被允许留下，和牟家的姑娘在洞里成了亲，后来生了五儿五女，就在清水河畔男耕女织生生息息，一直延续到如今。

至于说洞里的财宝，爷爷从来就说："你说有就有，你说没有就没有。不过话又说回来，你就是寻到个金娃娃，也只能管一家人吃一年，管不到一辈子，管不到子孙后代。"

田快活没有找到金娃娃，连个铜钱都没有找到，他找回的是自己的命，他觉得这比什么都要紧。

因此，他站在好不容易爬出来的天坑边上，心里有说不出的快活。他好想唱一嗓子，好想找个人亲一亲抱一抱，能活着真是太好了，比什么都好。他想立马使足精气神为清水河做些事，为桃子和周围一切认得和不认得的人做些事，他得把这辈子的日子过得再有意思些。

村长在黑洞洞的天坑底下叫："快活！……你快拉我呀！"喊了一声又一声，田快活丢下绳子，让村长套住腰，拉苔桶一样把村长给拉了上来。村长一屁股坐在地上就干嚎起来，却又没什么力气，嚎一阵喘一阵。

田快活拽起他，磕磕碰碰地走出了通天洞，一眼看到了外面的晚霞，正大红大紫地起劲烧着，辉煌得铺天盖地，田快活兴奋得一个劲地笑。

村长奇怪地问："田快活，你喝了笑菩萨的尿了，有什么好笑的？"

田快活觉得，这山川树木还有自己，都神圣得不得了，他豪情万丈地说："村长，你莫忘了你答应的话，我要当清水河的村长！"村长打起精神骂了一句："放你娘的屁！村长是你说当就当的？逗你的话也当真！"

田快活并不见气，他胸有成竹笑眯眯地说："这可由不得你！你不让我当我也要当，不信我们俩试试！顺便再说一句，我看你跟你现在的娘子不合适，你不如跟她离了，放她回娘家，免得你日后遭报应！"

　　村长莫名其妙地看着田快活，说："哎，田快活，你真以为你自己是个人物了？！"田快活也不理他，嬉笑着站在崖上朝四周的群山打起一串噢嗬，喊道："噢——嗬嗬——"

　　高山回应着："噢——嗬嗬——"

偶　寄

一

天没下雨，虽然阴着，多少洒下些阳光。

应该说，走在大街上的苏杰绝对是一个标准的文质彬彬的男子，他有一米七五的个头，穿一件看似平常但再一细看质地考究的米色风衣，一副宽肩增添了那件风衣的挺拔，使他甩动的双手潇洒而又自信。

他看人的时候略微眯缝着双眼，这使眉宇间流露出不可怀疑的成熟，另外，他的气色很好，皮肤微黑，是那种健康耐看的肤色，稍稍有些发胖，但并不影响他的身材。

　　总而言之，苏杰这个人，是一个在人们眼中成功的男子。

　　他还有一个如意的妻子，眼前的情形便可见一斑，当他拐过林荫道的花坛，他家所在的二楼阳台便一览无余，正见妻子谢玲丰满的身影在阳台上充满活力地闪动，那里五彩缤纷，蓝的白的红的花的衣衫、被单，犹如舞台上精心设置的幕布和景片，而那个活跃的人儿给这舞台带来了令人欢欣的生气。

　　还未走到门口，就已闻到饭菜的香味。

　　不过，还有比这更为浓烈的一股清香扑鼻而来，苏杰走进门，见妻子正举着空气清新剂，射击一样朝每个房间的空中喷洒。如果说实话，苏杰不太喜欢这种制作的清香。

　　苏杰出生在河南靠近黄河的一个小村庄，同乡邻的孩子一样，每天必须赶早割草或拾粪，一天到晚被青草和牛粪的气息所包裹，到如今他仍然认为那是一种亲切自在的气味，他喜欢那样的味道，排斥那些化学气味，甚至包括妻子的香水。

　　然而那只是在心里，此刻他送给妻子的是一张笑脸。谢玲在门口迎着他，他一面将刚买的熟食袋子递过去，一面脚下扒拉看拖鞋——进门换鞋这是必需的程序，嘴里说："你回来得这么早？"

　　谢玲手脚不停地继续忙乎，也不耽误回话："今天上午去机场接了一次外商，下午陪他们逛了一圈东湖，约翰逊说累了，要早点回去休息，我们就把他送回宾馆，提前回家了。"谢玲说话时，两瓣嘴唇红艳艳的，唇膏都还在，显然从外面回来，脸都没来得及洗，就开始收拾屋子。

苏杰就有些感动。

妻子确实是一个能干的女人，她在一家外贸公司当副总经理，手下的人都很恭敬地叫她谢总。她穿上职业套装，神情大气地出现在某个公共场合的时候，在场的人都会盯住她，她是属于那种镇得住场面的女人。

而谢玲不仅在外面是强者，在家里也是一把好手，并不像有些号称强人的女人只顾事业不顾家庭。谢玲相夫教子，把家庭料理得无可挑剔，任何时候，苏杰同女儿出门都穿戴得体面光鲜，进门则舒适惬意。谢玲总是把家里收拾得井井有条，比方说苏杰的袜子在第二个衣柜的小抽屉里，女儿小蕊的手绢在第三个屉子的左侧，等等，都是绝不会乱套的。

苏杰的朋友们曾开玩笑说，谢玲简直就是撒切尔夫人。现如今，干了事业还理家，甚至去刷墙、煎鸡蛋、喷洒清香剂的女人，除了撒切尔谢玲，还能数得出几个呢？

看妻子收拾得窗明几净，脸上却有了一层薄汗，苏杰忙走过去说："让我来吧，你快歇歇。"谢玲说："这就完了。"

苏杰说："我买回来好些熟食，省得麻烦。"他换下衣服就想去切，谢玲却说："放冰箱里吧，晚饭已经做好了，等小蕊回来咱们就吃饭。"

苏杰就去阳台上观察来时的林荫道，看女儿小蕊能否出现，站了一会儿，他转过身说："要不我去接接？"

谢玲干脆地说："不用接，她一会儿就会回来的。"

苏杰便自去厨房收拾桌子，看妻子已煎出两条武昌鱼，做了一碗番茄蛋汤，还有个青豆肉末，蒸好的香肠切出红红的一碟，桂林腐乳四川榨菜两种咸菜，很家常地摆在那里。

这工夫，谢玲忙完了客厅的擦拭也进到厨房，喘息了两下，用一种宣布的口气说："苏杰，今天半夜12点，我和公司小李要陪约翰逊去上海，时间一周左右，你就留心一下家里。"

谢玲的出差就如家常便饭，她所在的公司常与外国商人打交道，非常守时，总是一分不差的，说走就得走。但这时苏杰的脸上却显出有点为难，这使明察秋毫的谢玲奇怪："你怎么啦你？"

"哦，没什么。"苏杰说，"只是我们学校通知我，让我这个礼拜去参加一个培训。"

"培训？"谢玲眉毛一挑。

苏杰说："其实就是轮训，放假期间一个月，要不我跟他们说说，换下一批算了。"

"不。"谢玲果断地打断他的话，她想了想说，"不能放过这次机会，轮训就意味着一次机会，人一生的机会就那么几次，错过这个村就没了这个店。就好比你当年从河南农村考上大学，你妈非要你娶了媳妇再走，你要是错了那一步，就没有了今天，顶多就是个乡里的文书，离你现在的副教授位置差出一大截，你说是不是？"

苏杰点头。

于是，谢玲说得越发流畅起来。谢玲在家里不像一般女人总爱说柴米油盐，她从来不说那些废话，她说的大都是跟苏杰和女儿小苊前途有关的事情，或者是自己业务上的，一说就滔滔不绝。

直到门锁声响，女儿小苤唉声叹气地拖着沉重的书包进得门来，谢玲才住口。不等爸妈发问，小苤就抢先说道："又堵车了，真烦人，好不容易等来一趟，挤了半天才挤上去……"

谢玲说："到底是堵车还是挤车？"

小苤嚷嚷着："先挤上去，开了半站路不到就堵上了。"

谢玲说："你话都说不清楚，连个顺序都没有。"

苏杰忙说："快吃饭快吃饭，菜都凉了，要不要再热热？"话未落音，谢玲那里已啪地打开了火，妻子总是比他快半拍。

吃完饭一收拾碗筷，不觉就到了七点多，《新闻联播》也顾不得细看，谢玲就去房间收拾衣箱，苏杰忙跟进去掩上了房门。

灯光下，妻子的圆脸显得柔润光泽，苏杰想到一周的分别，不禁蓦地生出些念头，他凑上去帮妻子折叠着从柜子拿出的衣物，说："你带上件毛背心吧，别晚上在外面活动着凉。"谢玲说："你放那别动，别给我弄乱了。"苏杰也不退缩，上前拉住妻子的手说："看你一天到晚忙的。"谢玲扯回手，细心地往衣箱里放好连衣裙，说："不忙怎么办？这个社会就是讲竞争，你松一口气人家就赶上去了。"

看苏杰依旧坐在床沿上，谢玲说："你快去看看小苤的作业做得怎么样了。这孩子就是不自觉，我走了你明早干脆把她送到她小姨家去，你安心去培训，她小姨能管住她。"

苏杰口里应着，身子却未动，感到一种膨胀的尴尬。

平心而论，苏杰是一个有自尊的男人，他此刻产生的欲望一下子难与眼前的气氛融洽起来，他不知道该怎样对付妻子。为此他有些难受又有些自惭形秽，脑子里昏昏的像喝了点酒。

过了一刻，谢玲终于感觉到了身边既无声响又呆坐着的苏杰急促的呼吸，到底是十多年的夫妻，谢玲在瞬间奇怪之后即刻明白过来，不禁有些烦躁，她说："你呀你呀，你以为我们还是少男少女吗？"

话已说破，苏杰索性伸过胳膊挽住妻子的肩膀，将头埋在她丰润的颈窝里，喃喃地说："你一走一个礼拜，我们亲热亲热不行吗？"

谢玲扶起他的头，把手腕上的表伸到他鼻子跟前，说："你看看都什么时候了？我收拾完东西还得化妆，还得到宾馆与小李碰面了接约翰逊，到机场安检得一个多小时……"

苏杰说："时间充裕得很。"

谢玲大声说："要是堵车怎么办？要是小李没按时赶到宾馆怎么办？出门旅行万事都得考虑周到，都得留点儿余地是不是？"

这样很公事地说上一番话以后，苏杰的想法不打自退。他有些发木地坐着，看妻子收拾好衣箱，扣上拉锁，披上风衣。临出门，谢玲带着些歉意在他脸上亲了一亲，小声说："回来弥补好不好？"

二

苏杰守着妻子留给他的遗憾睡了一夜。

晚上做了好几个稀奇古怪的梦，清晰如画可一醒却什么都没有了。他醒来的时候窗外已是一派阳光灿烂，不知名的鸟雀叽叽喳喳叫得欢腾，他明白时间实在已经很晚了。

他感觉身上有些不舒服，却不知是哪个部位，仔细品味了一刻，才明白似乎是左侧胸胁靠下一点的地方。迄今为止，苏杰从小长大几乎没生过什么大病，因此他连身体的构造也不是十分清楚，比如肝和脾到底各在哪一方，或是肾在前还是在后，真有些说不清。

起床后，隐隐作痛的感觉便减轻了许多，他想可能是岔了股气。在河南老家，奶奶就常说身上疼，岔了哪股气，这种病不叫病，下地挣出一身汗，周身活泛放出几串屁来，也就不治而愈。可眼下却没有什么能叫苏杰挣出一身汗的事情，除非跑步到学校去。在阳光灿烂人流如潮的大街上，奔跑着撞开人群，气喘吁吁地连声叫喊：请让一下请让一下。想想都好笑。

却是什么也不想动，不想做。小苡上学去了，没有什么可挂牵的事情，至于学校那边，苏杰给系里的老丁打了个电话，那边唔唔地应着，一听说他身上不舒服，便马上来了劲似的提高嗓门哦了一声，连声叫他休息。苏杰说那我今天休息一下，明天就直接去培训了。老丁说可以可以。

其实就是一回轮训，并不像谢玲说得那么珍贵，那不过是她的一厢情愿罢了。

再躺下来却怎么也睡不着了，靠在床上翻了几本半新的杂志，都是谢玲出差时带回来的，有写大款娶几个老婆的，有写女大学生卖淫的，还有写亲生母亲和奸夫摧残自己亲骨肉的，都带着些刺激，比起从前的文学刊物花哨多了。

苏杰当年曾做过作家梦，上大学时还在省级刊物上发表过好几篇小说，这也是精明强干的谢玲看上他的重要原因之一。然而后来毕业到另一所大学当了老师以后，似乎再不怎么理会文学，他写出的教学大纲几次遭到系领导的批评，领导说："你不要用小说的写法写教案嘛。"这话实在没错，不过那口气使他明白自己视作神圣的东西在旁人眼里不过是一盘小菜而已。

世界上比小说更重要的东西实在太多了。但遗憾的是苏杰除了写作小说和教历史以外，其他的爱好和兴趣都很狭窄，这或许是他们这个时代的人几乎共有的特征。之前根本没有学会娱乐、运动和消闲，到了周末休息时大多都在做家务。现在，苏杰好不容易预备休息一天，可几乎想不出什么更好的休息方式，除了睡觉看杂志电视。百无聊赖之中，他打了几个电话，给大学的几个同学，似乎很遥远的声音传来，互相问候了家庭工作和身体，其实人都在本市，只是极少有机会走动。

苏杰打发单调光景的同时，太阳仍高悬在当空，阳光下一片片翠绿的树林，靠着波光粼粼的湖水，有一群女孩子带着面包火腿肠可口可乐之类的食品正在嫩黄的草地上野餐。她们铺好一块洁白的塑料桌布，将各自背包里的食品取出来，很自然地摆出丰盛的花样，女孩子们随意地坐在草地上，牛仔裤包裹着结实的小腿，拖地的长裙五颜六色。蓝天之上，一架飞机隆隆地开过，如同一只银色的大鸟，将它矫健的身影投在绿茸地上。

一个叫作敏芝的女孩抬起脸来，叫道："飞机飞机！"

　　所有的女孩也都那么好奇地扬起脸来，盯着那架飞机越飞越远。当然，她们感兴趣的并不是飞机本身，而是那一跃而过的飞翔，还有那飞向不知何处的远方。它给人许多神秘的联想。

　　但那只是一刹那的插曲，女孩子们转眼就把注意力放到眼前的聚餐上了，她们开始吃东西，拍照，嘻嘻哈哈闹成了一片。只有那个叫作敏芝的女孩仍旧撑着下颏发呆，同伴们撞了撞她，说："你在想什么呢？"

　　敏芝眼望着天空说："我要会开飞机就好了，高高地脱离这个平庸的世界，在自由和神秘的王国里翱翔。"

　　"你别作诗了。"同伴说，"你连自行车都不会骑呢，还开飞机。"这话引起一片笑声。

　　敏芝哼了一声懒得搭理，一扭身爬起来抓过一辆"金狮"单车。她是被同伴骑车带来的，像她们这样年龄的女孩不会骑车的不多，可敏芝恰恰就是一个。她摁着车龙头，一步跨上车去，嚷道："我就不信，骑自行车还比开飞机难了不成。"

　　应该说这女孩有着小鹿一样灵活的手足，她上身穿件酱黄色高腰夹克，下身穿一条苹果牌牛仔裤，跨上车的姿势就像一个真正的运动员，引得同伴们一片叫好。

　　可蹬起来就明显欠缺功夫，刚才不过是一时之勇，并非掌握了技术，骑上去才两三步龙头就开始摇晃，不巧路前方走来一位男子。

　　敏芝的眼睛死盯住轮胎，但眼角的余光感觉到了来人，心中不由十分紧张。那男子远远地也感觉到了女孩的莽撞，早早做好躲避的准备，殊不知车到临头他的躲避与女孩的判断阴差阳错，他向左女孩也向左，他赶忙跳到右边，女孩的车轮也迅即追到右边，最后不偏不倚地撞在那男子的腿上。

敏芝连车带人，同那男子一起倒在地上。

被撞的男子正是苏杰。他穷极无聊地在床上躺了一个上午，感到头闷得厉害，便决定到东湖边走走，东湖离他家宿舍楼不过一二里地，却没想到刚刚放松了心情，却被撞翻在地，心中好生恼怒，爬起来就想怒吼一番。

但一下子竟想不出什么有力的话来，无非你是怎么骑的？怎么不看着人？显然都相当无力。只见那女孩，脸已赤红得如落日旁的晚霞，嘴唇连连动弹着却发不出声音，苏杰心里就有些不忍，待活动一番手脚后发现并无大碍，便转身一言不发地离去。

走了几步，腿有些疼，不禁一瘸一瘸的，身后叽叽咕咕响起一阵细细的哂笑，且越来越响。他回首狠狠瞪了一眼，犹如麻雀堆里砸了一石子儿，顿时噤声。

苏杰这才又转过身，保持着身体的端庄，一步步往前走去。只听身后踢踢踏踏响，撞他的女孩跑到他跟前，一双乌黑的眼睛怯怯地看着他，说："不好意思。要不，我们送你回家？"

苏杰说："不用了。"一眼瞥见女孩胸前的校徽，竟是与自己同一所母校，母校是名校，能考进来的学生都是不错的，于是，浑身的不快顿觉释然，"你们是大学生？"

女孩说："是的，快毕业了，大家出来聚一聚。真是对不起。"

苏杰想说咱们还是校友呢，却又想说这些干什么呢？就柔和了声音说："不要紧，以后骑车多加小心就是了。"

当后来的许多事情发生以后，苏杰想到人们所说的缘分，一切的开端都在这样一个金色的下午，但又似乎不全是。一个叫作敏芝的女孩诞生于一九七〇年，那时苏杰刚从河南的一个小村子艰难地念完初中，然后跟着父亲去打石头，他不会想到若干年后他会与一个叫作敏芝的女孩在南方的东湖边相遇，并接着又发生了一些事。

三

苏杰培训住的是两人间，同房是一位快六十的老头，是大学教务处的，见面就热情地与苏杰握手，说："向你学习向你学习。"每天早晨天不亮就起床扫地打开水，弄得苏杰很不好意思，也就抢着早早起床，若是动作快就抢着打了开水，然后到校园里散散步。

清晨的空气带着些许蓝色，校园里鸟语花香，三三两两的人在打太极拳、舞剑，夹杂着过滤后的说话声，处处潜伏着朝气一类的情绪，就连拂在脸上的风也似乎带着颗粒，刺激得人不由自主地兴奋，有些回到学生时代的感觉。

一周后，等谢玲回到家见到苏杰时，略略惊讶地发现苏杰剪了头发，将过去的三浦友和式分头剪成了一个棱角分明的平头。但谢玲只是稍稍惊讶了一下就过去了，她根本没有细想丈夫剪头发的微妙变化。她从衣箱里取出一条撒满金色花朵的领带递给苏杰，算是出差带回的礼物。

"会上发的。"她顺口说道。

苏杰笑了笑，点头接过来挂在衣橱里。这是一个周末的夜晚，他们不约而同先后回到家里，相差不过半小时。一周的分别肯定有好些话说。

苏杰说："我也刚回。培训其实也蛮有意思的，又像回到了大学读书的时候……"谢玲打断他的话，说："你给我递两个衣架过来。"

谢玲一边把箱子里的衣服往柜子里挂，一边说："这就对了，我就说你该去培训吧，按说你的副教授评了也好几年了，该转正了，可现在硬件要求很多，培训也算一个吧……"

苏杰没有言语，他转身到厨房打开煤气烧开水。谢玲收拾完衣物，跟着走进厨房，左右一看皱起了眉头，说："啧啧，这么厚一层灰，一个礼拜你都没回来过？你看看，这半个馒头都快长霉了。"苏杰也不吭声。

谢玲说："你怎么了？"

苏杰说："有些累。"

谢玲说："那就早点休息。"

谢玲说这话的时候，声音放低了八度，显得宽厚无比。她揣摩丈夫的心思如明镜一般，心想无非走之前留下的那点缺憾给丈夫带来些烦恼。

这晚，谢玲以少有的主动给了苏杰一些温柔，但不幸的是，事情并没有成功，苏杰试图做出豪杰的痛快姿态，但最后丢盔卸甲，只落得一片沮丧。

沉默了好久之后，谢玲问："你怎么了？"

苏杰说："……可能是前些日子胸口下面岔了气……到现在还有些不舒服。"

谢玲抚了抚他的脸，表示安慰。然后她背过身子，一会儿，发出细细均匀的呼吸声，显然是睡着了。

这时的苏杰莫名地生出一种孤身处在荒野的感觉。

十七岁那年，他奉父亲之命，把打石头的钱赶着送去给娘治病，动身得晚，他紧赶慢赶还是在半道上天就黑了，那晚没有风也没有雨，只是黑得彻底，天上没有一丝儿光亮，四周像扣着一口大锅，漆黑一片，连声响动也听不见，哪怕有只狗，或是一点小小的蟋蟀蛐蛐叫也好。全然没有，只有他跌跌撞撞的扑哧扑哧的声音。他走得昏头涨脑，不知道往哪儿去，也不知是哭还是笑好，只觉得身上的皮肤一阵阵发紧，他以为他孤独得快死了。好在那时，仿佛从遥远的天际传来一声长鸣，仔细分辨，那是一列火车的动静，远远地宏大厚重地喘息着，像一个可靠的巨人带给这世界一种昭示。

此时，躺在床上的苏杰和那年黑夜里一样，鼻子一酸，竟在柔软的被窝里淌出两行热泪。深夜里的苏杰情感细腻到这种程度，熟悉他的人，包括躺在他身边的妻子都是想不到的。

不过，第二天清晨起床之后，伴随着鸟儿的啼叫，穿戴起来的苏杰又已然是神采鲜亮了。他吃了谢玲煎好的鸡蛋，喝了牛奶，起身去姨妹家接回了女儿小苾，并顺道又去菜场买了些菜。相熟的菜贩子客气地对他微笑，这使他的情绪进一步好转。

一切和从前一样。

如果没有接下来的意外，苏杰在他一个月的轮训结束后回到家里，仍然会是从前的苏杰。但生活中有许多意想不到的事情，它像一条河流暗藏的若干险礁，龇牙咧嘴地等待在人们必经的航道上，防不胜防，一步差池就撞上去了。

或者根本就无法躲避。或者一旦撞上，却并不认为是一种灾难，就像封闭在山上的老和尚指着女人的画像告诫小和尚说，这是要吃人的老虎，而小和尚有了一趟下山的经历后，却觉得老虎很可爱，而偏要想法去亲近老虎。

四

那一刻，苏杰完全怔住了。

他坐在灯光明亮的微机室里，那女孩进来的时候他全然没有在意，他正在低头翻阅那本厚厚的计算机教材，这时，他听见一个略带沙哑的声音说：

"现在，我们上课了。"

抬起头来，便看见那个穿着粉红高领毛衣，披一头秀发的女孩，她高高地站在讲台上，一双乌黑的眼睛含笑凝视着他。

那正是在湖边将他撞翻在地的女孩。他失态地张大嘴，几乎叫出声来。

女孩调皮地对他眨眨眼睛，虽然只是那么细微的一闪，他马上理会到了。他相信那是对他发出的信息，他和她仿佛相识已久，有着许多的默契。女孩开始讲课，她的声音沙沙的，像久旱的夏日里小雨纷纷落在平整的沙地上，又像咖啡里放进了一块砂糖，有些稠稠的甜。

在女孩的娓娓讲述中，那些看似枯燥的符号像一条条小鱼似的活泼起来，微机在电灯下亲切地闪着光，使他忍不住一遍又一遍想抚摸。本来这次轮训，电脑只是提倡而已，并没列入正规的学习计划，班上几个年轻人鼓动说，现在眼看要跨世纪，不学微机、汽车驾驶和外语，就成傻子了。他想想就报了名，反正晚上除了看电视就是看书。看起来真有点幸运。

下课了，他不知怎么就走到了最后，女孩大大方方地说："请帮我关一下教室的窗户。"

苏杰顺从地关着那些发锈的窗门，脸上微微地发热，窗外却是吹着轻轻的凉风，拂在脸上很舒服。苏杰说："你怎么到这里上课来了？"

女孩说："我来打工啊，挣几个零花钱。"又说："没想到吧，我会成为你的老师，苏老师。"说完得意地嘻嘻笑，女孩显然从电脑学员名册上知道了他的简况。

女孩这天梳一个长长的马尾辫，黑发一甩一甩的，显得比在东湖边时更洒脱。苏杰和女孩前后走出教室，外面夜色明亮，学校门口摆着一长溜小食摊，热气缭绕地忙碌着，馄饨、米粉、醪糟各种小吃，水果摊上红苹果黄梨西瓜堆得齐整，街两旁好几家门楼不约而同地放着音响，甜歌、劲歌唱得此起彼伏。

生活其实有滋有味。

他们沿街走了一段，苏杰站住脚，客气地问："这么晚了你还回学校吗？"女孩说："不，我姑妈就在这里，我住在她家。"她指了指前面不远一幢楼，但却并没有马上离去的意思。苏杰想起来："你知道吗？我们还是校友呢。"

女孩惊喜地叫了一声，说："你也是咱们华师的？哪年的？"

苏杰说："比你早多了，恢复高考那一年。"

女孩说："是吗？可你看上去年纪不大。"

苏杰笑起来："都快成老头了，还不大。"

女孩噘了嘴："摆什么谱嘛，倚老卖老的。"女孩的口气让苏杰陌生而又新鲜，这些年，特别是女性很少有人用这种口气同他说话。在学校，大家都是一本正经的，在家里，谢玲连玩笑都很少同他开。女孩在夜色中坏坏地笑着："你还是我的学生呢。你知道古训怎么说的吗？一日为师——"她没说出后半句"终身为父"，却已经笑作了一团。

苏杰咧着嘴，看着弯腰甩动着长发的女孩，只有傻笑着说："……这家伙。"又站了一会儿，苏杰看看身边不断经过的人，便说："该休息了。"

女孩爽快地说："再见！"

走了几步，苏杰回头问道："你叫什么名字？"

甜而沙哑的声音传来："我叫敏芝。"

这名字很好记，苏杰马上想起从前有一个著名的乒乓球运动员叫郑敏芝，不知会不会是同样的两个字。一听这名字，顿时便有活泼泼的感觉。

回到宿舍楼经过那台公用电话的时候，苏杰不知为什么突然想到应该给妻子打一个电话，似乎想弥补点什么。但拿起话筒，手指开始拨号的时候，一下比一下无力，悠长的铃声响过三遍，他希望不会有人接，但咔嗒一下，传来谢玲干脆有力的声音："喂！喂！"

苏杰忙说："是我，苏杰。"

谢玲哦了一声，说："这么晚了，有什么事吗？"

苏杰不知说什么好："……我想问问小苾今天怎么样？"

"小苾？"谢玲反问道，"她没怎么样啊，挺好的。"

谢玲说话从来都是毋庸置疑的口气，又像任何时候都急匆匆的，前面总有许多事在等着她，不容半点啰唆废话。人会觉得再多说一句就要耽误了她的事，歉疚不安得很。于是苏杰飞快地说："那就好那就好，你赶快休息吧，再见。"说完就放了电话，如释重负。

其实他不知道，妻子谢玲在这个春天的夜晚，独自守着熟睡的女儿，很希望同人谈谈心。这些日子公司的业务不怎么顺手，碰上一连串的麻烦事，公司总经理王有根几次大发雷霆，吼得部下鼻子不是鼻子，眼睛不是眼睛，连谢玲也跟着遇到几次难堪，而一直暗中嫉妒她的席芬明显痛快不已。

谢玲赤足趿着拖鞋，拿着丈夫已挂掉电话的话筒，愣怔了好一会儿。回到床上，她拍打了半天枕头，将枕头抖得松松软软的，然后靠上去，望着天花板出神。

她也不曾想到，她这样躺着的姿势和心情跟前几天的丈夫几乎一模一样。

　　而在这个夜晚，苏杰躺在学校的硬板床上，也有些辗转难眠，他想会不会是白天喝了浓茶的缘故，他一向不喝泡得太酽的茶，像大多数城里人一样，泡茶只放小小的一撮，略微改变水的颜色，有一点素雅的香气便足矣，但这个白天因为上课，他往杯里多放了一些茶叶。

　　同房的教务处老王发出时高时低的鼾声，忽而如猛虎长啸，忽而如猿猴嘶鸣，完全是一首内容庞杂的交响乐。苏杰奇怪，同住好些天了，以前怎么会忽略这惊心动魄的声响呢？他使劲咳嗽了一声，老王的鼾声戛然而止。

　　但正当他换个姿势，预备认真睡去的时候，老王又试探性地响起了鼾声，接着越来越响亮。如此三番，苏杰也懒得动弹了，在宏大的鼾声中，苏杰平心静气地想自己的事情，几乎一夜未眠。但奇怪早晨起来并没有感到疲倦乏力，他穿上旅游鞋到操场上慢跑了几圈，像他们这种四十上下且又有一定身份的男女，已经不适合快跑。

　　操场上已有好些个穿着质地很好的羊毛衫或背心的男子，将双手端在腰间很有派头地不紧不慢地跑步，抑或说是散步。苏杰跑完几圈，站在操场上伸臂弯腰，活动四肢，发现旁边树林里长着一排排很美的雪松，枝叶如伞盖一般，顶尖泛着一层银色；还有一株株桃树，居然已在不经意间开出了粉红的桃花，娇嫩地张着花瓣，惹人疼爱。

　　他的心情莫名地好起来，想跑想跳，还想蹦高。

　　夜间又去上微机课，他提前用热水擦了把脸，离上课还差半小时就捧着书本走到教学楼前，想跨进去但又觉得去得过早，便回身踱到校园大门口。旁边有家小书店，门面不大但摆设的书却很新，又有明亮的灯光，不由自主走进去翻弄起来。周围没什么熟人，苏杰就摸出一本封面上印着露着小腹和肚脐眼的金发女郎的书，内容提要写得火热，献出贞操、两性较量，等等，可翻了一遍，却并没什么干货。又摸出一本中国古代的，封面做得古朴，书名是阴阳互补养生术，男女事写得再明白仔细不过。

翻着翻着，心想自己长时间地看这本书，周围人会不会注意？用眼角扫了扫店主，那哥们儿坐在那里，不动声色。苏杰又想，都说"黄祸"，自己却并不清楚究竟怎么回事，看看这到底是些什么货色，也在情理之中。这一想便坦然起来。不过，那书写得也真是有些过分，他看得脸发烧，小肚子也有些发胀。过了一阵，他怕自己失态，便陡然丢了书，叫一声："哎哟，时间过了。"也不敢看那店主，飞也似的逃出门去。

确实迟到了十分钟。等苏杰走进微机房时，里面已黑压压满座，叫敏芝的女孩正聚精会神地讲着课，看也不看缩着身子走进来的苏杰。

苏杰那晚坐在最后一排，认真地听完了课，其间有好几次，女孩敏芝的眼睛像一个移动的扫瞄器，扫过所有的学员，当然也包括苏杰坐着的地方，苏杰迎着她的目光，想捕捉那一闪而过的眼神，却没有捉住。

下了课，苏杰有意走在后面，可女孩没有叫苏杰，她自己关着一扇扇窗户。苏杰跟着人流一步步往外走，脚下像拖着块石头一样沉重，头也莫名其妙地发涨。他走到校园大门那里，在昨日站过的花坛前发呆，隐隐感到一种失落。

然而，正在这时他身后突然有人"喂"了一声。

敏芝背着手歪着头站在他跟前，一脸顽皮的样子，一点不像刚才的老师模样。他简直有点受宠若惊。

"你饿了吗？"敏芝说，"陪我去吃点夜宵好吗？"

苏杰暗喜，说："……好吧。"

五

这天下午，谢玲和总经理王有根陪市里的一位要人朱老吃饭。朱老六十出头，实际上已离开岗位，树倒根还在，说话的影响力还是有的。

公司准备开发一个旅游项目，并已与外商谈妥，身在澳大利亚的美国商人约翰逊准备投资两千万。万事俱备，只欠东风，差的是一块地。

这座城市对土地的控制甚严。一块土地的征用意味着有一群人要失去饭碗，意味着城市又要延伸，好比一个人多长出一块，血液肌肉骨头等都得配了去，无须多说，这是一件值得慎之又慎的事情。正因为如此，蹊跷便格外多起来。

半年前，公司向有关部门打了征地立项的报告，但如石沉大海。三个月前，王有根指令谢玲和席芬同时开展公关，用王有根的话来说："要不择一切手段拿下这个碉堡。"王有根从前当过兵，说话总喜欢用点兵家术语。

谢玲在社会上打交道不是一天两天，可以说是得心应手，可这次却遇上了红灯。她接手后首先查询征地报告的下落，不问则已，一问干脆得到了一个痛快否定的回复，原先送上去的报告很快被打了回来。王有根气得直跺脚，指责谢玲把事情弄砸了，如果报告不被退回来，还有一丝希望，这下封了门再找谁去？

正在一筹莫展之时，有人给王有根递了一个点子，说可以试着找一下朱老，要是说得对路他没准就能帮上忙。

王有根一听喜上眉梢，当即叫谢玲想办法先把朱老请出来吃一顿。谢玲那天拉了有些人缘的姐夫作陪去请朱老，朱老正在院子里练气功，俩人不敢打扰，远远地站着，见那朱老屏神合眼，突然一会儿跺脚，一会儿指天，双手捏成剑指，力斩雄顽的姿态。

好容易等朱老练完了气功，谢玲才跟着姐夫走上前去，恭敬地叫："朱老！"

朱老认得谢玲的姐夫，听他介绍了谢玲，拿眼用劲看了谢玲两眼，一面用块干毛巾擦着汗说："女老总啊，不简单嘛。"

谢玲忙笑着说："朱老快别这么说，您在职的时候，对我们公司的发展给予的支持太大了。您不在职了，有了多的时间，更要关心我们公司。"

朱老问："你们公司……叫什么来着？"

谢玲姐夫忙说："您忘了？四海经贸公司，是着重搞外贸的，这些年为市里引进外资做了不少事。"朱老也就点头。谢玲从姐夫手里将那张烫金的红帖子拿过来，然后双手递给朱老，朱老这回接下了，但没有说肯定去，只说："好吧，到时候再说，到时候再说。"

就在今天，谢玲一早叫了车直接开到朱老家跟前，一派笑脸闯上门去，就请朱老上车。朱老半推半就的，吃了这顿饭。

六

好不容易又到了周末。

谢玲又在阳台上晒衣物，在洗好的衣服间钻进钻出，但楼前的路上却始终看不到苏杰的影子。往常这时，苏杰总会不紧不慢地拎着大包小袋，晃晃悠悠地出现在那排冬青树旁，一边走一边抬头朝阳台这边观望。

快到七点的时候，电话铃响了，小苾蹿过去接，嚷道："爸爸，你怎么还不回来？"过一会儿嘟着嘴过来说："妈妈，爸爸让你听电话。"

谢玲过去拿起话筒，苏杰的声音急急的，仿佛极力要说明一宗道理："谢玲吗？我今晚不能回来，我要上微机课，交过钱的，不学怪可惜的。你还有什么事吗？……那行，再见。哦对了，我明天回来。"

说完电话就挂了，谢玲还没来得及应答。

她闷闷地回到饭桌前坐下，女儿问："爸爸说什么了？真是的，周末也不回来……"谢玲一声呵斥打断小苾的话："吃你的饭吧，少管大人的事。"

女儿很少受到责怪，顿时红了眼圈，泪水眼看就溢出来，谢玲越发烦恼："你这孩子，这么句话就哭哭啼啼的，真是莫名其妙。"

小苊咕哝道:"你才莫名其妙呢。"

谢玲恨不得一巴掌打过去:"你再顶嘴!"她凶神恶煞地把饭碗朝桌上砰地一摔,两眼直瞪着小苊。女儿吓得不敢再吱声,低头一粒一粒朝嘴里扒饭,而谢玲什么也不想吃了。

王有根原以为一顿饭把朱老笼络住,再送上点礼品,大致就可以把事情做成,谁知朱老却并未吐出半句具有实质性的话。当王有根和谢玲婉转提到土地时,朱老眼珠乱转,嘴上只是习惯性地说:"好,好……"谢玲见他说好,便立刻趁机将原先那份报告送到他面前,请朱老过目,老头如梦初醒似的瞟了一眼,即大声说道:"送给我没用的,送给我没用的。这事你们应该直接找管土地的。"

谢玲暗骂老混蛋假装糊涂,脸上却只好笑着,说:"我们只是请老领导关心关心。"朱老敷衍着点头,可再也不说什么话。

后来王有根和谢玲又往朱老家里送去一次大螃蟹,可事情仍毫无进展。王有根急红了眼,大哥大也不打了,拉扯着西装领带在办公室走来走去,连声叫谢玲赶紧再想法子。谢玲只好又去找姐夫,姐夫跑了两天,垂头丧气地对谢玲说:"唉,功夫全白费了。"

谢玲一听如同掉进了冰窖,姐夫说:"这事你先别给王总说,让他自己去蹚蹚路子。"谢玲说:"不说他早晚也会知道。"她第二天到公司就告诉了王有根,王有根脸一黑,撂下谢玲就往公关部走去。

谢玲知道他是去找席芬，她感到一阵羞辱，这比埋怨她更叫人难受。

隔着几道门，隐约听见席芬的声音，便仿佛看见她笑盈盈地站起来，脖子上项链摇晃着，说不出的得意。

往日周末，小苤和苏杰看电视，谢玲就在家里拾掇，倘若是小品，偶尔坐下来也看上一会儿，跟他们父女一块儿笑笑。她喜欢做事，包括洗衣服整理房间，都觉得是工作之余的调剂。但这晚她没了心思，打发女儿早早睡下，她独自守在电视机前，屏幕上一个长着白眉毛的侠士跳来跳去，对白乏味，出来一个女人，既不漂亮也不丑陋，总之是没有特色，看了也记不住……

活得真无聊。

她脑子里突然闪过这个念头，把自己吓了一跳。从前似乎总在忙，大学毕业，谈恋爱，结婚生孩子，忙职称，忙房子，而后去公司忙挣钱，忙社会地位……回过头一想，并没有多少耐咀嚼的东西。岁月如梭，这日子像是还没来得及好好过，就眼看快四十了，镜子里的眼角两旁明显有了细碎的皱纹，最让人担忧的还有微微下垂的眼袋，不忍细看。

真想趴在一副有力的肩膀上一哭。

第二天早晨，大概到了八点钟，谢玲还不想起来。女儿小苤每逢星期天是要美美睡上一觉的，此刻也一点动静都没有。门上突然钥匙响，轻轻的熟悉的脚步走进屋里，谢玲知道是苏杰回来了。

她忙翻个身面朝里合上眼，耳朵却寻着苏杰的动静，先是进了厨房，而后又去了一趟卫生间，又到卧室门口，犹豫不决地停住了脚步。几秒钟之后，又转到厨房去了。

如果苏杰径直走进卧室，扒住她的肩膀，问问她为什么还睡着，或者伸手拉她起来，这个周日或许会是愉快的一天，但事情并非像自己所希望的那样，原因在于各人有各人不同的思维轨迹，形成轨迹又有各种复杂的原因。每个人的每句话或者每个表情，都蕴含着深刻的历史和现实，这样说丝毫也不夸张。

比如，苏杰在卧室门前犹豫的一刹那，就几乎包含了他对妻子的全部考虑。

苏杰考上大学时是一个不折不扣的乡巴佬，他穿一件白里透黄被汗垢浸染的衬衣，冬天倒还不显眼，到了夏日，班上的同学就会可笑地发现。那时，苏杰的衬衣袖子永远扣得严严实实，走起路来，两手缩在袖子里，大热天也像怕冷似的，头发乱蓬蓬的。

苏杰能够留在武汉全因为谢玲，虽然他学习成绩优秀但没有任何理由拒绝回到河南乡村当一名中小学教师，除非这都市里有他的爱人。

谢玲是地道的武汉人，一到周末便飞离了校园，周一上课才又光彩照人地出现在教室里。他们本不在一个圈子里，但苏杰后来因为成绩出类拔萃被选为学生部学习委员，并且在一些刊物上发表了几篇小说，而谢玲泼辣大方也是班委，这才有了接触。毕业前夕一次全班聚会，大家喝酒嬉闹，气氛轻松到极致时，有一位好起哄的同学高举酒杯走到苏杰和谢玲跟前，当时他们正文质彬彬地谈论一篇全国轰动过的小说，那同学叫道："哎，我说苏杰谢玲，你们怎么不成一对儿呢？大家都快分手了，还等什么？"

苏杰当时也喝了酒，就说："只怕高攀不上啊。"他只当开个玩笑。不料谢玲当时就落落大方地说："只要你愿意。"

在那以前，苏杰根本没想过能干泼辣的城里姑娘谢玲，会愿意同自己生活一辈子。因为谢玲的决定，苏杰的毕业分配改变了既定命运。这以后，他无论获得什么，都不能不首先诚惶诚恐地想到妻子。

他并不想背叛妻子。

但这些天同女孩敏芝的相处，实在让他感到轻松愉快。那女孩聪颖大方，善解人意，入迷似的听他讲述河南老家的童年，他们并没有什么过分的语言和行为。面对敏芝无邪的笑脸，苏杰理直气壮地想，自己不过是结识了一个年轻的朋友而已。但站在自家卧室门口的瞬间，心却有些发虚，那屋里似乎散发着一种无声的力量，让他感到压抑。

苏杰围上围腰做熟了饭，才又走到卧室门前，叫道："谢玲！谢玲。"谢玲似刚惊醒过来："啊？"苏杰说："吃饭了。"

他熬了一锅排骨藕汤，用汤碗盛出来，细细撒了一层葱花，又炒了青菜和女儿爱吃的泥蒿。听见谢玲打开门出来，他侧着身子说："快吃吧。"他指望谢玲会有几分惊异，甚至顺便夸上几句，但妻子看也没看，一脸严肃地进了卫生间，砰地关上门，半小时也不见动静。

桌上的饭菜热气飘动的速度越来越慢。早已坐在餐桌前的小苈等得不耐烦，将筷子竖起来又放下去，苏杰说："你先吃吧。"小苈："你呢？"苏杰说："我等一等妈妈。"小苈说："那我也不吃。"

苏杰看看小苈饿坏了的样子，便也拿起碗来："好，吃就吃，妈妈一会儿就来。"等谢玲梳洗完毕走过来，刚好听见苏杰和小苈喝汤的声音，呼噜呼噜的，像是故意喝给她听。

苏杰只觉得眼前人影一晃，忙一口吞下正在嚼的藕，差点没噎住，喊道："谢玲，你快吃饭啦。"片刻才听见谢玲说："你们吃吧，我还有事。"

苏杰放下碗，诧异地见妻子穿上那身藕荷色西服套裙，背上了包，忙问："礼拜天会有什么事？"

谢玲说："兴你星期六晚上有事，就不兴我星期天白天有事吗？"说完，也不看苏杰，径直打开门走下楼去。

妻子的反常让苏杰心里一时乱了套，难道她知道了自己和那女孩的交往？

七

敏芝说："你猜我星期天在干什么？"

苏杰说："……猜不出。"

敏芝说："哼，谅你也猜不出，我到一家录像厅看录像去了。上次去湖滨公园玩，我发现那边有一间小录像厅，蛮不起眼的，可放的都是些好片子，全是获过奥斯卡奖、威尼斯奖的，棒极了。"

苏杰说："那种地方可是乱得很，女孩子最好别去。不过，要有人陪着，倒也不要紧。"

敏芝沙沙地笑："……你别说，我还真想有人陪着，可惜人家忙去了。"

苏杰心里一动，说："是吗？谁呀？"

他们已上过了微机课，同上周那些夜晚一样，散淡地在月光如水的小道上漫步。敏芝穿一袭紫色开司米套头羊毛裙，胸前缀一颗玲珑的珠花，妩媚动人，月光下，敏芝走上前又转过身来，对着他的脸，调皮地说："就是你呀。"

苏杰说："我？"

敏芝的脸在月光下温润光泽："怎么，不愿意陪我吗？"

苏杰沉默不语。他不是惯常同女孩子调笑的男子，他不知道选择哪种方式去回答这一类话题，说得认真了怕引起误会，太随便了又似乎轻视了那女孩。

敏芝似乎看透了他的心思，轻轻一笑略过这个话题，又问道："你昨天在家里干什么呢？"苏杰支吾着："星期天，说不清。"

实际上，昨天是他和妻子少有的不愉快的一天。

谢玲不辞而行之后，苏杰勉强吃完饭，打发小苾做功课，自己枯坐了好一阵。案头上放一本《清史》，但一个字也看不进去，他努力揣摩妻子的心思，越想越感到惶惑。晚上一直等到快10点钟，谢玲才回来，他巴巴地问她吃饭没有，上哪儿去了，妻子什么也懒得说的样子，洗漱一番就上床睡了。他在黑暗中几次想伸过手去，又缩了回来。

这会儿又走到校园门口，敏芝说："喂，吃汤圆去。"

女孩不怕发胖，有一个爱吃夜宵的习惯。前几日，苏杰陪着她在附近几家小摊尝过了豆皮、汤面、馄饨、八宝粥，看她吃得津津有味，两片嘴唇一张一合像朵小红花。吃完之后，苏杰每次都要起身去买单，可敏芝一次也不让，她说："你又没吃，买单干什么？"

苏杰说："女士同男士一起吃东西，总是应该由男士付账的。"

敏芝取出一只精致的小钱夹，说："你那套早过时了，现在时兴各付各的账，独立平等，知道吗？"

上周还约好这周去稍远一些的地方，比如韩国烧烤店、老通城豆皮馆。但此刻苏杰踌躇起来，他看看表说："……天太晚了吧？"

敏芝瞪着眼说："前几天不也是这个时候吗？"苏杰说："晚上学校会关大门的。"敏芝说："没事，咱们从栅栏上翻过来。"

不时有人从他们身边经过，苏杰注意到，已经有好几次碰上似曾相识的面孔。门房那里的两个小伙子，虽说嘴里聊着天，但眼睛已不止一次朝他们瞟来瞟去，苏杰浑身感到不自在。

"不去了吧。"他说。

敏芝奇怪地看着他，说："……喂，我看出来了，你心里有事。是学校遇到了麻烦还是家里……"

苏杰打断她的话："你一个小姑娘知道什么？回你姑妈那儿去早点休息。再见！"说完，他点点头，逃也似急急地走开去，后背像被钉上了一双眼睛，热热的刺得发痒。老远，听见敏芝低沉的声音："没劲！"

回到宿舍，老王正在灯下戴副老花镜看培训资料，见他回来忙说："刚才你爱人来过电话。"

苏杰傻傻地站着，问："来过电话？"

老王说："是的。你爱人说她明天一早去北京出差，孩子已经送到她小姨那儿去了。"

苏杰说："哦。"

老王热心地说："我问她还有没有什么事转告，我说你学微机去了。你爱人说也没什么其他事。怎么？你爱人出差昨天没说起？"

苏杰嘟哝着："……她们公司，经常说走就走的。"

老王表示理解地点头，又说："我看你也够累的，白天听课晚上还听课，真有点拼搏精神。"

苏杰口里哼哼哈哈地答应，忙钻进卫生间洗漱，把水龙头开得哗哗响。老王健谈，一开口至少半小时，因为苏杰在宿舍待得少，老王更是不放过机会，瞅准时机就扯开了话题，从学校扯到社会，一口一个问题，像要出一本《十万个为什么》。

"你爱人公司效益不错吧？"等苏杰刚从卫生间冒出个头，老王便问。

"还可以。"苏杰说。

"你爱人具体从事哪项工作？"

苏杰抖着床上的被子："咳，她就搞业务。"

"是业务员？"

苏杰点点头，又觉得太把谢玲说低了点儿，便只好说："她好像是管业务的副总经理吧。"

"副总经理？"老王兴奋地站起来，"不错嘛。女同志搞经济工作很不简单呢。那她的收入要比你高得多，是吧？"

苏杰胡乱地点头。

老王又说："你们两口子都忙，那孩子呢？孩子怎么办？是男孩还是女孩？"

苏杰的头都简直要炸了。他叹口气说："您先忙着，今天我头疼得厉害，我先睡了。"

老王一听马上道："头疼？要不要吃点药？我这里带着镇脑宁，蛮好的。"说着从抽屉里翻出来，定要苏杰吃两颗。苏杰无奈，只好硬着头皮吞了下去。睡在床上，心里乱乱的。头倒并不疼，只是前些日子胸胁疼过的地方又隐隐地有了些动静，胀胀的闷疼。第二天到校医务室想开点药，医生说："你这个情况恐怕是胃的问题，建议你去医院做个胃镜。"

反正也不想再上微机，苏杰这天就请了假去医院做胃镜。做的过程很难受，忍不住一阵阵干呕，医生不停地说："就完了，忍着点，忍着点儿啊。"做完后一看结果，胃出血，医生一言不发开了张住院的单子。

苏杰一个人拿着那张单子从医院大楼走出来，脚步有些踉跄，他搭车回到家里，家里冷清清的，桌子柜子上厚厚一层灰。他一屁股坐下来想收拾起住院的随身用品，又想想还是先给学校打了个电话。

系里管事的老丁接了电话，说："那你安心住院治疗吧。"末了又叮嘱一句，让有时间送张医院的证明和病假条来。

苏杰放下电话，心里空荡荡的。

不禁顾影自怜，孤单单地生着病，活了快四十年就活成这个样子。

窗外的草坪上，几个老太太在晒太阳，交头接耳说着什么，一个白白胖胖的男孩在大人牵引下蹒跚学步，满脸稚嫩地憨笑，这世上的人该干什么干什么，一点也不关他的痛痒。

苏杰鼻子一酸。

八

已是春光明媚的日子。

毛衣都快穿不住了，护士小姐的领口露出花衬衣，脸蛋儿让人嫉恨得红润健康，毫不留情地将针头在苏杰的手背上东刺刺西刺刺，埋怨道："看着挺大的一个人，血管怎么这么细？"

这些年养得也算细皮嫩肉，小时候磨出的两手老茧早已消失，苏杰被小姐的针锥得龇牙咧嘴，两三天工夫，手背青紫了一片，按着隐隐作痛。

病房一共住四个人，除苏杰外，其他几位病友都有人陪同。快吃中午饭时，邻床的老头家送来饭菜，绿色保温饭盒里盛着一碗鸡汤，一小碗米饭和金黄的豆干、青菜，香气扑鼻。靠门边的是一个年轻小伙子，一个模样贤淑的姑娘早晚陪着他，这时站起身来柔柔地问小伙子吃什么，然后从小柜里找出两个白瓷碗，去医院食堂。

"4床！"邻床老头叫，"4床！"

"叫你呢。"那姑娘对呆靠在床上的苏杰喊道。

苏杰说："我？"

老头一脸虚胖，用勺子喝着鸡汤，说："我问你呢，你还不去吃饭？"

苏杰摇摇头说："还不饿。"他若无其事地笑笑。其实刚才他心里正在着急，瓶子里的液体快打完了，可一个护士的人影都不见。叫了好几遍，才来了个护士，三两下扯了苏杰手上的针头，苏杰用棉签摁了半天，肚子里咕咕地叫，一看表快一点，便出门去找吃的。

医院门口倒是有不少餐馆和小吃，人来人往，一看那穿戴就多是外地来送病人或治病的，满地泼着油腻的污水，踩着让人恶心。他在一家副食店买了块面包和一根火腿肠，带回病房。

刚走进门口，逆光看见自己那张床上坐了个人，披肩长发，乳白马甲黑色套裙，侧着身子，他的心怦怦地跳起来。仿佛知道他走进来，女孩一甩秀发扭过腰，缓缓地站起，俩人四目相对。

"我给你送饭来了。"她说，然后打开一个洁净的布袋，取出钢精饭盒，"来不及做别的，给你煮了碗水饺，快趁热吃。"

一尝果然滚烫滚烫的，苏杰惊异她这么远来却一点没凉，那茴香的滋味一嚼满口的香。

"打车来的。"敏芝说，十个细长的手指绞在一起，那神态越发像一个小姑娘，"今天上午才知道你住了院。"

苏杰狼吞虎咽地吃着饺子，问："你怎么知道的？"

"学生逃课，老师能不知道吗？"敏芝咯咯地笑道，"我还知道一些别的呢。"

"别的，别的什么？"苏杰放下勺子问。

敏芝狡黠地笑笑。

病房里显得十分安静，平时叽叽喳喳说个不停的邻床们这时都闭了嘴，暗暗地看着他俩，敏芝的出现显然引起了他们难以克制的好奇。

苏杰将那碗饺子吃得连汤都没剩，敏芝说："不敢给你煮得太多，胃病不能吃得过饱的。"

他再一次感到这女孩的细心："你怎么知道我是胃病？"

敏芝说："我去找过主治大夫。"

苏杰惊异地注视着敏芝，女孩也一动不动地看着他。看着看着，苏杰的心里剧烈地慌乱起来，一种再明确不过的感觉告诉他，她和他已经非同一般。他真有些害怕。

又住了三天院，胃出血止住了，苏杰执意要出院，医生说像你这种病至少住个十天半月院才算一个疗程，但苏杰去意坚决。三天里，敏芝整日陪床，像一个真正的亲人，削苹果冲牛奶，端茶送饭，喊医生请护士，料理得苏杰舒舒服服的。

但他同时却日益不安，心中担忧甚多，真害怕敏芝给他喂水抖被子等等的当儿，学校老丁或姨妹，还有谢玲，突然出现在门口，这是随时都可能会发生的事情。

敏芝却似乎什么也没在意。

可以说，苏杰是在焦灼和甜蜜中度过了这三天。等到终于办完了出院手续，提着随身用品离开了那间病房，苏杰才终于长长地吐了口气。

"你这就回去吗？"他们站在川流不息的大街上，敏芝盯着苏杰说。

苏杰说："是的，我回家放了这些东西，再去学校。"

"那我陪你去。"敏芝说。

苏杰紧张地看着敏芝，她坦然地说："你妻子不是出差了吗？你回家谁给你做饭？你还是病人呢！"

苏杰什么话也说不出来，敏芝挥手拦住一辆出租。

这时已近黄昏，家家户户都像归窝的鸟儿忙着晚餐，一阵阵饭菜香味混合着油烟在城市的大街小巷飘荡。就像穿过封锁线似的，苏杰领着敏芝低头走过林荫道，唯恐遇见邻居或熟人。钻进楼道以后，敏芝的高跟鞋咯噔咯噔的，在空荡的楼梯间回响，苏杰浑身冒出冷汗来，他想叫敏芝轻点儿，轻一点点儿。

又似乎太委琐。

他想潇洒些，像往日那样不紧不慢地走上楼梯，哗哗从腰间掏出钥匙，从容地与碰见的邻居打个招呼，但这时手脚发僵，连自己说话的声音都觉得陌生。开门的一刹那，他连呼吸都几乎停止了，他从来没说过谎，要是谢玲在家，他该怎么对她介绍身后的敏芝呢?

还好，屋里一点动静都没有，一股关闭已久的怪味迎面而来。他透了口气，说："看屋里乱的。"

"挺好的。"敏芝贪婪地打量着客厅和一个个房间，不停地说，"挺好的。"

客厅墙上悬挂着一只硕大的公羊头，那是苏杰一位出差西藏的同学送给他的结婚礼物，还有一副蜡染的壁挂，都让敏芝爱不释手，她凑上去摸了又摸。又到书房里站着看了半天，说："你这么多书哇。太舒服了。"

苏杰给姨妹打了个电话。

知道小苾安然地住在她那里，谢玲前天去过电话，说还有两三天才回来。姨妹前两天把苏杰住院的事告诉了谢玲，谢玲让姨妹去医院看看他，姨妹早准备去的，因家里的事没走开。苏杰告诉姨妹出院了，一切平安，有惊无险。姨妹说那你就好好休息吧。苏杰说是的，想回来好好洗个澡睡一觉。

放了电话，苏杰轻松起来。

他打开冰箱看还有不少肉和鸡蛋，半包虾仁和一瓶野山椒，便洗洗涮涮地开始做饭。敏芝在那边看完书房，又在卧室门前站了片刻，却不进去。

苏杰一边洗菜一边问："你在干什么呢?"敏芝轻轻地走过来，倚在门上，幽幽地看着苏杰。

苏杰回头问："你怎么啦?"

敏芝不言语，两眼竟慢慢地渗出泪来，苏杰丢下手上的菜，慌着问:"你怎么啦?"

敏芝说:"我走了。……其实我只是想来看看你的家,到底是什么样子。"

苏杰:"想看你就好好看。"

敏芝说:"你知道吗? 我最爱看别人的家了,卫生间的镜子、漱口杯、拖把,厨房里的锅碗瓢盆,都让人着迷,你不明白是吗? ……因为我,从来没有过一个真正属于我的家,我是个孤儿。"敏芝说。

苏杰大大地震骇了,他从没听她说过,她看上去那么快活那么适意,他根本不会想到。"敏芝! "他热热地怜爱地叫道,双手抚住她柔韧的肩膀。

"我该走了。"敏芝说。

"你别走。"苏杰豪情激荡地说,此刻他完全忘了任何怯懦和忧虑,只想好好疼她,这个善良聪颖小鹿一般的女孩。

敏芝倒进了他的怀里。他起初只是轻轻地抚摸着那些散发着清香的发丝,一根根凉幽幽地从他指尖散落,女孩柔顺地伏在他的胸前,充满了信赖和依恋,这使他深深地感动。他的手顺着女孩的头发抚摸到她略显瘦削的肩和背,单薄而纯真,他将她紧紧地抱住了。

九

谢玲有意在北京延缓了归家的日子,她是想让王有根体验一下没有她料理公司的业务,他王有根会增添多少忙碌甚至混乱。

她约了在北京工作的同学，第一次兴致勃勃地去爬长城，从前出差也来过好多次北京，但总没有足够的热情游山玩水。都快四十岁的人了，玩没玩个像样的，穿戴饮食也都一般，还等什么呢？她张罗着买各种旅游食品，租车，在长城脚下就开始拍照，一会儿戴上帽子，一会儿又换上副眼镜，衣服脱了穿，穿了脱，摆出各种姿势。同学都说："看不出来，谢玲你像变了一个人似的。"

要不是妹妹来电话说苏杰住了院，她本来打算还要待上些日子的。从认识苏杰以来，第一次听说他住院，必定是不可轻视的病，她立马订了返程的机票。但没想到，出现在她眼前的丈夫竟然是容光焕发。

他们相逢在机场。临行前她给妹妹打了电话，妹妹说苏杰已经出院了，会到机场去接她，她赶紧说："让他在家休息吧，我行李不多，不用接的。"但一走出夹道，栅栏外一眼就看见了苏杰的脸。苏杰也一眼看见了她，举臂喊了半句像被人挤了一下又缩了回去，笑着在栏杆外向她点头。

然后终于走到一起，苏杰说："你回来了？"

谢玲说："回来了。"

苏杰说："来，把箱子递给我。"

他们客客气气地说着话，苏杰步履匆匆地走上前，去道旁拦出租车，谢玲看着他的背影，发现他的身手比过去敏捷得多，一点不像刚住过院的样子。

谢玲说："你住了医院？怎么回事？"

苏杰说："胃出血，不两天就好了。"

谢玲说："怎么不给我打电话？"

苏杰说："我觉得，我自己能行。"说完笑了一笑。

这一笑让谢玲感到很不舒服。结婚以来，苏杰没有这样表情闪烁地笑过。他从来显得很单纯，遇事都该谢玲拿主意，哪怕他在学校课堂上侃侃而谈，回到家里却像一个孩子。

可眼前的苏杰像多了什么，又像少了什么。

谢玲沉默着，车绕过繁华的十字路口，她说："我想先到公司去一趟，你把这些东西带回家去，好吗？"苏杰看了看她，说："好吧。"出租车把谢玲送到公司门口，苏杰从车子里探出身子问："你回家吃晚饭吗？"

谢玲愣了一下，她想苏杰不应该提出这样的问题，她刚从远方回来，怎么会不跟丈夫女儿一起吃晚饭呢？她说："回来。"

苏杰点点头，车子一溜烟走了。

谢玲整整衣衫，调整着心理，走进公司大门。迎面走来两个公司的职员，招呼道："谢总，你回来了？"谢玲微笑点头，电梯缓缓地上升，自信和矜持又一点点回到身上。

公司在八楼，安安静静的，没有她想象中的混乱嘈杂，也没听见王有根急赤白脸的叫嚷，还有席芬经常发出的笑声。职员们一个个都专心地伏在案头，她有意咳嗽了一声，方才有人抬起头来，说："哟，谢总！"

谢玲说："王总呢？"

有人回答说："王总和席部长他们办征地手续去了。"

"办手续？"谢玲有些失态。

"您不知道？"有人抢着说，"我们公司的地批下来了，瞧，王总把图纸都挂出来了。"

雪白的墙上果然挂着一幅巨大的图纸，插着星星点点的小红旗，像是一幅作战地图，威风凛凛地给了谢玲一击。她的脸唰地一下白了，这个好强的女人做梦也没想到离了她，地球不仅照样在转，而且转得更好，多年来她以为自己在公司里举足轻重，是须臾不可缺少的人物，事实却相反。

她在一片诧异的目光中走进自己的办公室，坐在那张光可鉴人的大班桌前，曾经有过多少自豪和惬意，然而此刻，她觉得陌生无趣，心灰意冷。她坐了不到五分钟，然后一言不发地离开了办公室，直直地走出那幢大楼，连头也没回。

苏杰将妻子的皮箱拎回家，即刻给敏芝打了个电话，那时不过下午三点，敏芝正在她姑姑家写毕业论文。苏杰说："我今晚不能来学校了。"

"是……她回来了吗？"敏芝说。

苏杰说："是的。……我得去把孩子接回来，还要给她们准备晚饭……"

话筒那边久久地沉默着。苏杰一连喂了好几声，也没有回音，苏杰叹着气说："……敏芝，你别这样，你听我说……"

敏芝突然说："我们能见面说说吗？"

苏杰说："明天……"

"不，现在，我在你们宿舍不远处的红房子等你，不见不散。"敏芝说完就放了话筒。

苏杰看了一眼妻子的皮箱，平稳地立在那里，冷冷地对着他，使他不禁想起妻子下飞机时的一脸不解和后来站在公司门口的肃然。他赶紧抓起外衣朝门外走去，却又心乱如麻。

上午到学校去领工资，有好几个人跟他开玩笑，说几日没见苏老师成帅哥了，老丁不冷不热的，瞪着那双永远没有表情的死鱼眼，在他讲到住院经过时突然插了一句："怎么好几次给你打电话都没人接？"

苏杰说："是往学校宿舍打的吗？我本来就没去学校。"

老丁说："可你好像也没在家里。"

苏杰感到自己的脸猛地热了，心里为老丁的问话也为自己的脸不经事而懊恼，便有些沉不住气地嚷道："还能去哪里？要不就在医院和家、家和学校之间的路上，另外还能去哪里？"

老丁说："你怎么了？我并没有说你去哪里，你去不去哪里有什么要紧的吗？"

苏杰只有骂自己蠢货，可他总觉得老丁的话里含有深意，甚至开玩笑的那几个也都似乎阴阳怪气，莫非他们听说了些什么？还有，谢玲的脸色一见面就不对，是不是也从什么渠道捕风捉影了？

红房子里很安静，还没到一天营业的高潮时段，这家颇有些名气的咖啡厅里只坐了三两个人，优雅而寂寥。敏芝早已到了，正坐在窗户边一个台位，含笑望着他。敏芝穿了一袭皱丝长裙，一件高腰牛仔背心，学生气十足，她脸色明朗，没有苏杰想象的愁云密布。

"你要喝什么？"敏芝问。

苏杰很少到这种咖啡厅来，说："随便吧。"

他搅动着杯里的咖啡，不知开口说些什么，女孩对他的一往情深，在短短的几天里他已有很深的感受，虽然实际上到目前为止，从严格意义上讲他们还不算一对恋人，尚未突破人们常说的最后防线。

但这几天他们形影相随，苏杰将自小到大的所有经历对这女孩回忆了一遍，甚至包括眼下的环境和鸡零狗碎的不愉快，他这几天说的话几乎超过了十多年间跟妻子的交谈。敏芝是一个极好的听众，她实在是善解人意，从不打断他的叙述，听得那么专注忘我，关键处不时表示感慨和理解，让他说了个酣畅淋漓。

而敏芝也同样几乎无保留地对他谈及自己的父母家庭、学业，还有高中的一次初恋。敏芝的父母死于一次车祸，那年她才十一岁，后来一直寄居在叔叔、姑姑家。小时候老生病，身体很弱，总受到同学的讥笑欺负，她常常幻想如果有爸爸或者有哥哥该有多好，她就会像班上那些娇气的女孩一样，受了欺负就回去告状，让爸爸哥哥来找人说理。

上高中时，有一个学习不怎么样但体魄十分强壮的男孩一直充当她的保护人。"有一次晚自习回家的路上，他在路旁的小树林里吻了我。"敏芝说，"……我从来没对任何人说过。你知道吗？我对你说的好多话一次都没对别人说过，你相信吗？"

"相信，相信。"他只觉得心疼。

可现在能说些什么呢？对一个如此依恋和信赖你的女孩，说你的妻子回来了，你从现在开始要过正常的生活，说学校的同事和亲友都似乎已经有所注意，最好回避一下，说你好好学习去吧，争取前程远大。

他突然觉得自己好卑鄙。

"你今天怎么一句话也不说？"敏芝吸了一口咖啡，审视着他的眼睛。他长叹了一口气，说："敏芝，你说我该怎么做？"

"做什么？"敏芝问。

"现在这样对你不公平，你还是一个没有正式踏入社会的女孩，要是有什么闲言碎语蔓延出去，会影响你的分配。我想我们要么是终止来往，要么……"苏杰提了提气说，"要么我和妻子离婚。可是，你要知道离婚不是一件容易的事……很多人为离婚打得死去活来，弄坏了身体，弄垮了事业，结果婚没离成，两败俱伤……"

敏芝起初一言不发地听着，后来脸色渐渐变化，竟然吃吃地笑起来。苏杰惊异地住口，担心地看着她："敏芝……你笑什么？"

敏芝抿抿嘴，说："你堂堂一个老师，一个大男人，怎么那么忧心忡忡？"苏杰说："我说的是实情，你不了解社会上好多事……"敏芝说："我什么时候希望你和妻子离婚了？"

苏杰如当头一棒，神情立即黯然："原来，你并不爱我……"

"这是两回事。"敏芝说。

"我喜欢你，愿意同你相处，这与你的家庭没什么关系，我们目前只是一对好朋友。"敏芝呷了一口咖啡，慢慢地说，"你别瞪眼，也许我高攀了些，像我这样的穷学生能认识你，互相产生好感，也算一种缘分。但至于将来什么样，谁也难说，我并没有任何要同你结婚的意思。"

"那么，是我自作多情？"苏杰几十年的处世经验土崩瓦解，"你说你，多想有个家……"

"这没错。"敏芝用一种大姐姐似的目光看着他，"我指的家是一种抽象概念，更多的是指精神的家。"

苏杰仿佛停止了思维，困顿莫名，他原以为自己要与敏芝剧烈地讨论一番，关于家庭和日后的安排。当然，他并没做离婚的打算，但他以为敏芝一定会期望他这样做，那么他会如实地摆出各种障碍，然后同敏芝一起来扳倒它们。

却是前方无战事。

"那你今天非要我来这里干什么？"他突然恼火起来，有一种被戏弄的感觉。

"不是你给我打的电话吗？"敏芝说，"我猜想你的妻子刚回来，你的心态一定不是那么正常，因此想我们最好能谈一谈。难道你不希望这样吗？"

他哑口无言。长久地沉默之后，苏杰终于说："走吧，走吧。"

结账时，敏芝又像往日一样，要付自己的那一份。苏杰拦住她："你就让我结一次吧，权当我做了一回骑士。"

敏芝说："也行，下次再该我。"

苏杰走进飞扬的雨丝里，说："还会有下次吗？"

敏芝眨眨眼睛："一切看缘分。"

苏杰与敏芝分手后，在离家不远的小酒馆痛快地喝了一顿。好几年没有喝过那么痛快的酒，无须寒暄周旋，没人给脸色或拍马屁，他自由自在地先喝了两瓶啤酒，觉着不过瘾，又要了一瓶孔府宴，喝到一半的时候，老板走过来，说："先生，你不能再喝了，下次再来好吗？"

苏杰目不转睛地盯了老板半天，慨然应允道："好，你说下次就下次，咱们好说。"

他晃晃悠悠地沿着熟悉的街道走过，看街上行人一个个都平庸得很，他豪气十足地笑起来。他想，你谢玲少跟我板着面孔，你摆什么城市小姐的架子，狗屁一钱不值。我才不怕你知道了什么，知道就知道，你敢闹，我们就离婚，我苏杰真不是没脾气的人。我这么多年来只是小心翼翼地为了前程为了家庭罢了，夹着尾巴做人，真活够了，无聊。你这次要闹你就试一试……

他雄性昂扬地咚咚咚爬上楼梯，哗啦啦掏出钥匙，一掌推开门，屋里却是漆黑一片。他正摸索着电灯开关，卧室里的床头灯啪地亮了，谢玲的声音传来："苏杰吗？"

他碰翻一张椅子算是回答，他一头闯进卧室，预备与妻子接上火，但灯光下的情形让他吃了一惊。

妻子本来丰满的身体此刻在被子里缩成一团，那充满自信的脸此时憔悴无比，头发也蓬乱着，黄黄的像被火燎过一般。他顿时生起几分惶惑，低下头等待妻子的责骂，但却听谢玲说："苏杰，我的饭碗没有了。"

苏杰惊讶万分："你说什么？"

谢玲哽咽着说："我辞了职，不干了。"说着，就大哭起来。

苏杰扑过去抱住妻子的头，他从来没见过她哭泣，偶尔流泪也是不动声色的，她这么汹涌地放声大哭，让他心里涌起铺天盖地的怜惜，他像哄孩子一样拍着她的肩，说："别哭，谢玲，你好好说，别哭。"

谢玲趴在他的肩头，抽泣得上气不接下气："我受够了，我这些年，一个女人……太累了，还得看他们……脸色，我不干了……"

"不干就不干。不干你就在家好好待着。"苏杰豪情万丈地说："不是一切都有我吗？"他柔情万端地捧起妻子的脸。

谢玲在抽泣中说："……你，喝酒了？"

苏杰朗声道："男人偶尔喝点酒不算什么，不算什么。"他说："……你放心，我没事。"

窗外下着雨，点点滴滴打在遮阳篷上，与密密麻麻的雨声交织成深夜的动静，使得平日寂静的夜多了几分心情。恰午夜时分，远方有一列火车驶过，轰隆隆的，也像是从他们的心里轧过，苏杰和妻子不由紧紧地抱在了一起。

魁星楼

　　小小一座县城，方圆四五里，中心一座魁星楼，建于民国初年。

　　那楼居高临下，俯瞰全城，当地有一句歇后语，叫作"魁星楼上打大锣——全城皆知"。这楼画栋雕梁，长廊宽檐，自有一番超凡脱俗气派。楼下为舞阳书院，宽敞院落，青松翠柏，是文人雅士吟诗作画的妙处。

　　早年政府接管之后，最初做了些办公用场，后毅然划给县文化馆，于是吸引些舞文弄墨，吹拉弹唱之人，往来进出者，都是些俊逸潇洒文质彬彬的人物，十分叫小城居民敬重。

　　但不觉之间，渐渐有些变化。

魁星楼四周悄无声息地冒出一栋又一栋高楼大厦，亮闪闪的玻璃，或雪白或乳黄或豆青的马赛克贴面，像一个个西装革履、油头粉面的小伙儿不动声色，挤压得魁星楼早先的庄严气派一片黯然。后来索性将大门两边的青灰院墙挖去，新筑了简易录像放映厅和彩扩营业部等，贴出一些红绿广告，而破砖残瓦蛛网高悬则不及打扫，像风华已去的黄脸婆，无论怎样着意修饰，也难以抹去额前眼角的鱼纹。

进出的人也没了一律的光鲜，神色各异，许是各有各的蹊跷。

一

这年正月初三那晚，画家小皮在一帮志同道合的朋友家里喝完酒，脚步踉跄地回到魁星楼，走进院子就从稀疏的灯光下见到鬼头鬼脑的打鼓佬。

打鼓佬瘦小个头，披一件黑呢大衣，用宽大衣襟遮盖着一包鼓鼓囊囊的东西，小皮不怀好意地高叫了一声，说打鼓佬你这么晚了还去走亲戚？打鼓佬没想到快转钟了还会在院子里碰上人，神情便如同做了贼一样有些惊慌失措，拼命想把那包东西往怀里塞。小皮看着不忍，就没再问，摇晃着走开了。

画家小皮和诗人，还有打鼓佬，并排住在院子西侧的平房里。这会儿进门，老婆和女儿还在看电视，打得正热闹，鲜血流了整个屏幕，也都不去管画家。画家自己倒茶喝了一杯，长长地躺在床上。过了一刻忍不住嘿嘿发笑，过了一刻又嘿嘿发笑。老婆这才有些注意，说："你今天灌多了？疯疯癫癫笑个什么？"

画家说："我想起打鼓佬的样子，几十岁了，何必？"

老婆听着话里有话，就来了兴趣，接着问打鼓佬怎么了？画家就把刚才碰到的情形学说了一番。当下自然都明白，打鼓佬是给馆长老马或副馆长老应拜年去的。老婆电视也不看了，从床上扯个枕头垫在腰后，预备好好说说话的样子与画家分析。

老婆在佳丽商场当会计，精于计算，老婆说，你们馆里的人都很会来事的，住在这魁星楼里的十一家有七家去给馆长拜了年，占百分之六十三。还有三家也都最起码找个由头跑到馆长家里吃块糖嗑几颗瓜子，表示了一个拜年的亲近的意思。独有你姓皮的人事不懂，招呼都不去打一个。

画家说："狗屁！我给他们拜年？什么东西？我姓皮的凭本事吃饭，不像他们狗屁一样都不懂。"

老婆听得痛快，嘻嘻地笑。却又说，眼下你们馆里又是分房又是承包的，小心他们关键时刻卡你的鸡脖子。画家说还不晓得谁卡谁呢，老马冬月里就过了六十，办完手续就回家买菜去，这馆长还不知是谁呢。老婆一揪身坐起来，眼睛亮亮地盯住画家，说："会是哪一个？会不会选到你头上？"

画家不屑地摇头，说："我才不当这破馆长。"稍停，他话头又一转，"不过话说回来，论资历论作品论创收贡献，我也不比他们哪一个差，他们要是弄得不合适，我也让他们不舒服。实在不耐烦了我就留职停薪，社会上用我的地方多的是。"

老婆忙说："别别别，你无论如何要等房子分到手再说。每年辛辛苦苦都给馆里挣钱，修了那楼能不住？"

话说到房子，就有些压抑。

老婆自从跟画家结婚，就蜷在这不到二十平米的小平房里，从孕育生长到今天，女儿已有十岁，每天都开沙发床，女儿满脸早已是与生俱来的厌恶和疲倦。老婆经常说，嫁给你们这些文人算是倒了邪霉，看我那些同学家里哪一个不是三室两厅亮堂堂的，有的新房子都搬了好几次，只有你们这号单位，狗屁都指望不到一个。

老婆当初可不敢说这种话。画家小皮从省美专分配来的那年，穿一领酱色毛领大衣，行走背一个案板似的草绿色画夹，走起路来像童子军，逗引得小城姑娘们飞蛾朝火地围着转。画家心高气傲，立志要做李苦禅之流的画家，功夫下来，一幅《山村小景》国画选送参加省美展，由美术馆收藏。画家更是踌躇满志，对爱情婚姻根本无暇顾及。但老婆那时痴迷，对画家充满真诚崇拜，每日早晚候在魁星楼大院门口，死活要拉画家到家里吃腊肉炖鸡。

画家毕竟是人，禁不住老婆软语细声端茶递水。画家老家在乡下，没抵住温馨的诱惑，一来二去就同老婆睡了。睡了也就只好结婚，道理历来如此，还有什么好说的？结婚头几年，老婆侍候得殷勤，家务事画家概不染指，一门心思去画室涂抹。

但渐渐地，老婆开始指派，逢年过节老婆有了大包小包的东西往家里背，活蹦乱跳的鸡呀鱼的都有，而画家这馆里连根鸡毛也没得发，老婆自然说话就气派些，指点画家杀鸡剖鱼或是倒垃圾。画家有受到伤害的感觉，不肯轻易向老婆屈就，两人唇枪舌剑打了几年持久战，不觉将画家的纯艺术观污染了大片。

画家后来心想，我五尺男儿断不能被你这妇人看作无用之徒。于是也就应了馆里号召下决心搞创收。路子其实很多。面上的如办培训班，寒暑假贴出广告去，就有一群群神情迫切的家长牵了孩子来，殷殷地上前报名，唯愿自己儿女成龙成凤，也不在乎费用多少。画家每年收几百学生，每人收费五十元，成果相当可观。大部分当然上交馆里，画家提成百分之十，算下来也有一两千元。那会儿，一个万元户都了不得要披红挂彩，一两千元的提成当然也是值得骄傲的。

私下里又有些路子，宾馆招待所之类仰慕画家的名声，开业或喜庆之日常请去画个迎宾松高山流水什么的，除了管饭管烟，另有一百二百的酬谢，这都是常有的事。画家从前不喝酒，性格也很孤傲，开口说话从不带渣滓，但慢慢操练得豪爽洒脱，同经理社长和业余画家一起说狗屁他妈的，时常喝得腾云驾雾，很有快感。

如此这般，几年下来，同老婆艰苦鏖战，打了个平手。老婆一度的嚣张大为缓和，说归说，但换了较为知己的语气。画家也变得实际，不同老婆过细计较，这样夫妻也就和谐起来，几次要被评了五好家庭，弄一块黄底红字的牌子钉在门上，但画家保留艺术观点，嫌难看坚持不受，自己往门上贴了一张很具民族地方特色的哭嫁喝酒图。

画家说："这回你该满意了吧？过完年就分房。我们取点钱给卧室铺上地毯，厨房和卫生间用瓷砖再装修一遍。楼层就要三层。"老婆和他钻在一个被窝里，就手捏了一把，说："你不懂，现在最好的楼层是五楼，一是干净二是安静。"

新楼总共六层，画家说："那住六楼不更好？"

老婆说："这你就又不懂了，现在的预制板现浇技术普遍有毛病，最上头这层往往有些漏雨，时间越长缝隙越大，又不像瓦屋，整都没法整的，除非掀了重做去。"画家在黑暗中摸了摸老婆，说："你他妈什么都懂。"

老婆说："我懂是懂，只怕到时候由不得你来挑。"

画家不再言语，默想到分房方案，又想到制方案的人，就很自然想到谁当馆长，接老马的手，心里就不由动了一下。他从床上爬起来，啪地打开灯，钻到床下，在一堆装书画的纸盒子里翻。老婆骂了一句，说你半夜翻精？画家摸出一轴画，小心吹去灰尘，展开来颇有些颜色，那是当年得意之作《年夜》，很受画界赞赏。画家趿拉着拖鞋，在灯下把玩了一会儿，又仔细地重新卷起来，放在五斗橱上。

老婆说："你要干什么？"

画家孩子气地一笑，说："拜年呀。"

二

拜年是老辈人传下来的习俗，小县城的人对此都很在意，即使平时不怎么走动的人家，借此机会也礼尚往来，相互致意，添几分祥和。

打鼓佬心慌气短地站在老应门前，迟疑再三敲了几下，手指下得谨慎，像在杂货店里挑瓷器。打鼓佬唯愿门不要开，最好屋里没人，那样日后见了面，可以大方地说，某天某时专门来拜年可惜没在屋，人情尽到了，又免了一场口舌。

但实际不大可能，老应家里早晚都有人候着，手刚收回来门就吱一声开了，屋里的灯光水一样泼了打鼓佬全身，他浑身一个激灵。

打鼓佬最不愿意到老应家里来拜年。

打鼓佬说要拜就拜老马，但家里人一致反对，说老马本来就肩膀软，说话又不管用，何况马上就要办退休，去拜个什么拜？要拜就拜老应。家里人把东西备齐了，给打鼓佬说了很多勉励的话，一起送出家门。打鼓佬肩负重任身不由己，怀一腔悲壮凄惶往老应家去。路上几次想退了回来。

但这时门也开了，退是无路可走，只好昏头涨脑地走了进去。听得门帘子里一片稀里哗啦搓麻将的声音，老应从里屋传出话来，叫打鼓佬坐。老应老婆胖墩墩的，递过一只凳子，打鼓佬就接过来坐下，把怀里的东西也顺腿放下了，就和老应老婆一句一句说闲话。

打鼓佬谄笑着说："给你们拜个年。"

老应老婆说："年在你屋里呢。"这是句当地人常说的一句客套话。她一边说一边嗑瓜子，老应老婆嗑瓜子的习惯不是往下吐而是往上吐，咔嚓咔嚓吐得打鼓佬眼花缭乱。

打鼓佬年轻时候在京剧团翻筋斗，个头轻巧，翻得燕儿一般，很逗人喜欢。后来腰受了伤就去学打鼓，他这鼓打得喜剧，该快的慢了，该慢的却又快了。后来文化馆差表演辅导干部，就把打鼓佬调来了。恰逢几次业余会演，打鼓佬拿出过去本事，给业余宣传队编排个小戏小曲艺段子，做几套云手鹞子翻身，很叫业余的一班队伍可望而不可即。

于是，小城满街上就开始有人追着打鼓佬喊老师。打鼓佬开始背着手走路，很崇高的样子，不像画家诗人他们那么张狂，显出老艺术工作者的深沉修养。他在馆里开会，常稳稳端一把紫砂陶壶，不紧不慢地细啜，深思熟虑地发言，开篇逻辑分明地说，"这个问题呢，是这样的……"，逐渐说出枝蔓，细碎出若干枝条，又恰如一泓春水漫入沙滩，无了踪迹。

开始馆里讨论搞创收的时候，画家他们一行都惶惶不安，觉得有辱斯文。只有打鼓佬胸有成竹的样子，说这有什么难，只要馆里疑人不用，用人不疑，放手让大家干，我保证一年赚它几万。

第一年由打鼓佬张罗，红红火火地与画家诗人几个办起了工艺美术社，要把小城的文化市场垄断起来。场面就在院墙上做了文章，首次挖去一节，砌成平房两间，挂一块四方黑底镶金边的牌子，也剪了彩，炸出满地鞭炮，请领导讲了话。经营项目有做盆景、栽鲜花、磨镜屏、写字画等，开张几日，卖的人比买的人多，三五个眼巴巴地守在店里望着顾客来，好不容易望来一个，七嘴八舌地亲热上去，要分吃了那人似的。

来的又多半是些业余作者业余画家，凡是此类人多半也都穷到了一处，恨不能一天几次地揩文化馆的油，哪有钱往这儿送的，只有看的份。常常见人空手进店，热闹地说讲一回，又一毛不拔地空手回去，不管你心里如何失望。

画家和诗人见势不妙，紧追着老马说自己要搞业务，要搞画展要出刊物，一个文化馆总不能只顾经济效益不顾社会效益。老马说他二人不过，那时老应还未成气候，就答应画家诗人脱离了工艺美术社的经营。

打鼓佬也想跑但跑不脱，打鼓佬是注册的法人代表。一万元流动资金用去大半，这钱是文化馆牙齿缝里挤出来的，平素买个纸笔墨水，老马都歪起脑壳抠了又抠，厕所门垮了也没舍得修。老马有些气急败坏，说："这一万元是要弄明白的，否则社长的工资奖金要考虑。"

社长就是打鼓佬。打鼓佬被逼到绝处，只好拿出了绝活。打鼓佬曾经学过一阵油漆，自己刷个桌子凳子的，看着很得意，这时打听得社会上也有要油漆的活计，就以工艺美术社的名义上门去做活。赚钱多的一笔是医专，那里有几十张解剖尸体的解剖台要油漆，工钱给得高，但无人上门，打鼓佬去干了两三个月，净赚了三千多元。但长了一身漆疮，从头到脚肿得像个南瓜，整整脱了两层皮，将息了半年，疤疤壳壳才掉完。

这年下来，社长名分虽好，但打鼓佬再不敢当了。

工艺美术社也就告一段落。打鼓佬吃一堑长一智，不做合伙的买卖只搞个体无本经营。就有一个热心街坊出主意去收猪苦胆，这事丝毫不担风险，又不需任何手续关卡，收多卖多，收少卖少，价格很高，且自由自在闲云野鹤。打鼓佬依理而行，每天早早起来，提一个藤篮，双手背在屁股后头，一步步踱到肉市场去，依次在肉摊子前盘旋询问。打鼓佬眼睛不好，有一丝半缕萝卜花，医生诊断是白内障初期，看肉摊子就凑得很近，像要去细闻那味道的究竟，其实是看。

"苦胆还在不在？"

屠子也熟了，就说："在。"一手捏了一手拿刀嚓地一下，利索地扔到打鼓佬的藤篮里。这时常有打鼓佬辅导过的业余演员经过，叫打鼓佬老师，打鼓佬捏着藤篮直起腰，很矜持地回答："嗯——"声音拖得很长。

每到中午，也就收齐了一篮子猪苦胆，疾步回家去，摊在窗台上晾干。若是遇到阴天，就用篮子薄薄地装了吊在炉子上头烤。无论晒和烤，气味都很浓郁，屋里屋外一片苍蝇虫蚊繁忙，热闹得不行。

这年底交了任务还略有盈余，但老婆把打鼓佬收猪苦胆的藤篮塞进灶里一把火烧了，鼻涕眼泪地说："你要再干这个我们就离婚。"打鼓佬说："那怎么办？而今眼目下，馆里每个人每年都要挣些钱，甩的死坨子，你不叫我干，你去干？"

这话被老马知道，老马心善，听了很感动，说打鼓佬能力不行责任心还是有，就与老应商量，将馆里的录像交给打鼓佬经营。老应本来想安排另外一个人，但老马有些坚持，就依了老马。

录像这事挖的大门口另一边院墙，生意很红火。本来是社会上一待业青年黑毛在干，一年上交文化馆两万元，但后来有文件规定不准承包给外单位外人，因此打鼓佬干也是顺理成章。

　　按说是一帆风顺，但到了中秋时候，打鼓佬开始得意忘形，想一手捧回个金娃娃，听了些江湖上人撺掇，托人到福建带回几盘毛片，预备学大城市开通宵场。不想还没开始就走漏了消息，半夜里来一队警察唰唰两边封了门，进屋搜走了毛片带子。打鼓佬吓出一泡热尿。传讯、检查、罚款，差一点没坐大牢。打鼓佬乱了方寸，再也不端紫砂陶壶，也不说这个问题那个问题，没头苍蝇似的找人诉说，以求减免。年初定的一万元任务，到年底还差几千元。

　　打鼓佬三个孩子，一个念大学两个念中学，很指望钱，哪还有往外拿的。找到老马，老马很为难，说以文补文是老应管的。找到老应，老应说这个事我一个人作不了主，首先任务是大家一起定的，其次你这个问题牵涉到一个错误问题，属于扫黄打非，要上面领导表态还差不多。打鼓佬年前已找过几次，一次比一次怯场。

　　老应老婆不加掩饰地打过几个响亮的呵欠，打鼓佬迟钝了一回，站起身来告辞。老应在里屋热闹地招呼打鼓佬："你慌个什么？你又不是年轻人，急着回去搞吗？来替我摸几把。"

　　打鼓佬也知道是客气话，便掀起帘子说我不会我不会。见桌子三方坐着的都是小城有头有脸的人物，打鼓佬赔笑了一轮，告辞着走了。

　　老应起身送打鼓佬，到门外叽咕了好一阵才回来。三方客人等得不耐烦，说过年过节的还忙什么公务？老应一屁股坐回原处，口里说："扯鸡巴淡，都是老马，把些难题都朝我这里推。"

就有人说："哎，老马快到了吧？开年就是六十，那这馆长还不是老应你的？"

老应鼻子一耸："哎呀算了算了，文化馆长，鸡巴当头。哪个不晓得的？"老应的口气是当上馆长的口气，好比一个人四十多岁的时候说到自己的老婆，很把握很不在意。

半夜一点多才散牌局，客人吃了老应老婆煮的醪糟鸡蛋，几下里蹬着车子走了。老应老婆收拾完屋里，就又蹲下身子收拾那只双开门的大酒柜。老应催老婆睡觉，老婆说："收拾收拾心里清爽些。"老婆有个习惯，每晚要把这酒柜收拾一遍，已成癖好。柜里放的是糖酒烟点心，大半是人送来的，分类放得齐整，红黄绿玻璃瓶塑料纸煞是好看。

老婆拾掇着，将打鼓佬放在凳子跟前的尼龙网兜打开，见是两瓶酒两盒点心，酒是一瓶高粱小曲一瓶一滴香，老婆不屑地说："老应你看看这是些什么东西，哄乡里人差不多。"又看那两盒点心，一盒蛋卷，硕大盒子摇起来空荡地响，可知没有多少干货。又一盒茯苓夹饼，老婆更是深知，看起来很漂亮的一个盒子，多边形有棱有角，画得五彩缤纷，里面却只有几层纸一样薄的饼，实在是形式大于内容。

老应老婆将这些东西放在一边，找出个红色布兜装了，说："老应，明天走你妹妹家，就带这些东西去。"

老应探头看看说："你这当嫂子的也稍微大方些。"

老婆就没好气地说："你若是有千八百万，你看我大方不大方，可惜你挣不来。"老应也懒得争执，想起来说："我明天还要到蒋局长家里去一下。"

老婆到底是好老婆，忙说："那是。"

重新打开柜门，收拾出两条云烟一瓶五粮液，利利索索装在老应的公文包里，不显山不露水的，看上去很舒服。

三

过了初三是初四。

初四是上班的日子。老马一早起来，在小黑板写上：正月初四，游乐园活动，全体职工参加。九点集中安排，地点：大会议室。

大会议室是过去的庙堂，如同妇人改嫁了好几次，修整得面目全非。斑驳的墙面贴了长短大小不一的纸或布，显出文化馆的文化。屋子很宽敞，屋角落里原来堆着好几千斤碎煤，是几次分煤剩下的末子。老马年前在街道上请了两个老婆婆来，往后坡挖了两挑黄泥，用水和煤粉搅拌了，老婆婆挨地坐个小板凳，一边拉家常一边搓煤球，姿势跟玩康乐球差不多。整整搓了一个星期，老婆婆捶腰甩手站起来，到财会室一人领了五十元工资。老马很得意，算起来比买蜂窝煤还是划得来，过年前后公家就用北京炉子烧这些煤球，解决了一冬取暖。只是煤球堆了一地，来了领导就不太好看。

九点钟以后，馆里人陆续来了，带些过年的剩余物资，瓜子糖互相让着吃。

老马正在烧火。老马几十年的习惯，冬天一进办公室就忙着烧火。先把炉子清了，用纸篓里的牛皮纸当引火柴。文化馆富余的东西也有，比如这来往的信封纸张之类，用手细细搓紧成一条一条的很耐烧，火苗子淡蓝淡蓝的很洋式，不像农村土灶的大火红彤彤的，一看就是乡间味道。只是性急不得，而老马勤快，干完这样干那样，在等火慢慢燃起的当儿，就扑扑地扇火，一扇就有轻飘飘的黑蝴蝶满天飞。

就有人嬉笑着喊老马："老马你烧火的水平不低啊！"意味深长。

大家就哈哈地开心大笑。这里有个典故，说公公和媳妇相好，在灶屋里亲嘴，婆婆病在床上喊公公，喊了好几声媳妇才得空答应，说公公在灶屋里烧火呢。老马前年娶了儿媳妇，媳妇性格很开朗，同老马相处甚为融洽，大家就加封老马为烧火佬委员会主任。

小城的人都喜欢开这种无伤大雅的玩笑，魁星楼的人也未能免俗。

老马从来不生气，大家笑老马也跟着笑，笑得十分单纯。老马是老资格，五十年代就是副区级待遇，但老马一直升迁不动，也没犯什么错误，工作一直勤恳得了不得。从前省里来文化人，县里都叫文化馆接待，那时公路不怎么四通八达，越是稀奇古怪的地方越偏僻，省里来的人又恰恰赶着要往这些地方去，县里就给文化馆配了两匹骡子。老马陪着省里客人下乡，自己从来不骑骡子，徐徐地牵了缰绳在骡子前方走，把一些省里来的客人安顿在骡子背上，感动得省里人热泪盈眶，每每到分手时抱住老马的肩膀乱摇，仿佛一生一世都会记得。

但初四这天，大家同老马说笑，老马的笑容没有往日那么明朗，眼皮子恹恹地有些下垂。老马过年也穿了一身新衣服，质地是毛料的，但穿在老马身上就有些不该有的皱褶，打根领带在脖子那里，拴出一脸紧巴巴的拘谨。老马年前填了表，过几天年反思了又反思，六十年光景似乎一无所有，不像画家有画诗人有诗，顶不济像钱记者还有几张照片，星星和打鼓佬也在节目单上留有名字。老马突然感觉到几十年是不是白干了，这么没想头。

老马年前向上级表示过心愿，想继续发挥一段余热。但这回上头的文件是一刀切，不管谁到六十就下。上级都很热情地接待老马，反过来征求老马的意见，问谁当老马的接班人最合适，请老马推荐。

老马不好说不推荐，但心里很不舒服。老应这人在老马看来一是势利二是霸道，平日说话办事根本不把老马放在眼里，还没退就不与老马商量而自作主张。这几年好不容易凑点钱修了栋宿舍楼，大家都很关注。老应拿出个分房方案，把搞行政后勤的几个人分打得高高的，搞业务的分打得低低的，老马一看就不合适，劝他不要拿出去，还是要考虑到几个业务尖子的问题。老应尖刻地说："我若是倾斜了业务尖子，那老马你就照顾不到了。"老马将一口气哽在肚子里，几天心口疼。老马这些年同老应合作得不愉快，推荐的时候就绕过老应的名字，点了画家诗人钱记者几个。

其实，老马对这几个也并不真心喜欢，只是清楚他们几个当馆长的可能性不大，便用他们去抵了老应的通路。作用有没有难说，反正老马这样做了。

正要开会，院子里有人隔着窗子喊老马。是从前的教育局局长，穿一身红白相间的运动服，秃着头，活泼地持一把留着红穗子的剑，向老马连连招手。老马迟疑了一下还是往外走。老应在身后说那老马我们就不等你了，我们先开会了。老马跨过几个人跷起的腿，心里酸酸的，像把儿女养大了被儿女遗弃的老者，孤苦凄惶地往外走。

老马出去了很久，与前教育局局长勾腰驼背地凑到一块说话，从玻璃窗外移到枯干的葡萄架下，足足说了两个时辰，到快散会的时候，老马挺胸昂首地走来了，一脸拼搏的样子。这时，老应已把晚上的活动布置得差不多，预备收场散会。老马突然响亮着声音说：“我有个事跟大家说说。”

大家好笑，拍打身上的瓜子壳，看老马说出什么开心事。但老马叫出这一声，好一阵子不言语，那脸上神色也看着不对劲起来，老马一张苦脸，黄黑黄黑渐渐有了深重的潮红，越聚越浓，令人骇然的是两眼竟浸出晶亮的水来。大家一时鸦雀无声。

“我从来没向组织上提过要求。”老马说。

老马的声音扇得空气一圈圈颤动。老马说：“我从来没跟组织上提什么要求。说住平房就住平房，说不提拔就不提拔，一辈子区级干部，还是个副的。这些都没什么，我过得去就行。但我还有个儿子，儿子要过日子。儿子的事情我实在没办法。”

大家都想起来，老马是还有个小儿子，前几年好像还在院子里玩泥巴栽跟斗的，晃来晃去就成了大人，也不知什么时候高中毕了业，整日把双手捅在裤兜里，两只肩膀吊吊地走出去走进来。在葡萄架下看人下象棋，一看一个半天，或是目光深邃地坐在魁星楼下的石狮前，一动也不动。这一说就全明白了，老马的小儿子待业三年了还没有工作。这也难怪别人，文化馆又不像企业橡皮口袋，塞一个就塞一个，自我消化不了。又没有硬的靠山，往其他单位去。但老马革命一辈子，连这么个问题都解决不了，也确实令人心酸。

当下大家都把眼光一起殷切地投向老应。老应在众目睽睽之下，做出沉甸甸的神色，严肃地说："我一定向组织上反映。"

这事弄得散会时大家各自带走一份沉重。

老马被大家也被自己感动得晕晕晃晃的，一辈子说了个自己想说的事。这主意其实是临时想出来的，刚才前教育局局长来招呼老马去老年体协活动，以为老马已经彻底退了。这样老马跟他聊起心里的一些不快和失落，人家到底搞教育出身，问题立即抓在要害上，说："你多干几个月有什么争头？你倒是应该借这个机会解决点实际问题。这问题莫羞羞答答个别反映，一个别就你推我推你，不了了之，你给它来个透明度，请群众监督。"

这办法很过瘾。

四

全馆人都在开会，诗人缺席没到。老应派烧开水的勤杂工小李去喊，诗人冒火掀天地吼道："请假请假！"

勤杂工就交代老应的话说，不去要扣奖金，一天三块。

诗人气冲牛斗，从屋里披散着长发，像头狮子狗一样冲出来，说："你叫他扣好了，我今天就是不去，看谁把我咬一口。"诗人头发很长，但平素用油抹了光滑地贴在脑后，齐脖子，这天乱糟糟的，杂着几根花白，显得面目狰狞，吓了勤杂工一跳。

诗人其实是无名火，并不是单冲着馆里来的。

早起，诗人家里来位客人，年轻轻的，穿件水洗布软红颜色夹克衫，一条质地高贵的萝卜裤，脚下高帮锃亮的黄皮鞋，一副港客模样，怀里夹一只黑色密码箱。乍一看诗人真还没认出来。那人笑嘻嘻地喊："贾老师，你不认得我了，我是小葛呀。"一笑腮上两道槽。

诗人大为惊讶地想起这人来，连忙把小葛让进屋里。诗人起床迟，床上被窝也没叠，袜子落得枕头上一只凳子上一只。好在还有点卤菜在冰箱里，小葛也不谦让，当下就切出一盘猪耳朵一盘花生米，两人喝冷酒。

小葛是诗人早先的崇拜者，头次见面时小葛还在一乡间小学当民办教师，怯生生地捧一叠练习本写的诗，一路问到魁星楼来找诗人，穿一件显小的中山制服，袖子短短的，小葛两手撒拉着无处放。小葛还有点才气，写的诗有几首好的，诗人慷慨地发在了馆办刊物《红土地》上。小葛感激涕零，逢人就说诗人的好话，说诗人是当代文坛最深沉最值得敬重的诗人，逢年过节小葛从远远的乡下跑来，给诗人送一包皮纸捆扎的家乡茶叶，小小的一包，捆得粽子似的。后来几年小葛的光景不怎么好，学校领导嫌他不务正业，也不给他转正。有次文化馆办笔会邀了小葛参加，小葛学校死活不同意，诗人疾恶如仇，四处奔走为小葛活动，但县官不如现管，小葛学校不但不应允，后来索性辞了小葛，说你有本事你再去告状啊。这样小葛就没了饭碗，含两泡热泪到魁星楼来与诗人倾诉，小葛父母都是老实巴交的农民，小葛身上仅剩二十五元钱的生活费，真有些穷途末路，情绪坏到了极点，将诗人家里的苞谷酒喝去八两，靠在走廊上哇哇吐，嘴里说我看不起这群王八蛋，看不起这群王八蛋。诗人怕他自杀，小心翼翼地侍候，心里充满怜悯。小葛第二日就走了，后来再没来，听人传说去了老远地方。

诗人想起小葛的时候，脑子里就浮现出一张穷愁潦倒可怜兮兮的脸，无论怎样也同眼前油光水滑的小葛统一不起来。

小葛修饰整洁的手递出一张烫金的名片，诗人疑惑地接了，见上面黑压压一串头衔，有各种协会学会的字样，突出显著的是电视剧写作中心编辑室副主任等。小葛平静地说："贾老师，感谢你这些年对我的帮助，我特意来送你几本小册子，这是我最近出的几本诗集。"说着小葛从密码箱里取出一摞小书，小三十二开本，装帧不甚讲究，薄薄的，但总归三本，赫然印着小葛的大名，有一本的封二还印了小葛的生活照外加简介，小葛戴金丝眼镜目光远视很雄才大略的样子，说明中阐释道小葛是我国近年来新星诗人中具有光彩的一颗，摈弃陈腐观念，文思如潮，著有诗集三部等，在全国各大小刊物共发表诗作三百余首，获奖三十一次云云。

诗人开始看时，雍容大度地说祝贺祝贺，但渐渐心中升起一股酸涩，越来越浓。诗人的诗龄不短了，但迄今只在省内刊物发了十余首诗，私下写的也有几百首，最渴望但又最怕提及的就是想出一本诗集，诗集的名字酝酿有两三年了，雅俗都试想过，最后想定为《美丽的陷阱》。诗人的代表作是一首情诗，首句为"你有一双美丽的眼睛，美丽得像陷阱"。这首诗被不少人赞赏，诗人感叹"诗言志诗言志，有感而发的确不假"。诗稿用毛边纸全部重新抄过，装订得齐整，但诗人几年里打听过不少出版行情，没有一种能让他遂心。出书的梦就像看着天狗咬月亮，干着急。

诗人没有诗集，但一直在业余诗人面前保持着矜持，说："眼下出书太难啦，连某某大作家的书在出版社都出不了，订户太少卖不出去，出版社亏本太大了呀。我们这些写诗的更是如此，如果像有些人写通俗小说，早就一本接一本地出了。而这种书我宁可不出。"小城的业余诗人们就即刻附和说："是啊是啊。"

但眼下小葛却货真价实地摆出了三本，从前那么可怜的一个角色。

诗人为自己感到悲愤，这世道，怎么回事？

再看小葛题款：老贾同志存念。连"老师"也不提了，诗人更有一种愤懑，从前卑微谦恭的小葛，简直没把人放在眼里。诗人当下便想到子系中山狼，得志便猖狂，把过去对小葛的好感和同情一股脑儿化为恼怒。正在这时，勤杂工小李来传令，诗人便把怒火统统发了出来。

隔了一会儿，老应就亲自来了，脸上倒也平静。

这时诗人屋里已很冷清，诗人闷头已半天无话，小葛正找不到话说，将盘里的花生米一粒一粒夹起来吃。原来也都是认得的，小葛同老应笑着握手，又拿出一张名片。老应很宽宏大度地说："原来老贾这里有客啊。"也就顺便坐下来同小葛聊天，问小葛几年来怎么样，在哪里发达？小葛说去了海南，认识一帮朋友，大家志同道合干事业。一年也赚个三万五万的，在汉口买了一套商品房，结婚的事暂不想提，好好干几年再说。

老应谈兴很高，细细地问，大有与小葛一见如故的感觉，小葛也说得眉飞色舞，倒把诗人冷落在一边。临了老应说，小葛你有空上我家里玩。哦，老贾，今天晚上的活动，你就负责收门票。

诗人脸都青了，奇耻大辱，当着小葛的面，话也说不完整："为什么……么，要，要我收……收票？"

老应很奇怪："为什么不能要你收？"

诗人决绝地说："我不收。"

老应越发奇怪了，晚上活动有十来项，馆里也就十多个人，不麻子打呵欠怎么行？灯谜挂了两百条，要有一个人守着，防小孩子去撕扯；丢圈套狗熊脖子的，也要一个人守着，套中一个奖块橡皮擦子；还有箭击白骨精，十米以外站住，用匕首式的小棍击白骨精的眼睛和嘴，也要有人守着拾棍子……总之，馆里人都排完了，也不是哪一个。

诗人无话可说，但转不过来劲，拧着头说："今天我请假。"

老应对小葛笑了笑，就像大人在旁人面前笑自己顽皮任性的孩子，很宽容也很无可奈何。

小葛起身告辞，诗人冷冷地挥了挥手。倒是老应笑容可掬地把小葛送到魁星楼院子大门口，半认真地说："将来去海南找你啊。"小葛回过身潇洒地做了个手势，带点港味地说："没话说啦——"

老应送走小葛，一边往办公室走，一边在心里揣摩诗人的顶牛。猜测是否与馆长问题有关，想想又不像，又想是否与分房和承包有关，想想也不怎么像。

诗人对住房不怎么在乎，老婆分居，一个孩子也领走了，相持已有两年。要说承包，全馆人人每年都要给馆里上交千儿八百的，独诗人不交。诗人承包刊物《红土地》，馆里不给钱，让诗人自找企业赞助，一年办两期。诗人起初也是不答应，说没办法拉赞助，老应待他不薄，亲自带着诗人去几家有希望的企业跑，热脸挨冷脸，跑了一回又一回，终于说动一家银行一家保险公司一家轮胎厂，动员几个业余作者给这些企业写出三篇报告文学，热情讴歌了一番，也就登在《红土地》上，这几家分别给三千五千的赞助，按比例提成百分之十的信息费，老应和诗人一人一半，刊物也办成了。

按说诗人对老应没什么可抱怨的。老应一直把诗人当作自己人，认为诗人不像画家那样狡猾，容易掌握，没想到一件小事看出诗人的毛不顺，毛不顺的狗不认人。

老应跑到办公室，在抽屉里翻出一封信，仍然锁了抽屉，一溜烟找到老马屋里，说："哦，对了，有个事要跟支部通个气。"

老马是馆长又是支部书记，老应似乎把馆里的行政工作捡起了，但支部还是老马管。

老马在家里本来担心会上一席话惹得老应不快，怕老应以为是自己故意给他出难题，没想到老应一转身找上门来，态度就极为热情，忙乱地让座倒茶，又把过年的一些糖果点心从里屋一碟碟端出来，忙得不亦乐乎。好不容易才坐下来，老应把那封厚厚的信递到老马手里。老马架上老花眼镜一字一字地看。

信是诗人分居的老婆写来的。写来也有一月两月了，控诉诗人道德败坏，有严重的生活作风问题。

事实举了好几件，有人亲眼看见诗人在茅山笔会期间，与同会的女诗人晚间在幽静小道上散步，然后躲在树丛中拥抱。还有诗人写给这个女人的情诗情书，其中一首就是，"你的眼睛像美丽的陷阱，我的小舟划向你波涛荡漾的深渊……"，检举信声泪俱下，说诗人无耻至极。最后写道，文化馆岂能睁着眼睛让这种腐化堕落现象横行？如若不严明政纪法纪，当层层上告。诗人的老婆是教师，又跟诗人生活多年，耳濡目染文字有相当功夫。老马看出一串惊叹。

老应就沉重地说："这信本来早来了，但春节文化活动太忙，这是一件关系到人的大事，因此想找个时间认真同支部商量商量，怎么个弄法。"

老马说："他不是党员，支部怎么好管？"

老应在心里骂了一句，口里说："问题不能这么划，老贾写过申请，属于支部关照的对象。"老马说："他写过申请吗？我找找看。"说着从屋里拿出一个黑皮夹子，支部的文件资料都收在这个黑皮夹子里。

翻了一阵，老马皱起苦瓜脸说没有。老应说："不可能吧，好像在馆里听老贾自己嚷嚷过。"老应又说："不管他写没写，反正这是个严重问题，我建议马馆长你要慎重对待，否则将来连文化馆整个名声都弄得臭烘烘的。"

老马说："那你说怎么办？"

老应说："让他写检查。"

老马说："那也行。不过我表也填了，马上就退休了，还是你跟他谈更好些。"老应正色道："老马你是个老馆长，未必这点规矩都不懂！好比两口子闹离婚，再怎么闹只要离婚证一天不下来，就一天还是夫妻。你那表一天没批，你就应当履行一天馆长的职责，对不对？"

说得老马满脸羞色，莫名其妙痴痴地傻笑。

五

最先知道要诗人写检查的是出纳喳喳。

喳喳知道了这么一档子事，就底气很足，游乐活动的整个晚上精神亢奋，不停地亮开嗓门维持秩序，把几个满院乱跑的小孩儿吼得越发陀螺似的转。

喳喳打扮得像活泼少女，红滑雪衫白纱巾，头发烫成蘑菇头，还戴了根星星点点的紫色发卡。站在院子里同熟人有说有笑的。小城里的人，喳喳似乎认得一多半，见了面总找得出话说，这是喳喳的一大本事。按现代观念来看，喳喳具有公共关系素质，文化馆与外单位打交道，老应都派喳喳去，喳喳一点儿不怯场，上去就打得火热一片。见了老的说恭维话，见了年轻的说笑话，见了女的说亲热话，屡试不爽。

喳喳住在丈夫单位的宿舍，晚上有活动就早早地赶到魁星楼。叽叽喳喳地到老马、老应几个家里坐坐，也没什么具体事，说说笑笑，讲点闲话。喳喳惯常都是这样的。这天在老应屋里，老应既平淡又神秘地把诗人的事透露了一星半点。喳喳很感兴趣，小板凳拉拢几次，想说得透彻些，但老应不肯再往下说。

喳喳也就足够了。

喳喳总想比别人多知道一点什么，如同对钱，多掌握就多一份资本。而且这事在诗人身上，也很叫喳喳快活。馆里几人，喳喳不喜欢诗人画家几个所谓搞业务的，当然首先除开女人，诗人画家几个也都不喜欢喳喳，嫌她好打听传播是非。喳喳填表是高中文化，但是需打去三分之二折扣，喳喳有次念报纸将恬不知耻念成舌不知耻。诗人当时就说，"文化馆无文化，真是悲哀"。

气得喳喳当时真想扑上去给诗人几个大嘴巴子。

喳喳站在院子当中，看画家在收谜条，猜中一条收一条，画家像布店卷布的伙计。喳喳就走过去同画家搭讪，说："你年过得闹不闹热？"

画家嬉笑着说："哪闹热得起来呀？我那老婆除了看电视就是睡觉，要换了你就好了。"喳喳做个假装嗔怪的眉眼，说："去你的。"又正色道："不过也是，家庭里夫妻少一个都不行，像诗人，不知这年是怎么过的。"画家说："他那样才好过呢，自由自在的。"

见话说到契口上，喳喳就上前一步压低嗓门说："诗人出事了。"

画家倒并不惊诧，平平淡淡地问："出什么事了？"

喳喳见效果不怎么强烈，就做出个欲言又止的样子，嘴唇嚅动只是不说出声来。画家见怪不怪，看旁边又有人猜中一条"远看是个瓮，近看有条缝——打一物"，就上前给了那人一块巧克力，转身把谜条收了，一下下卷起来。口里说："喳喳你猜得出这谜子打的什么吗？"

喳喳兴头不在此，悻悻地说："那谁猜不出，是座房子呗。"

画家说不是："你再猜。"

正说着，云儿走了过来，轻盈恬淡的样子。云儿是大学中文系毕业的，搞创作辅导，协助诗人编刊物。云儿眼睛不大没什么特别出色的，但五官配在一起很协调，干干净净的，穿件米色大衣，围一条纯黑的羊毛围巾，说话如小溪流水，潺潺悦耳。云儿说："你们在猜什么谜子？"

画家就显出几分殷勤，说："云儿你那边完了？"云儿说："就是三十份奖品，小孩子钓鱼，准头都还不错，几下子就钓完了，我就把金鱼和渔竿收了。"

喳喳说："那时间还没到呢。"

画家说："那有什么关系，奖品没有了就不弄了，给馆里省点钱不好吗？"喳喳见画家一心替云儿上劲，脸上就挂出几分乌云来。云儿也没看出来，一副天真烂漫的样子追着画家问那谜语，画家就把谜面说了，远看是个瓮，近看有条缝，你猜猜。喳喳抢着说："这回我猜准了，是大街上的邮筒，对不对？"

喳喳满脸得意，笑得腮上一折一折的。不料画家又摇头说："不是。"

云儿凝神想了一刻，突然合掌大笑，说："画家你看我猜得对不对啊，我猜是个破瓮！"

画家仰头笑起来，说："云儿你还真聪明，对对对，就是个破瓮。"当下两人显出很亲热的模样，你仰我合的。喳喳皮笑肉不笑，先前的快活被搅得一干二净，女人最看不顺眼的是女人，馆里加起来才四个女人，男人堆里显得不多，女人同女人在一起就刺扎起来。

喳喳看云儿笑得愉快，猛不丁问了一句："云儿你这次可分到房了吧？两室一厅真有福气。"云儿愣了一下，说："我哪里来的资格？"喳喳说："你不是拿了结婚证吗？按法律是已婚的，馆里怎么能不分房？要不然太说不过去了。"

云儿脸色顿时惨白。

云儿大学时是有过一位男朋友，两人相好到什么程度，传说甚广。两人相跟着分配到小城来，卿卿我的。后来云儿脸色蜡黄，在魁星楼前的阴沟里吐酸水，被喳喳看见，喳喳十分见义勇为，一连串地关心云儿，让云儿说了实话。喳喳把云儿带到郊区的卫生院，谎称是自己的弟媳，找了个半生不熟的熟人给做了人流。喳喳回家还给云儿炖了一砂罐鸡汤。喳喳俨然成了云儿的保护人。但云儿到底是文化人，不能老受喳喳的钳制。后来去外地参加笔会，结识了一个有文学兴趣的企业家，两人话很投机，企业家豪爽慷慨，不像云儿的男朋友那样一股酸气和生活上无能。云儿回来就同男朋友闹翻了，那时确实已拿过了结婚证，男朋友抱着被子要进云儿的宿舍。云儿死活不让，但又不肯大声吵嚷起来，只是细细地哭泣，或静静地抽身躲开。

虽然没举行婚礼，但实际法律认定是夫妻，云儿只好向法院起诉，打开了一场离婚持久战，一两年下来，婚还没离成，但云儿的脸上熬出了细碎的纹路，倘若不化妆，看上去就憔悴，一如抽干了水分的藕。

当下明知喳喳出语不善，但云儿忍着疼无法还击。喳喳面子上做的是一副全不知情的热心肠模样，云儿也确实未将离婚战争的详情对喳喳提及过，她对喳喳是早有戒备。因此话要说下去，受伤害的还是自己。

云儿就苦笑着摇了摇头，别过了脸去，看那挂在铁丝上的谜语。

喳喳赢了这个回合，心里乐滋滋的。她还想接着再来一下，画家在一旁不忍，大声说："哎，喳喳，你今天晚上到底干的哪一样？怎么尽待在这里闲谈？"

喳喳恼火了，喊道："你才说得轻巧，我来上班的时候你还没影子呢，我跑前跑后维持秩序，嗓子都哑了，你没听见？幸亏你不是馆长，你要做了馆长，我们这些看不顺眼的真没法活了。"

画家也冷笑了几声，说："没准儿我还真能当馆长呢？要是我当馆长，这馆里也就清静了，我们也学企业搞他一个优化组合，把些游手好闲搬弄是非的扫地出门，也省了钱省了口舌。"

喳喳竖起了柳叶眉，说："画家你把话说明白点，你要把谁扫地出门？"

画家说："你看看你看看，我还没当馆长呢，你着什么急？再说扫谁也扫不到你头上啊，喳喳你是公认的女能人，又能跟领导说上话，又能要到钱——"云儿见两人都上了火，就扯了画家一把，说："画家你少说两句吧。"

喳喳一声长调叫了起来，说："哎——这真是怪了，我同画家说话，画家又不是你云儿什么人，你云儿拉什么拉？也难怪别人说闲话，你管男人就像管自己家里人——"

云儿手指着喳喳，叫了一声"喳喳"，嘴唇哆嗦着再说不下去，一闭眼，渗出两颗亮晶晶的泪珠子，画家侠肝义胆，怒从心头起，正欲向喳喳发作，魁星楼大门前一阵喧腾。

这晚，小城一位老作家到馆里来了，径直走到魁星楼门口，笑眯眯地说："我没有门票，能让我进去吗？"勤杂工小李倒也机灵，认出来是来过的，一迭声答应请进，嘴里便张扬着朝院里喊馆长，说某某老师来了。

这里老马、老应钻了出来，一起迎到大门口，一阵握手寒暄。尚在春节期间，就又多一些拜年祝福的话，大门口就掀起一阵小小热潮。这老作家从前写过小说，在省级一些刊物发表过，后来还当过领导，也就不再操持笔下活计，戏称金盆洗手了，也没怎么发福，一副文人气派。很关心创作演出之类。进院，同老马、老应前后走着，就问画家、诗人呢？

老马说都在。说话就看见画家在谜条跟前站着，老作家亲热地上前同画家握手，说今年打算搞什么创作啊？画家搓着手咧开嘴笑了笑，瞥了老应一眼。老应聚精会神地抽烟，并不看画家。画家说："搞创作哪来的经费？馆里这么穷，我们修了房子，还差几万块钱贷款还不起，我们都要挣钱去，没什么精力搞创作。"

老作家皱着眉头说："魁星楼不抓出几个像样子的作品，全城的人都看不起。"老马鸡啄米似的点头。这时，老作家一眼看见了灯光阴影里站着的云儿，即刻兴致勃勃地说："这是云儿吧？对对，读过你的小说，不错不错。"

喳喳早想迎上去说几句话，恰好听见这老作家对云儿的夸奖，一下子退到了人后，正碰到打鼓佬的肩膀，喳喳就对打鼓佬说："你听到没有？你这干了几十年的还不如人家才来几年的。"

打鼓佬也没顾得听她唠叨，横下一条心挤上前去，说："老领导，我想给你汇报个事。"

老应忙上前拦住，说："打鼓佬你有事以后再说。"

打鼓佬这时也急了眼，愣愣地说："那我又怎么说不得呢？我的事总要有个人管嘛，你们今天推这个明天推那个，我一家人日子怎么往下过……"

打鼓佬虽不是唱文戏的，但嗓子到底喝过京剧团的水，嗓音底气足，铺得开，一下子将院子里游乐的男女老少吸引了不少，探头探脑地朝这边围拢来。老作家大将风度，雍容大方地一边摆手，一边安慰打鼓佬说："我们找机会说，找机会说。"口里说着，腿杆摆了开去，到另外几处看了看。

这晚，魁星楼的人都不怎么痛快。

六

听人对画家、诗人，还有云儿几个夸奖，老应心里很不好过。

回到家里就对老婆说："猫儿舔泼饭甑，替狗儿忙了一场，我他妈辛辛苦苦忙了几年，楼修起了，钱挣了，哪个说你的好？倒是他们几个风光了的又风光。"

老婆别的本事不强，骂人的本事泼天，当下挽了袖子，说："这狗屁馆长不当了，找他们几爷子出口气再说。不蒸包子争口气，哪个想爬到头上屙屎，搞不成。"说着，拍得大腿噼啪如放鞭炮似的响。

老应听了心烦，说："跟你透透气呢，你反倒给我上气，你想让我去干什么？拿把菜刀去拼命啊？你想把我送进牢去是不是？真是不懂得让人轻松的婆娘。"老婆一听，如皮球钻了个眼，软不拉塌地松下架子，挨了打的狗似的看着老应，说："老应，那你说怎么办？"

"怎么办怎么办？什么事怎么办？"老应说，"你说是什么事嘛？"

老婆也傻了眼。弄了半天并不清楚是什么具体事。老应就叹口气把身上的西装脱了，换上一件中山制服，理平了四个口袋，说："你把那包东西找出来。"老婆想想恍然明白，从柜里搜出那装着云烟和五粮液的公文包，仔细递到老应手里。

老应就夹着公文包，很正规地到蒋局长家去了。中午时分，蒋局长还没回来，夫人在逗孙子。蒋局长的儿子在武汉工作，有了孩子就送回到家里来，蒋夫人很乐意，家里请了个黄牙齿的高山小保姆做杂活，蒋夫人半休在家里逗孙子。那孩儿未满周岁，长出两颗米头子小牙，细眯眼，脸色有些黄瘦，老应一进门就摸着那孩儿的头说："好乖，长得好乖。"

蒋夫人就得意地告诉老应，说："这小人儿开始喊妈妈了，现在还喊不出声，但嘴动辄张成一个大大的圆。你看你看他又在喊了，妈——妈！"

说着，那孩儿果然在他奶奶怀里扑腾水似的东倒西歪站着，嘴张得比头还大，一丝半丝涎水亮闪闪地吊下来。老应就很欣喜地称赞："嗬，果然在喊妈妈了。"蒋夫人抿嘴说："可不是。"

两人很集中精力地逗了一阵孙子。蒋夫人想起来，叫小保姆："哎，你给应馆长拿根烟。"黄牙齿保姆笨手笨脚地在拧洗衣服，手上湿淋淋的，从柜上的香烟盒里夹出一根来递给老应，半截湿出梅花斑。老应接了，打火机烧得嘴唇发烫，才把那根烟点燃了，勤恳地往下抽。

后来，蒋局长终于回来，脸色很疲惫。都是惯常来的，也没怎么客气，就问老应有事吗？

老应说："也没什么事，过年来看看。"

蒋局长脱了外衣，招呼老应坐到饭桌跟前来，说："吃过没有，没吃我们喝两盅。"老应谦让几句，就坐下了。酒过一杯以后，老应说蒋局长，组织上赶快给我们派个馆长来吧。蒋局长停住筷子，说嗯？老应就叹口气说，老马眼看就退了，我只是个抓行政的，业务上又不是专家，希望赶快派人来。蒋局长一听有些恼火，怎么？管行政的就不能管业务啦？

蒋局长军人出身，到地方工作也就是上十年光景，同期的战友都在掌握人钱物的部门，混得如鱼得水，蒋局长在文化上，清水衙门，辛苦受穷不算，还老是背个外行的嫌疑，心里从来有个疙瘩。当下，老应就委委屈屈地说："不是蒋局长在局里，我老应早就不在文化馆待了。我们这种人只会实干，不想争那些名利，有些领导只看到获奖的发表文章的，蒋局长您还是让他们当馆长的好。"蒋局长听了阴沉着脸，一言不发。

老应快快地站起来告辞，走过蒋夫人身边，那小孙子又张开嘴，欲喊不喊地扑腾，蒋夫人得意矜持地把孙儿往老应面前举了举，以为老应会有所表示。老应心里乱糟糟的，也没有精神，苦笑了笑趋开身子走了。

出了门才想起，送礼的公文包忘了带回来，可惜红褐颜色的真牛皮包。枉费了心思，这老蒋平素看着嗓门粗，实际是个草包，又转念想，去他妈的，文化馆长真是没什么当头，还不如托几个朋友到南方做点小生意，暗地里得些赚头。

一路胡思乱想，头顶上明晃晃的太阳，迎面来的男女都笑容颤颤的，趁着正月里难得的好天气，满城都转悠着人，街两旁的杉树爆出一点点绿星，闪烁着活跃。走到小桥边，一堆红男绿女在那里照相，一看挎机子的却是钱记者，肥嘟嘟的大胖脸笑成弥勒，油汗点点滴滴的，挥舞着两只短手，叫人朝前或靠拢。

老应看了，心里感叹这老钱真是精力充沛。

钱记者也是魁星楼里的人物，早些年很红了一阵。钱记者学照相很早，那时文化馆还没有摄影这一项业务，看武汉一些地方有了摄影协会，就不知不觉铺排开，钱记者当初是业余宣传队打三才板的，后来背上个海燕牌长方盒子照相机，脖子上挎着，很神气。县里开各种会议时，台上人作报告，钱记者就胖胖地走上台侧，左比划一下，右比划一下，闪出满台光亮，很有些气氛。

他照出一卷卷胶卷，关在暗房里洗个通宵达旦，十卷总有一二十张清楚的，放大了钉在魁星楼外的橱窗里，下面用一行行钢笔正楷写上图片说明，比如哪位领导讲话等等，左右又用彩笔画出几道醒目的花边，远远地就吸引了人。小城里的人都知道记者这一说，于是都叫老钱钱记者，他顺口应答也都很习惯。

钱记者好几次险些被提拔，只是领导变动得频繁了些，后来的总对前面的有些间隙，钱记者对前任的宣传也就有些障眼，好不容易弄顺这后来的，不久后来的又成了前任。钱记者本人对这些似乎并不往心里去，活得心宽体胖，在馆里也不与人计较是非，有说有笑的，热情蓬勃，只是每逢大事过后，大家细想起来，谁也说不清钱记者这人当时持什么态度。他家也不住魁星楼，因此大家只看他忙工作，其他知之不多。

这时老应看桥头站的尽是一群年轻人，笑语喧哗的，本不想走过去，但钱记者一眼就看见了他，笑嘻嘻地叫："应馆长你上街转转？"

老应也就忙过去打招呼，晃眼一看那堆人里头有一两张面孔怪熟的，却一时想不起是谁。老钱说："哈哈，今天天气好，我女儿一帮同学想照照相，我来给他们服务。"

老应随口寒暄几句就回家了。走到魁星楼橱窗前，看见里面的照片，有些陈旧了。这些年县里建了电视台，摄影照片远没有过去吃香，但橱窗还是要的，总有看不到电视的乡下人进城，顺便看看也没什么不好。老应看着看着，心里蓦地一跳，顿时想起刚才桥头上那几张熟悉的面孔，一个是一位县领导的儿子，一个是另一位领导的女儿。

心里便莫名其妙想笑。

魁星楼的人可怜巴巴的都想有个靠山，天知道靠山稳不稳，兴许泥菩萨过河，自身难保也难说。

刚进门，打扮得富丽堂皇的喳喳一脸夸张认真负责的神情跟进门来，说："应馆长，下午建筑队打电话来催我们去结账，那差的几万块钱到底怎么办？"老应头也不回地说："你去跟老马汇报，老马老同志，县里领导哪个不买账？请他找财政局说说去。"

喳喳方才找老应，本来以为老应会赶着给她戴顶高帽子，叫她继续找财政局去磨。喳喳同财政局的人很熟。没想到老应说个这，喳喳就有些失落，就不屑地说："老马？老马能要到钱？"

老应说："所以你不了解情况啊，人家老马只提了提儿子问题，县里就帮忙着手解决了。"喳喳哟了一声，忙问解决到哪里？老应不耐烦地说："喳喳你今后有什么事还是按组织程序，找老马先说，这样好一些。"

喳喳一愣，不明白老应今天态度为何怪异。她本来还想说说云儿和画家的一点儿闲话，见老应没有兴致，也就不好说起了。

但经费问题不能不说，头年经费早就用完了，过年的奖金和春节活动都是拉的账，今年全市的预算还没下来，银行里无一分钱存款。喳喳说："工龄工资又涨了五角，别的单位都在兑现，我们怎么办？"文化馆是包干经费，一年几万块钱，吃喝人头工资活动经费都在里面。

老应不答话，只一个劲催喳喳去找老马。

喳喳就去了。老马正在同前教育局局长在火盆边上下象棋，脸上贴了两根白纸条子，飘飘洒洒的，光景是输了棋，却也不恼怒，嘴里哼着小曲。喳喳把经费和欠款的事说了一遍，老马噢呀噢地听了半天，把棋子捏在手里，眼里有些惊奇："这些事你找应馆长说呀。"

喳喳说："是应馆长叫给你汇报的。"

老马想了想，大智若愚地一笑："行，行，那就过些时想想办法，过些时想想办法。"

七

半月以后，老干局的批复下来，老马于三月一日正式退休。县领导给文化局打了电话，吩咐要妥善安排。言下之意都领会得，于是蒋局长亲自到馆里来，布置了一个挂有横幅的会场，桌上铺了浅蓝色桌布，摆了两盆万年青和一钵塑料菊花。糖和红橘子各买了一些，堆了两条。然后全馆人开会，把老马的好处说了个圆满。最后由蒋局长总结，肯定了老马的几十年工作，鼓励发挥余热。

在一片情绪激动之中，蒋局长双手将退休证和一个大红影集送到老马手里。老马倒还平静，只是微笑，笑得脸都僵了。

会开完，人还围着桌子三三两两站着，地上一片狼藉，桌上还有不少剩余的糖果橘子，喳喳就高声喊道："这些东西怎么搞噢？"老应说："一人揣几把就是。"

大家就都俯身往桌子上扒拉，手脚快的尽是软糖，慢的就拿几个瘪瘪的橘子。这时情绪就活跃起来，像是去谁家结婚吃喜糖，都有些恋恋不舍这场所，钱记者几个找些笑话说起来，大家都兴致勃勃围着听。

只有老马再无什么事可做，讲笑话似乎也不合时宜，静悄悄地夹了那影集，一步一步走了。

这里老应把蒋局长叫到一边，说有一件重要的事。老应从制服口袋里掏出一封信，脸色郑重地说："这是我的辞职书。我反复考虑，我不适合再做文化馆的领导工作，请求批准我的辞职。我保证努力搞好本职工作。"

蒋局长说："伙计，你这是何必？又不是不了解这几个人，你何必这样？"

老应一丝不苟地说："局长，我这真是由衷之言，目前改革开放形势发展很快，需要强有力的干才做领导，我是从文化事业出发。"

老应讲话的声音不大，但周围的人还是听见了。一时，会议室停止了说笑，都眼睁睁地望着蒋局长和老应。蒋局长低头将那封信掖在公文包里就走了。老应送至门口，转过身来无事一般，招呼大家："下班了下班了。"

口里说着，自己去门后搜出一把扫帚，呼啦呼啦扫起来，老应脸上胡子巴叉的，手也很粗糙，弓着腰使出气力，大家看着，心里有些不是滋味。

画家回到家里，老婆和女儿又在看电视。画家就发火，朝女儿吼："你作业做完没有？整天整天看电视？"女儿被吼得迷瞪瞪的，说："明天才报名上学，今天哪有什么作业？"老婆没好气地说："你又在哪儿喝了酒回来撒酒疯？"

画家也不吱声，鞋也不脱往床上长长地躺了，瞪着天花板一言不发。

画家前些时果真夹着画在小城里转了几圈，给一些名流送出去十几张画，听到一些恭维，心下正在暗暗得意，但这天早晨在馆里翻报纸，却看到一则消息，全国美术作品"绿叶杯"大赛，获头奖的竟是过去美专一位同学。画家顿时觉得情绪坏到极点，突然感到自己所作所为完全无聊透顶，白白浪费了许多大好时光。

老婆看完一个连续剧，见画家还无动静，就挨过身来，问："你今天怎么啦？身体不舒服？"画家脸色不青不黄，额头也不烧，老婆摸了摸就放心了，说："你们房子还分不分啦？我人都联系好了，什么时候装瓷砖去？"

画家说："分个屁，还差几万块钱结不了账呢。"老婆又使出惯常口气，不恭敬地说："只有你们这号穷单位，有钱的屁都不朝你们这方屙，我这辈子算是倒了邪霉。"画家平素听惯这话，这天却猛然揪身坐起来，竖了眉毛厉声吼道："你要不倒霉现在还来得及，你今天就从这魁星楼里搬出去！"

说着手伸得直直地指向门外，满脸愤怒至极不可忍受的样子："走啊，你给我马上走！"

老婆何曾见过这等威风，当下就呆了，一时醒悟过来，不禁号啕大哭："天啦！这个没良心的狗日的，我说这么几句你就来这样的架势，你是存心不想过啊……"老婆哭着，抄起画家的保温杯子就摔，画家也急了，把老婆平素最喜欢的一个高脚玻璃花瓶举起，狠命向大门砸去。

一时稀里哗啦，隔壁几家都听见了，涌到画家屋里来拉架。女的先把画家老婆抱住了，诗人和打鼓佬就把画家拉出了门，安置在诗人家里坐着。

打鼓佬给画家一支烟，劝解道："小皮你也是，好男不同女斗，跟老婆有什么高低可争？大不了她说她的，你干你的。"

诗人颇感同病相怜，手忙脚乱地给画家倒茶，把床上椅子上的杂物收敛起来，表示一片殷勤。坐下来后，诗人两眼生光地盯住画家，说："你是不是有那个？"画家一时没听懂。诗人又说："咳，你老婆是不是发现什么，吃醋了？"

画家哭笑不得，连忙摇头。诗人也不予理会，满脸充分理解，说："我现在体会到，自由才是第一位的，什么爱情婚姻，都是扯淡！家庭什么也不是，就是一个牢笼。"

画家其时已渐渐平静了心情，听诗人滔滔不绝理论，心想幸亏诗人不知道自己老婆告状的事，馆里也没动真格叫他检查，否则弄不好诗人真会找老婆拼了命去。正想着，门外响起云儿的声音，喊诗人的名字。画家的心怦怦乱跳，心想云儿这时候来，别闹出误会。

云儿脸色白白地叫诗人，说："刊物不行了。"

诗人对收门票之类不感兴趣，对刊物倒是当儿子一样看待，当时脸就变了颜色，问怎么不行了？云儿说："打头条的那篇稿子不行了，橡胶厂破了产，厂长辞职不干了。"

原来《红土地》每期印刷费都靠有偿报告文学，这期写的是橡胶厂长，赞助一万。采访在半年以前，厂长西装革履，请吃了一顿梦湘酒楼，吹得牛皮哄哄的。诗人和云儿当时也就看出这厂长底气不足，是街面上叫的那种"二杆子"，但想只要他能拿得出钱，也就管不了许多，使劲替他讴歌了一番。稿子云儿很用了心思，平常不怎么看文件，那阵子也翻了不少，小采访本零零碎碎记了一厚本，说好见刊物厂里就汇款过来，但没想到垮得这么快。

诗人说："赶快给印刷厂打电话，把这篇稿子撤下来。"

云儿说："都已经装订了，还撤什么？"

诗人气得大骂，印刷厂真他妈对着干，平时看文化馆小本生意，刊物印刷经常一拖再拖，头年秋天送进去的稿子，有可能过春节才出厂。偏巧这期就这么快。云儿说："他们厂里嚷嚷打破'三铁'，工人都玩命地干活。"

诗人哭丧着脸："那就没办法了，看馆里怎么说吧。"

画家可惜苦心画的封面要作废。打鼓佬说："你们还不把这情况给馆长说说去，将来这一万块钱怎么办？橡胶厂拿不出来，刊物又已经印了，谁来出这钱？”

一句话提醒了诗人，当下就和云儿找老应。

老应满脸晦气地在清理办公室抽屉，一副大撤退的架势。老应叹口气对诗人一行说："实在对不起，我没有能力管馆里工作了，上级已经有新的考虑。"

大家就追问是谁？

老应把在场的人扫了一遍，说："这个，上面没下文件也不好说，反正无非是馆里几个人吧。"

画家、诗人、打鼓佬面面相觑，看老应神色不像说在场的几个，就绷紧脑袋想了个飞快，到底画家机灵，低声悟道："钱记者？"老应没吱声，也没否定。

大家都像爬了许久的山，只想爬到山顶看看神秘的风景，可上来一看却也不过如此，也就是石头和树。心下就淡淡失望，还和着别的一些滋味。

老应说："我当馆长这些年，大家心里明白，虽然上有老马，但实际上我得罪了大家不少，也没给大家做什么实事。像打鼓佬的问题，早想解决也没来得及研究，这个问题我还是打算移交给后任领导，让他们尽量解决一下。"

一段时间，总有一月两月吧，文化馆没馆长，魁星楼群龙无首，凄凄惶惶的。连诗人也觉得，还是有个人管着的好，早先老应每天记考勤点名，诗人的早觉睡不完整，这时没人管了，一觉睡到十一点多，起来嘴里苦得黄连一般，什么胃口也没有，整天昏昏沉沉的。诗人说，真是瞌睡无本，越睡越狠。还是有人催着早点起的好。

喳喳到馆里来也没了坐处，老应那里兴趣寡淡的，没有话说，画家、诗人几个又都有些不合拍，喳喳就又动了调动的念头，四处打听着，想到新设的旅游局去。

老马平静了多日，一日突然涨红了脖子，要找钱记者。原来儿子说得好好的安排在档案馆，表都填了，但事到临头说一时还没有编制，要老马儿子耐心等着，这明显是个遁词，知情人说是有人顶了老马儿子这个编制。老马找钱记者反映，钱记者的文件还没下来，但四处风雨已成气候，也不好推辞，笑眯眯地耐心听老马诉说，和老马早先一样口气，想办法想办法，过些时候再说，过些时候再说。

老马背过脸骂了一句滑头。

这样又过去些天，眼看城外山上的油菜花都快开了，青翠的麦苗不等人地疯长。魁星楼的人睡惯了懒觉，到八点还鸦雀无声寂静一片，这天猛然响起了电铃，叮零零刺耳又长远，一个个从梦中惊醒过来，慌天忙地开了门，怕是魁星楼出了火灾。一看却是老应穿身西装，手里拿个大簿本子站在会议室门口，一本正经地吆喝大家："上班啦上班啦！"

小黑板上已用白粉笔写着：四月一日，全馆职工会议，地点：会议室，讨论全年经济承包合同。

恍然又是昨天的情形。

魁星楼一切照常。

归而已

一

她端着一杯酒，婷婷地走来，对我那位朋友说，好久不见？

那位朋友是个特别热情与女士谈话的男人，看见她，眼里更是射出许多光亮，他向她发出一连串的询问，听说你去了美国，什么时候回来的？怎么不请我们吃喜糖？老公带回来了吗？

她妩媚地笑着，直是不答，却拿眼睛看了看站在一旁的我。

朋友这才想起我来，忙说，你们认识一下吧，这是记者伊妹，专门写你们女人情感问题的，你可得小心点儿。又转脸对我说，伊妹，这位归女士，可是有一部内容丰富的情感史，编三十集电视连续剧没一点问题。

她伸出手来跟我握了握，自我介绍说，归而已，自由职业者。

归而已，一个很奇怪的名字。

她自嘲地笑了笑，你知道我最喜欢又最讨厌的职业是什么？

不等我回答，她已经说了出来，记者。

她的笑容坦率而又明亮。我说，为什么？

她说，这个职业最具有挑战性、刺激性，但又最无聊最没有意思。我这样说你不生气吧？

我说我不生气，你说的是这个职业，并不是说的我，我犯不着生气。

她目光灼灼地说，看得出来，你是那种善于理解别人的女人。

我笑了，说你这么快就夸奖我？她说我这人就是这样，喜欢的人我一眼就看上了，不喜欢的人一辈子在我面前晃来晃去，我也不会有感觉。

那是在一个朋友画展的研讨会上，我认识了归而已。这个奇怪的名字和她的谈话给我留下了很深的印象。半年以后，我突然收到一张印制精美的请柬，扉页上写了几句话：

在沙漠上留下一个影子

再过一千年

你能否还看得见？

我把自己留下

随风再去追寻……

这几句像诗一样的句子有一种说不出的味道，让我反复看了几遍，再下面是写某年某月某日在某酒店举办个人影展，敬请光临。落款居然是归而已。这让我十分好奇，到了那天，我便去了。

在展览中心的大门前，归而已穿着一身红黑相间的中式高领便衣，下面是同样花色的长裙，一头黑发在脑后盘成了髻，显得风情十足，楚楚动人。她接应着前来参观展览的来宾，风度十足。见到我，她的眼睛亮了一下，爽朗地叫出我的名字，说伊妹，真高兴见到你。

一群新的来宾蜂拥而至，归而已又忙着去接待他们，她说你先随便看看，回头我再找你。

走进展室，竖立在那里的第一幅照片就让我吃了一惊。那是一个全身赤裸的女子背影，黑色的大海作为背景，女子站在海边的礁石上，向天空伸着双手，身上的肌肉线条紧绷绷的，丰满而有力的臀部和大腿张扬着生命的活力。作品的题目是《问天》。作者是一个外国人的名字：路易·艾思。

接下来看到了归而已梳着马尾辫的照片，那俨然是一个大学生的模样，这样类似的照片有一组，我发现这些照片都是一个叫黄白的人照的。另外还有归而已在世界各地游历的照片和一些生活照，作者署名都是陆振东。这个影展我看出来都是归而已不同阶段的照片，而作者一共只有三个。

看完这个影展，可以大致揣摩到你走过的人生经历。这是她在第二天约我聊天时，我说的第一句话。

归而已坐在她那小别墅院子里的藤椅上，津津有味地看着我，好像我是一块可以吃下去的蛋糕。她眼睛里投入的专注和热情使你不由自主地会跟随她，我想幸亏我是个女人，如果是男人，没有人能抵御得了她。

她说伊妹，你接着说下去呀。

我说你先说说，你为什么要办这个影展？都有些什么想法？

为什么？她做了一个很夸张的动作，肩膀往上耸了耸，说什么也不为。我就是看着从前那些照片，觉得挺有意思的，拿出来让大家看看。我是个不甘寂寞的人，我喜欢让大家都注意到我。她说着又那样目光灼灼地看着我，说伊妹，你能替我写篇文章吗？帮我吹吹这个影展，你不觉得还有些味道吗？

她那样子不像是在开玩笑，我只好微笑不语。她说得不错，那个影展确实有些味道，但只是一种感觉，要写出文章来却太茫然。

她穷追不舍地问，你不是说从这些照片中可以看出我的经历吗？你倒说说，你看出什么来了？

我说，你请我来，是让我来猜谜的吗？其实我也看得很肤浅，只是发现你的影展一共只有三个作者，而且都是男性，他们似乎都与你有着不同寻常的关系。

归而已说，你能看出这一点就不错了。现在这个社会大家都很浮躁，没有几个人是去认真看作品的，大家借这个机会见见老朋友，聊聊天，你说是不是？好多人只看画面，连作品的题目都不看，更不会去注意作者的名字了。

我说，要是熟悉你的人恐怕会注意到的。

归而已说，这座城市里没有多少人熟悉我，我从南到北，挑选到这儿买下一幢别墅，就是因为这儿既是我的故乡，但我又有多年不在这儿，认识我的人没几个。不过这半年，朋友呈几何级数增加。

正说着，屋里的电话响了，一个瘦小的姑娘从屋里走出来，将手中的无线听筒双手递到归而已面前，说大姐，您的电话。

归而已接过来轻柔地喂了一声，说哪位？随即换成了英语，叽里哇啦说了一大篇。我在旁边欣赏着她的侧面，虽然我是一个女人，但不得不说她的身段确实长得性感有诱惑力。

她说了好半天才把电话放下来。然后说对不起，让你久等了。我说没关系。她笑着把听筒交给一直站在跟前的姑娘，又对我说，我的前夫路易，一个星期总要来一次电话，从大洋彼岸。这会儿他们那儿正是晚上，他躺在床上想到给我打个电话。这家伙坏坏的，说总是爱在床上想起我。

路易是你的前夫？

我想起影展的作品中第一幅照片就是这个署名。归而已点点头，说对，路易是我的前夫，准确地说是我的第三任前夫。你刚才说得对，那些不同时期的照片是由三个男人照的，而这三个男人就是我的三任丈夫。

我暗暗吃惊，她看上去至多只有三十多岁的样子，或者更年轻，却有了三次婚姻的历史。

归而已说怎么，你没想到？如果你以后愿意替我写文章的话，我可以把我自己详细介绍给你。从哪儿说起呢？我就给你说说我的这三个丈夫吧。

二

说丈夫，我得先说说我的性格。

我这人从小就对家这个概念很淡漠，因为从来就没有正儿八经的一个家。记事那年我在爸爸的背上待着，他那时候在五七干校劳动，割麦子拣牛粪，用一根布带子把我捆在背上，从早到晚，那就是我的家了。可惜那会儿谁也没想到为我和我爸爸照张相，要留下影子来就好了。

我可以想象我那时候的小可怜儿样子，从生下来就没吃过奶，瘦巴巴的脖子细细的，在我爸爸背上哭个不停，哭累了就睡一会儿，睡醒了又哭。我妈是个造反派，跟我爸闹得生死不可开交，坚决要跟我爸爸划清界限，一生下我把我一扔就走了。

他俩后来离了婚，我妈根本没打算要过我，我长到十岁才见了她一面，她让我叫她妈，我朝地上吐了泡口水扭头就走了。

我爸从五七干校出来回到工厂当他的工程师，成天忙得不归家，往我脖子上拴把钥匙，让我自己到食堂里吃饭，晚上自己回家睡觉。我比一般的孩子自由，想干什么就干什么，在外面玩得再晚也没大人来拎我的耳朵。我的家就是那把钥匙。

小时候的经历让我的性格像个野孩子，我不娇气，不怎么自私，跟朋友交往特别讲义气，喜欢跟男孩子一起玩，也特开朗，特别好自由……归而已说着笑起来，你看我这人脸皮够厚的，给自己可以说上这么一大堆优点。可我真的一点也没夸张，我这人就是这样的。朋友都愿意跟我交往，我在一个地方待不了多久，就会交上一帮三教九流各式各样的朋友。对，我还有一个优点，我不嫌贫爱富。

小时候没怎么用心上学，我爸爸总说我将来长大了怎么办？他是一个爱唠叨的老头儿，心善得连鸡都不敢杀，对我是无限宽容又无穷地唠叨。从小我就习惯了他唠叨他的我干我的，各不相干。比方说我爱玩泥巴，捏泥人，我爸会痛心疾首地说家里本来很窄小，连身子都转不过来，你还添乱，把地上桌子上弄得乱七八糟。我对他的话置若罔闻，他一边唠叨我一边将小泥人也捏出来了，高高兴兴地拿给他看，老头儿会认真地看个没完，挑出许多毛病，然后又开始新的唠叨，而把刚才说我的话全都忘了。

我和我爸就是这么过来的。到了我高考那年，我爸断定我上不了大学，都准备好行李，让我到深圳大姑妈的儿子开的公司去打工。可我偏偏考上了，还是北京师范大学，外语专业。毕业以后就留在了北京，在一所大学里当老师。

就在那段时间，我跟我的第一任丈夫黄白相识并好上了。说起我跟他相识的经过也挺有意思的，你看我的眼睛。归而已说着将一双亮闪闪的美目对着我，我看了看，说我看不出什么来。

她用长长的手指点了点眼皮说，你没看出来？我这双眼皮是割的，不错吧？从前不认得我的人都一点儿看不出来，连我的爸爸也只觉得我哪儿变了，却看不出究竟。这眼皮就是黄白给割的。

我这人爱漂亮，大学二年级的时候，听说我们学校舞蹈系有两个女生去做了双眼皮，我专门找到人家那里看了半天，第二天就去了她们说的那家整容医院，那医生挺年轻的，动作特别轻巧，手指从我脸上掠过的时候，我浑身酥酥的。等他把口罩一摘下来，是个长相不错的男人，我就对他有了好感。

他就是黄白。我接二连三上医院去找他，说我的伤口总在疼，他也不多问，他看出没什么毛病，但总是细心地为我再擦药，我就喜欢他的手在我脸上抚弄，闭上眼睛感受到他站在我的身边，一股淡淡的药味合着年轻男人的气息，好闻极了。

那时候我不过只是个大二的学生，但浑身上下总有一种说不出的躁动，想大喊大叫，剧烈运动。每天晚上，我都要在学校操场跑上五千米，大汗淋漓才罢休，要不然准睡不好觉。

黄白是个谨慎的医生，他没有想到会跟他的病人发生什么故事，但我频频地点名找他，使他有了感觉。我最后一次去医院检查眼睛，他小声说，你不需要再来了，你的眼皮已经长得非常正常了。我镇定地说，你能请我看电影吗？《天龙八部》正放着。他愣了一下，说你叫归而已？我说病历上不是写着吗？他让人觉察不到地叹息了一下，说好吧。

后来我问过他，当时为什么要叹息？他说你听见了？我说是的，哪怕是从你心里发出的。

他说你当初走进医院，我远远地看见你，心里就怦地跳了一下，预感到会和你发生什么。我故意回避着，可你真厉害，就像一只捕食的老鹰，我就是地上的小鸡，最终还是逃脱不了你的魔掌。他说着就把我拉到怀里，使劲地亲，说我要看看这只老鹰的爪子究竟有多厉害。

那是以后的事了。那天晚上我俩第一次出去看电影，他生怕被医院的人看见，让我先走，在医院大门附近的杂货店前等他。我感到好笑，他来了，也不跟我并肩走，一前一后的，直到坐上的士才和我开始说话。很少年轻人像他这么处世谨慎的，这使我又讨厌又好奇。

那场电影是什么内容我们一点都没看进去，开始放映时大家坐得都还挺正经，后来他就在黑暗中握住了我的手，一个指头一个指头地捏着，劲挺大的，一点不像在我脸上那种轻柔的感觉，但挺刺激。坐在前面包厢的一对男女，肆无忌惮地在亲吻，亲着亲着身子就歪下去了。不知不觉的，我们的身子也靠在了一起，他的嘴唇凑到了我的脸上，香香的有一点药味，嘴唇薄而冰凉，我亲了一下就不想亲了。但他不肯罢休，一直亲个没完。

从那以后，不是我再找他，而是他每天几次地给我打电话，站在学校门口等我。周末我上他家去，他是一个外地人，工作几年刚有了一套一居室，小小的房子搁一张大床，就在那间屋子里，我把自己给了他。

他惊讶地说，我没想到你还是个处女？我听了很生气，说你以为我是什么？妓女吗？他说那倒不是，我看你对男人那么主动，还以为你有过恋爱经验呢。他说我会对你负责的，等你一毕业我们就结婚。

我说听你这口气，好像是因为我是处女就对我负责，那如果我不是处女，你也就玩一玩算了？黄白说，你何必这么较真呢？我跟你说的是实话。

我说，结婚不结婚也不由你说了算，我烦谁用这种恩赐的口气，好像我不跟你结婚就活不下去似的。

你看，谈恋爱我们就开始吵架，其实也不为什么，就为了鸡毛蒜皮几句话。有时候我完全就是想跟他过不去，非得吵一吵才行。开心的时候也不少，到郊外去玩，他给我照了好多照片，我在影展上那些最年轻的照片都是他照的。

公平地说，黄白是个很聪明的人，他有好几项业余爱好，除了摄影，还爱好书法，字写得挺棒，我们的离婚协议就是他一笔一画写出来的，真漂亮，那是他的杰作。

我大学毕业之后，跟黄白结了婚。我老爸特意赶到北京来参加了我们的婚礼，还给了我五百块钱作为嫁妆，那是他偷偷攒下的私房钱。在我上高中的时候，我爸就又找了一个比他小二十多岁的妻子，还带来一个十多岁的儿子。我后妈对他倒是不错，就是把钱看得特别重，我爸的工资全在她手里，干什么都得找她要，一分也不多给。我爸攒那五百块钱不容易，表示他对我的婚姻高度重视。我爸说而已呀，总算看到了这一天，你跟黄白结了婚，我就算放心了。

要说我们的小日子真的是不错的，我们俩一个是大学老师，一个是大医院的医生，收入不算高但也足够花的，要是再生一个孩子，那么在所有人的眼里都是一个幸福美满的家庭。可我这人不知足，就是爱生事，有些事也不完全怨我。就说黄白这人吧，大毛病没有，可他没有什么大追求，办什么事都跟他做手术一样有板有眼一切按程序来，丝毫不乱。就连做饭，你都不能打乱他的步骤，他说先炒肉你就不能先烧鱼，他说今天煨汤你就不要再提吃饺子。

最让人受不了是连夫妻生活都得按时按点，他说吃饱了不能做，太晚了也不能做，按医学上来说，睡觉时间最好在九点半钟左右，上床半个钟头才是做爱的最佳时间。而那时候我可能正在看某一部电视剧，或是一部闲书，正看得上劲，根本没有半点兴趣，他却非要做。我说你再这么下去，我非成性冷淡不可。

黄白家在安徽农村，家里亲戚一大堆，得了大病就往北京跑，以为他是个救命的菩萨。那些乡下人一来，带上一口袋枣子核桃什么的算是见面礼，让黄白在家里给他们打上地铺，住上就没完没了。你想想，一个得了病的人，当然也不一定是传染病，可总是让人腻味，跟你同一个马桶，同一个洗脸池，你能好受吗？我说黄白，你把他们弄到哪家招待所去行不行？再这么下去我会疯的。黄白说我从小就是这些老少亲戚帮助上的学，他们这会儿有了困难，千里迢迢跑来找我，我能把他们朝外赶？再说招待所得多少钱，他们掏不起，我们又掏得起吗？我说我情愿借钱让他们到外面去住，也不想跟他们在一个屋子里过日子。

这样的事情不是一回两回。

每次乡下人一来，我们俩就会有一次大的争吵。有一位作家刘震云写过一篇小说叫《一地鸡毛》，其中就有这样的情节，我对乡下人的到来可烦透了。我认为我没有理由为黄白偿还小时候的人情账。

后来又遇到一件事，促使我动了离开北京的念头，那就是职称。

毫不客气地说，我在同龄的老师中算是出类拔萃的，别看我那么爱玩，我对教学可是尽职尽责，跟学生的关系处得特别好，他们都喜欢我，我还发表了不少文章，应该说评个中级是没有问题的。可有那么两个女评委对我有成见，平常对我的穿戴打扮看不惯，就是不同意通过。我找到评委主任去问，你猜那家伙说什么？说我又没跟谁打过招呼。

我一听肺都气炸了，凭什么要给你们这些王八蛋打招呼？还指望我低三下四送礼说好话不成？快拉倒吧，我宁愿一辈子也不要这个狗屁职称，也甭想我跟你们这帮家伙说好话。

我就跟黄白说，我们俩辞职去深圳吧。

他一听瞪圆了眼，说你疯了？

我说我没疯，深圳有我好几个同学，都没要国家公职，自己办起了公司，干得挺不错，现在都成了百万富翁，我们为什么不能去试一试？

他说北京多好哇，亿万中国人都想到这儿来，我爸妈辛苦了一生就是为了我的今天，现在我们日子过得好好的，干吗要抛弃好不容易得来的一切，又去折腾？

我说你是过得好好的，可我不觉得好，我闷死了。这小屋子里那些病人的味道，还有学校里那些势利的眼光，我受够了！我要走，我要重新去创造一个新的天地。

黄白说，要走你走吧，我是不会离开北京的。我说，你真的一点也不打算改变？他说是的。我说那既然这样，我们就离婚吧。

我们没有争吵，也没有复杂的过程，第二天就去办事处领了离婚证。奇怪的是我们俩都一点也不伤心，拿完证我俩还在胡同口一家小餐馆同吃了一顿饭。

黄白说，你真的要离开北京吗？我说是的，要不然我也就不会离开你了。

他说，你如果真这么想，我多少有一些安慰。我说这很重要吗？他说当然，你不是看不起我这个人，而只是想离开这个环境。这对于一个男人的自信心来说，很重要。如果一个男人连他的老婆都管不住，那还叫什么男人？他又问了一句，如果我现在愿意跟着你去深圳，你还会和我在一起吗？

我看了看他，不想再骗他，我说黄白，我们都不是小孩子了，用不着说这些没有意义的话，你既然不会去深圳，又何必非要用一句话来满足你小小的虚荣心呢？

他说，你说话总是这么不留情面。好吧，你不肯说就算了。这个家是我们共同建立起来的，你要拿走什么尽管拿好了。我说谢谢你，我什么也不要，我也拿不动，你就把从前给我拍的那些照片都给我好了。

黄白挺仔细地把那些专业的底片纸包好放在一个袋子里，送我上了飞机。他说有事来电话。我说会的。我的第一次婚姻也就这么结束了。

三

你听得下去吗？归而已点燃了一根烟，只抽了几口就又掐了。

我说，看你并不怎么会抽烟。

她笑了笑说，好玩呗，我这个人啦，就是什么都想试一试。去年在武汉爬龟山，人家说那儿有蹦极的，我跑过去一看，都是十八九的年轻人，没有一个像我这样过了三十的女人。可我不管不顾地跳了一回，当风从下边直往我喉咙里灌来，我就像朝着无底的地狱扑去的时候，我想这回死定了，那种恐怖的感觉一生都忘不了。

我说如果有机会，你还会跳吗？

她摇头说，不，重复的事情我不喜欢，我情愿做没有做过的，哪怕更恐怖。我的第二次婚姻也就是在这种心态下促成的。

我只身一人到了深圳以后，在一个女同学家里住了一段时间。她大学毕业不久就到了深圳，和她丈夫一起创办了一家电子公司，做得还不错。她本来邀我到他们的公司里打工，可我不愿意，从前在学校时，我这位同学的才气和能力都不如我，如果到她手下打工，会有很多别扭，我想同学之间还是不伤和气的好。我坦率地把这一点告诉了她，请她给我在别的公司介绍一份工作。她答应了，我就在她家住着等待。白天上街逛逛，有时候看见报纸上有招聘的，我也去试一试，但我要么嫌工资太低，要么嫌工作不好。

在她家住了半个月，有一天晚上，女同学有事没有回家，她丈夫却早早地回来了。这人看上去性格开朗，有说有笑的，口口声声说自己是个好丈夫，待他的妻子特别体贴，有时候他俩亲密得让人看了都受不了。他对我也十分热情，为我的工作出谋划策，还专门买了好多杂志VCD回来，说让我解闷。

可我总觉得这男人看人的眼光有些特别，尤其是单独对着我的时候，那目光火辣辣的，我是过来人了，懂得男女间是怎么回事。那天晚上，果然他趁我在洗菜准备做饭的时候，过来说要给我帮忙，然后一把抓住了我的手。

因为我早有防备，一点也不觉得突然，我就居高临下地看着他，任由他拉着我的手，看他下一步怎么办。

他一只手摸向我的胸脯。我冷冷地说，怎么，想寻开心吗？他发窘地说不，不不，我是真的喜欢你。

我说是啊，我现在一个独身女人，也正寂寞着呢，就在你和你老婆的大床上，我们俩来折腾一回怎么样？说着，我就上来解他的扣子，他又胆怯了，说我们还，还是另找地方吧，要是万一她回来碰上了可不好……

我朝他的脸上啐了一口，伪君子！我说，像你这种男人也配说是好丈夫？我早看出你这德行，就知道你不是个好东西！你不知瞒着她搞过多少歪门邪道！

他说你不愿意就算了，说这么难听的话干什么？

我说，我要是武侠小说中的大侠，就专门惩罚你这种坏男人！

晚上，我那位同学回来了，我已收拾好东西，说第二天出去租房子住。女同学说，我们怎么得罪你了？这不正忙着给你找工作的吗？我说你还是看好你的家吧，别成天在外面东忙西忙的。找工作的事我自己来。女同学莫名其妙，我也不想把她的美满幻觉戳穿了。

其实好多男人都是这路货色，表里不一，装得一本正经的，背着人什么下流玩意儿都干得出来。

后来我在一家台资企业的策划部找了份工作，给资本家打工的滋味真是不好受，原来在大学里总以为人际关系复杂，为了职称什么的勾心斗角，其实在这里也是一样，后来我总结出一条，只要有人群的地方，凡是涉及利益问题，无不出现你争我斗，明里暗里技法差不多。

策划部的主任原先是国内一家党政机关的处长，根本不懂市场业务，也不懂计算机和外语，只会弄权术拉关系。我一去就从业务上把他给比了下去，他因此对我很是不满意，嘴上不说，暗地里尽给我小鞋穿。我这人也是不好惹的，就直接跑到老板那里告了一状，心想大不了走人了事。

老板是个近五十岁的男子，台湾高雄人，胖胖的，稀稀拉拉几根头发，但修饰得很得体，据说他不抽烟不喝酒，跟员工们一起吃食堂，三个月才回台湾探一次亲。他很耐心地听完我的话，说归小姐，你不要那么性急嘛，你和他各有长处，不要用自己的长处比别人的短处，他也同样。大家在一起做事，都是前世修来的缘分，还是珍惜的好。

他给我讲的这番道理是台湾式的思想工作，听起来蛮有人情味的。

后来他进一步跟我说，他用那位策划部的主任，主要是看重他在政界认得一些关系。他说他对我早就有过观察，准备将我提升为策划部的主任，将原来的主任调到公关部去，那样更能发挥他的特长。

我本来是想发泄一通辞职的，没想到反而得到了老板的器重，心里的高兴就别提了。那天下午，我和老板一起在公司食堂里吃了晚饭，因为谈话谈得晚了，大多数人都吃过走了，就我和他。

他说归小姐，听说你原来是在北京工作，刚来深圳不久？我说是的。他说为什么把铁饭碗丢了，来找个泥饭碗？我说我这人天生喜欢冒险，不甘心过那种四平八稳的日子。

他出人意料地说我也是。他说我们这个家族几十年前就做这种染发剂，在世界各地都打开了销路，开了好几家分公司，其实把这些分公司做好就行了。但大陆对我有很大的吸引力，许多人都劝我说大陆投资有各种各样的风险，可我就是冲着这风险来了。如果没有压力，生意做得就不刺激，一个男人活在这个世上，就是要做成几件事，我要是能在大陆把市场打开，哪怕就是一点薄利，我看也值得。

我看他说得诚恳，就问他跟着员工们一起吃苦，过得惯吗？

他说小时候家里父母很严格，从来不多给我们一分钱，大学毕业以后让我们自己到社会上去找工作，要有了一定的工作经验以后才许回来经营自己的公司，目的就是让我们尝一尝打工的滋味，才懂得怎么做人。所以吃苦吃惯了，现在过什么日子都不觉得苦。要说不习惯，就是太太不在跟前，没有人给我烫衣服，找领带。

说着他笑了起来，笑得人心里暖洋洋的。

他说我们公司单身汉不少，我打算成立一个单身俱乐部，周末让大家开开心。归小姐，你愿不愿意参加？我说好哇。他说那我就当会长，你当副会长好了。

后来他真的组织公司未成家的人看电影打网球什么的。我发现这个乍一看其貌不扬的男人其实有很高的品位，他很喜欢艺术，我们一起去看了几次展览，还听了两次音乐会，他的评价头头是道，一点不像个生意人。

慢慢接触时间长了，一天不见他的影子还有些想。他就好比这个公司的魂魄，他不在公司的时候，总像差了什么。

那年他回家过春节，临走时不经意地问了我一句，说归小姐，你打算在什么地方过年？我说我的父母从没来过深圳，今年过年他们想来看看，我就跟他们在这儿过年了。

他说这样啊，我要回台湾去，我那套房子反正空着，你跟你的父母不如就住到我那里去好了，你现在租的房子太小，一定不方便的。我十分感激，我爸妈听说是老板借给我的房子，都说这台湾老板不错。他那房子里电器设备很齐全，我和爸妈在那儿过了一个很舒服的年。

初八上班一进公司，就意想不到地见到了老板，他穿得整整齐齐地站在公司门口，问候每一个员工。我问他什么时候回的深圳，他笑而不答。

后来我才得知，他初三就回到了深圳，为了不打扰我和父母，他住在了酒店。我已经在上班前把爸妈送走，这时连忙把钥匙送还给老板。他不接，却开玩笑说我得和你当面检查检查，要是丢了东西怎么办？

那一瞬间，我意识到会发生什么事。可我无法拒绝那种诱惑，我这人天生对未发生的一切好奇，特别想知道下一步会是怎样的结果。

下班之后，我跟他一起走进了他的家，他环绕四周，一言不发。

我说老板，没有丢什么东西吧？

他说你不要叫我老板好吗？现在是在私人的住宅里，不是在公司，你叫我陆振东先生，或是陆振东都可以。

我说好吧，陆先生，如果没什么事的话，我可以走了吗？

他无言地点头。我刚走到门口，他突然叫了一声，说，慢！我丢了一样东西。我吓了一跳，说不可能，我仔细检查过的，原来的东西都在。他目不转睛地看着我，说你这一走，我的心就丢了。

他说着上来就吻我，我极力推开了他，我不想成为他的二奶。可他说出一句让我想不到的话，他说归小姐，嫁给我好吗？

我以为自己听错了，他又说了一遍，要我嫁给他。

我说陆先生，你别跟我开玩笑了，你明明有太太，想要重婚吗？这在大陆是要判刑的。他说我太太三年前就去世了，我是一个王老五。你不信，可以打电话到我台湾的家中问我的父母，还有在深圳经商的台湾商人，我们在这里有一个台商协会，他们很多人都是我的老朋友，对我家里的情况一清二楚。

他又说，你如果愿意嫁给我，我就把深圳这间公司交给你来管理。

我相信了他的话，管不管理公司我并不感兴趣，但在深圳要嫁人的话，确实一时找不到比他更合适的对象了，他有钱有风度，虽然年纪大了一点，但现在嫁给比自己大一轮的男人几乎成为时尚。我说我可以考虑考虑。

那天晚上他求我留下来过夜，我没有再推辞。从和黄白分手以后，严格意义上讲，我没有接触过男人，在深圳也曾有过男人向我约会，但我不想惹麻烦，他们也都跟我差不多，都是刚到深圳不久的淘金者，需要有人帮他们解除寂寞，我不想跟他们纠缠在一起。可那天我跟陆振东亲昵却没有成功，他说你要相信我，我这只是暂时的，长期没碰女人的原因，过一些时候就会好的。

四

归而已说到这里停了下来，又点上了一根烟，这回她深深地吸了一口，好像连同当时的烦恼都吞进了肚里。

我说，可你后来还是跟他结了婚？

她说是啊，我自己也没想到。我们后来又在一起试过两次，但最后都不了了之。他沉默地看着我，一脸的内疚。我再也不想跟他在一起，可他却提出了结婚，我冷笑着说，你认为有这种可能吗？

他很坦率地说，我的性能力是有一定的问题，但归小姐，我以为人生不光是这件事，还有许多事比这更重要得多。比方说金钱前途，归小姐你对你的今后不会没有考虑，你到底打算怎样在这个世界上立足呢？如果你拒绝了我，我明天就会请你离开我的公司，而如果你跟我结婚，我会帮助你实现你的一些愿望。

我说我想出国，你能帮我实现吗？

他说这好像不成为问题。

我说，你为什么非要跟我结婚呢？

他说，一个没妻室的男人在生意场上是不会得到充分的信任的，我必须有一个美满的家，哪怕只是表面的，有一个能拿得出手的妻子，陪伴我处理各种社会事务。在台湾我也能找到这样的姑娘，但我来到大陆以后，发现大陆姑娘真的是十分优秀，比如归小姐，人长得漂亮又是才女，而且对大陆的情形也十分了解，我能找到这样的伴侣，就好比插上了翅膀。

我笑了起来，可我不想牺牲自己的青春，来换取虚无缥缈的幸福。我要的是实实在在的。

他沉默了一会儿，说我不想勉强你，但你如果愿意，我可以让你陪我三年以后就离开我。在这三年间，你得无条件地服从我，三年以后我送你出国。

一开始我真的不想接受，可越想越动心，在深圳有的淘金的女大学生走捷径，她们傍大款不图名分只求攒下一笔钱，当上几年二奶以后就拿着这钱去另谋生路，这比自己一个铜板一个铜板积累快多了。我为什么不可以走这条路？更何况他还给我一个夫妻的名分，心理上也更平衡。

我就跟他说，三年太长了，就两年。

他说这样吧，两年以后你可以再在外面找其他的情人，但我们的婚约解除之后，什么时候向社会公布得由我决定，在我没有决定公布之前，你不得跟另外的人结婚。

我们俩就像谈生意一样，谈了很多个回合。我得说，陆振东是一个体面的绅士，即使是在谈钱和性，也是文质彬彬的。他那口清晰的带着台湾口音的普通话，听起来很悦耳，即使生气和激动的时候，也一点不失态。最终他的话打动了我，我跟他结了婚，唯一的条件就是两年以后他得送我出国。

成了陆振东的妻子以后，我没有接管他的公司，我对那不感兴趣，经济上有了强有力的保障，我可以随心所欲地干自己想干的事。我常常认为自己报考的大学专业并不适合我，我如果搞艺术可能更在行一些。他知道我喜欢摄影，就为我买了很高级的数码相机，我拉着他四处步行旅游摄影。我们在一起无话不谈，日子过得很愉快。

我小心地问了她一句，那么性呢？你就那样忍受着吗？

她吸了口烟，说不。性事是人生的一大快事，我没有必要让自己受到压抑。不瞒你说，我跟他在一起想了很多办法。上帝真是太让人遗憾，他这人除了这一点真的都很让人满意，我非常希望他能像一个正常的男人那样雄壮起来，让他吃过各种药，做过按摩针灸，但都没什么明显的效果。我问他是不是生来就是这样，他说不是，跟第一个妻子结婚的时候还好好的，可在一次荒唐的经历之后，他一蹶不振。

他初中时有过一段早恋，那个女孩子后来跟别的男人结了婚，过得不如意，就又来找他，他出于同情，跟她见面谈话，有一次就动了情，两人在女方的家中上了床，没想到女的醉鬼丈夫回来了，举起刀子就要砍他。就在那一场惊吓中，他受了刺激，后来就再也无法振作了。半夜三更没人动他的时候，他有时会隐隐有感觉，但真把妻子推醒就又不行了。

我没有办法让他恢复，就自慰，当着他的面。归而已两眼看着我，直率地问，伊妹，你有过自慰的经验吗？我有些窘迫，摇摇头。

她有些失望地说，我就想找人探讨一下自慰的方法，我觉得无论对于男人或是女人，自慰都不乏是一种安全的解决性饥渴的好办法。就是在正常的夫妻之间，也未必每次性生活都那么美满如意，要是有什么不满足的话，完全可以用自慰或者夫妻间互相帮助自慰来解决。陆振东因为自己的阳痿，对我的自慰完全能够接受。

不知不觉的，我们在一起过了两年，我说陆先生，你该履行你的诺言，我该出国了，我选择去的地方是美国。

他不动声色，虽然他心里舍不得我走，但这个做惯了生意的人不会让自己的感情外露。他说当然，我会给你办好一切的，但是在解除婚约以后，你不得向任何人说出我们离婚的真正理由。

另外，我还会常常到美国去看你，希望你能接纳我。

我说我要是另外有了情人呢？

他沉默了一会儿，说我不知道。我不知道会怎样去对待，但如果你真是有了，我也不会干涉，既然我做过那样的承诺。

他确实是一个守信义的商人，真的为我办好了去美国的护照，把我安排到他在洛杉矶的那家分公司里做事。出国之前，我们俩心平气和地秘密办理了离婚手续，然后他陪我一起到了洛杉矶，让我住进他的房子，我谢绝了。我心里非常明白自己的选择，我不想就这么一辈子陪着他，我得有自己新的生活。

我在华人居住区租了间小屋，简单安下了身。婚前我们俩就说好了条件，他得到的是我几年的青春，我得到的就是出国，除此之外，我没跟他要更多的钱。他在洛杉矶的期间，想上我的小屋里来，我跟他讲明，来坐坐可以，但我们俩不能在这间屋子里干别的，这是绝对属于我自己的天地。

有一段时间我特别想家，我在想，归而已呀归而已，你一个人大老远地跑到这个陌生的国家陌生的城市里，干什么来了？无亲无故的。

陆振东回台湾之后，我除了跟他公司里的两个小职员打交道以外，什么朋友都没有。他那家公司说是集团分公司，其实很小，我们在国内总把什么跨国公司想象得雄伟庞大不得了，以为都在高大的写字楼里，现代化的设备，衣装体面的职员，等等，其实根本不是那回事。就陆振华的公司吧，你也不能说他名不副实，这个公司的业务确实跨国经营，可就那么两三个人一部电话一间房子，在一幢不起眼的小灰楼里。

我恶补英语，天天早出晚归泡在一个私人办的英语补习班里，每天就是靠啃面包填饱肚子，也懒得自己做饭。几个月下来，英语是有了进步，人也瘦了。

等陆振东又从中国来洛杉矶时，惊讶地说你减肥了？身材变得这么苗条？

我用英语回答他说，这是我奋斗的结果。

他说归而已，你别折磨自己了，我们还是复婚吧，你愿意在美国就在美国，我不会勉强你做任何事。至于性的问题，我们俩不是也处得还算和谐吗？我们用别的方法同样也获得了快乐。

我拒绝了他，我对他说，我对这段婚姻已经厌倦了，并不是单纯为性的问题，也更不是你这个人有什么不好。我说婚姻就好比一个驿站，我已经在这里歇息过了，对这里的环境不再感到新鲜，我要去向情感的远方。

五

我这样的观点你不会接受吧？归而已说着，用她那双乌黑但却带着蒙眬的眼睛看着我，那是一双让男人销魂的眼睛，被注视的男人要经得起诱惑，需要很强的意志。

我说，你是指关于婚姻的观点吗？

她点头。

我说我可以理解，但从一般的女人看来，什么都比不上一个安稳的家，一个可靠的丈夫更重要。为了捍卫自己的婚姻和家庭，许多女人什么事情都可以做得出来。而你却是相反。

她说，你认为做一个一般的女人好，还是像我这样更有意思呢？

我说这恐怕不好比较，每个人的幸福观都不一样，全靠自己感觉。她追问着，你呢？

我认真地想了想，我说我情愿做一个一般的女人，享受人间最平常的幸福。每每在乡村或是在城市的里弄里，看着那些普通人家的家常生活画面，比方盛夏天气，一家老小就在人来人往的胡同里摆开饭桌，有滋有味地吃着咸菜稀饭，不紧不慢地说着话；或是大清早，一对老年夫妻互相搀扶着上公园锻炼身体，一手提着小菜一手牵着老伴，我都十分感动。我觉得我要是那样的话，也就心满意足了。当然跟你比起来，显得太平庸了，不是吗？

归而已歪着头打量着我，说我相信你说的是实话，因为我也那样想过，但真要我那样做，我会很乏味的。跟黄白的婚姻不就是因为平淡结束的吗？在一般人的眼里，我跟他是再好不过的一对夫妻。我爸妈对这件事一直耿耿于怀，说我把自己的幸福给糟蹋了。

说起我爸妈，我可能把他们的心都伤透了，本来他们对我跟黄白离婚就不满意，后来看我去了深圳过得还好，才算稍稍放了心。我跟陆振东结婚的事，他们开初不同意，说他一个台湾人，你对他不知根不知底，他要骗你怎么办？好多台湾商人不是说他在那边没老婆，结果犯了重婚罪吗？后来也是我先斩后奏，领着陆振东去老家看了一次父母，当面对他们说我们已经结了婚，这对善良的老人也只好接受了这个事实。我妈妈一再劝我要好好过，争取早些生个孩子，这样家庭就算稳定了。他们根本没想到我和陆振东是在说好离婚约定的前提下结的婚，要是知道的话，说不定他们当时就会气死过去。

所以我来美国以及跟陆振东离婚，一直都瞒着两位老人。以后再跟别的男人接触的事，就更不敢给他们说了。在我爸妈的眼里，我恐怕是一个离经叛道不可救药的女儿。

我刚才给你说我在美国最初的那几个月，恶补了一番英语。那个班上的老师是一个大胡子的美国人，长着一双湛蓝的眼睛，金色的头发长长地披在肩上。我们班的学员都是从世界各地来的，跟他们比起来，我的英语在国内已经过了六级，只是口语不太适应，想在这里进一步熟练。因此上了没几天，我就引起了这位叫路易的老师的注意，他常常把我叫起来念给别的学员听，他上课的方式本来很活跃，有时候就跟做游戏一样，让学员们来扮演各种角色，用英语对话，演一个故事，非常有趣。他总是让我扮演最重要的角色，然后盯着我的眼睛夸奖说，归，你真聪明。

我心里愉快极了。我发现跟这些外国人，尤其是美国人打交道很轻松，他们办事认真但绝不板着脸一本正经，比起国内的某些人来要单纯直率得多，说话也挺幽默。路易还常从家里带来一些甜点心，说是他妈妈的手艺，奖给学习优秀的学员吃。我就是常常吃到路易妈妈甜点心的学员。

有一天吃完以后，我对他说，你妈妈的手艺真的好极了。他

说你愿意当面看她做这些点心吗？她会很高兴的。他这是邀请我
上他家去做客，我说我也很高兴。

我第一次到一个真正的美国人家里去，心里充满了好奇。

那是一幢两层楼的别墅，在洛杉矶这座城市里，街道很开
阔，大片的绿荫，一幢幢小别墅就藏在其间，每一幢的样式都不
一样，包括颜色。大门前有着自己特有的装饰，表示个人不同的
爱好和风格。路易家的小院子里摆着一个粗糙的风车，他说我喜
欢田园风光，恐怕跟我的祖先来自英国的乡村有关，他的家族从
英格兰到美国已经是第四代了。

路易家是一个和睦的大家庭，父母亲，还有两个弟妹。他们
对我这个来自东方的中国客人也同样充满了好奇，向我问这问
那，龙究竟是什么？皇帝是否真的有几百个妻子？现在的中国人
还信不信神？

我跟他们相处得很愉快，差不多每个周末路易都会邀请我上
他家去，在这个大家庭的谈话中，我的英语水平简直突飞猛进，
等陆振东再次来到美国时，不仅为我的苗条吃惊，更为我的英语
吃惊。

我跟他说了我与路易家里人相处的经历，他沉吟着，突然
说，难怪你说你要去向情感的远方，你爱上他了？

我一惊，我说我还没想过这件事。

陆振东说，你不用骗我了，我到补习班去接你的时候，看见
路易看你的眼神，还有你看路易的眼神，都不是平常人的目光，
那是只有恋人才有的火热。

就是他这句话提醒了我，我想我是不是真的喜欢上了路易？

第二天到补习班再见到路易，我发现他的眼神确实不太自然。下了课他说归，你能留一会儿吗？他问我，昨天来接你的那位男士是你的丈夫？我点点头。他很失望地耸了耸肩，说对不起，我一直以为你是一位单身女人。

我说，你说的没错，那位男士是我的丈夫，不过那是从前的事了。

他立刻眉开眼笑，说原来是这样，那我可以追求你了？

我说路易，你在说什么？

他说归，我爱你，你这个东方美人，让人迷惑沉醉，我常常为你做梦。我很想亲你，真的。说着他的声音小了下来，他走近我，捧住我的脸，然后轻轻地吻我。那是在补习班的黑板前，教室里空无一人，一张张整齐的课桌沉默地看着我们，他在黑板上写下了"我爱你"（英文）几个字，然后对着空空的教室笑着说，大家一起念，我爱你！（英文）

我随着他大声叫着我爱你，我爱你……我们俩抱着在教室里打转，疯了一样地笑着叫着，我从来没感到自己也是那样的率性自由。

路易很坦率地说他曾经有过两个女友，在美国，一个成熟的男子没有这方面的经历，倒是一件让人奇怪的事。当然婚姻还是严肃的，一旦结了婚，双方都得检点约束自己，不可以随便再有性伴侣了。我也对他说了我的两次婚姻，他有些不相信，说你看上去还这么年轻。我问他有多大，他说二十四岁，天啦，我比他大了整整六岁。他那一把大胡子让他看上去比实际年龄要大上十岁。

我们在一起相好了快一年时间。那时候我另外换了一间公司，是路易帮忙介绍的，恰好是做中国贸易，工作很顺手。路易本人其实还是一个博士在读生，他学的是心理学，业余时间教英语。其实他家里并不缺钱花，他只是想找一些机会接触了解更多的人，对他所学的专业有利。

他开着车带我从美国西部游历到东部，路上我们不停地做爱。公路上车来车往，但谁也不会停下来朝车里看。美国人不爱管人家的闲事，当他感觉到这涉及个人隐私的话。

过了一段时间，我们感到谁也离不开谁了。路易在一次做爱以后，向我提出了求婚。我说这不太现实，要知道我比你大六岁，已经经历过两次婚姻，不是一个适合你的女人。

他说爱情是不分年龄大小的，我们在一起的经历证明我们是非常和谐的一对。我说我们还是做朋友的好，什么时候彼此觉得厌倦了，可以没有负担地分手。他坚持说不，要在他拿到博士学位的第二天我们就举行婚礼。

我内心是愿意嫁给他的，在他的坚持下我们真的结了婚。进教堂的头天晚上，我跟爸妈发了一个传真，说我明天结婚，请你们为我祝福。我不想跟他们在电话里说这件事，他们一直不知道我和陆振东离婚，现在又突然结婚，两位老人会怎么样也想不通的。果然等我婚礼结束回到家里以后，我爸妈的电话打过来了，说一整天都在给我拨，想问清楚到底是怎么回事，我不想让他们心里添事，我说你们就别问那么多了，你们为我祝福就行了。

六

跟路易没结婚的时候，我们挺浪漫的，开着车四处瞎跑，一旦成了家，就好像从天上的云彩回到了地面，一切都变得现实。路易说挺喜欢吃我烧的菜，我兴致勃勃地做了几个月，就开始烦了，你想想，中国菜烧起来真够麻烦的，煎炒煮煲，从采购到做成要比吃西餐花费好几倍的工夫。我说路易我们将就些吧，还是上你家吃饭去好了，你妈妈做的甜点真的不错。

路易说，我们都已经结了婚，还能住在父母家里吗？在美国是讲究独立的，一个人长大了就应该有自己的生活。

我说那好吧，那我们得一切从简，有时间何必花在做饭上，晚上还像从前那样出去玩儿，随便吃点什么不好吗？他说那就依你吧。但我看出他内心的不情愿。

我渐渐明白，全世界所有的男人其实都是一个样，没有不希望自己的妻子安静地待在家里的。可我已经习惯了散漫自在的生活，不喜欢让锅碗瓢盆拴住自己。有一天在路易他们家吃晚饭，路易的妈妈突然问我，归，你们什么时候有自己的孩子？

这话问得我一愣，我压根没想到生孩子的事。她接着又说，我看你们应该考虑这件事了，一个女人生孩子的最佳时间应该是在三十岁以前，归，你已经过了这个年龄，不能再拖延了。

我承认她说的是对的，但我多少有些难堪，我没想到开放的西方人把这种事情拿到饭桌上来讨论。而路易的爸爸，一个体面的绅士也在旁边一个劲地点头。路易吃着饭，好像他妈说的是完全与他无关的事，所有人的眼睛都看着我。

晚上回到我们自己的家，我对路易说，你也想要孩子吗？你妈妈当着大家的面说这件事，你为什么一点态度都没有？你为什么不向他们解释？

路易说生孩子是女人的事，我怎么向他们解释。如果你同意要孩子的话，我们现在就来做这件事情。他说着就上来剥我的衣服，我一把推开了他，我说我不是不想要孩子，只是现在条件还不成熟。他说你指什么？我说我也说不清楚，我总感到我一点也不踏实，心里头空空荡荡的，像在等待或期盼什么。

他把我揽在怀里，说归，你的心里像一个深湖，我有时觉得看得很清楚，有时又被你搞糊涂了。你现在结了婚，跟你丈夫在一起，你还有什么不踏实的？这里是你的家呀。

我看着周围，是的，这个家是我和路易一手一脚布置起来的，我亲手购置的家具和电器，还有窗帘，我最喜欢的天蓝色。我和我心爱的人在这里吃饭睡觉做爱，我还有什么期盼的呢？我一边想，一边心里头发酸，眼泪直是往外流。路易说我明白了，你在想家，你的中国，你的父母，你在想他们，不是吗？

他说的对，路易不愧是心理学博士，我没有想明白的事情被他说了出来，我恍然大悟，原来让我揪扯不下的就是那一切，我的祖国我的父母我的青春，我的一切回忆……

他说你回去看一看吧，等你回来了我们再商量要孩子的事，好吗？我要他陪我一块回去，可他刚到一家研究所上班，无法请假，而我又不愿意等待，就一个人回到了中国。

我以为爸妈会责备我离婚又结婚，连具体情况都没告诉他们，但两位老人见了我什么也没说，他们拉着我的手直是看不够，然后成天变着法儿做好吃的，把当年我在家里觉得好吃的东西轮流做了一遍。

儿时住过的宅院变小了变矮了，爸妈也老了，我突然觉得这一切好难舍。回到家里的那些日子，我哪儿也没去，贪婪地躺在儿时睡过的大床上，跟从前一样昏天黑地看那些闲书，琼瑶的，三毛的，席慕蓉的，还有金庸，什么不费脑筋就看什么。真是舒服极了，一眨眼就过去了半个月。

路易天天在网上催我回去，说绿卡马上就要到手了，有些事情得我亲自出面才好。可我觉得我回到中国的日子才开始，好多事情还没做呢，大学的好几个同学都邀我到全国各地看看，他们都分散在不同的城市，有的经商有的从政，都干得不错。给我印象最深的是国内最近几年的变化惊人，有些城市无论是市容还是建设都不比国外差，甚至有超过的趋势，这一点让我心动。

在路易的再三催促下，我回到了洛杉矶，路易一见我就埋怨，说你总算回来了，我以为你不想要绿卡了。他知道我在美国的那几年，经常念叨的就是我还不是一个美国国民，在美国拿到绿卡是一件很艰难的事，可我总算熬到了，对于我来说曾是朝思暮想的东西，但真的到手以后，我却一点兴奋都没有。

路易建议我们回到他家里好好庆贺一番，我却说出了我深思熟虑的打算，我想回到中国去。

他一听惊讶地瞪大了眼睛，说你疯了！我说路易，你也跟我一起去吧，中国的某些城市并不差，我们会生活得很好的。

他剧烈地摇头，说这是不可能的，绝对不可能，我刚刚谋求到一个非常适合我的职位，我怎么会放弃它，跟着你瞎逛？

这句话说恼了我，我说这怎么叫瞎逛？那是我的祖国，请你对她放尊重些。他说对不起，我不是那个意思。归，你是一个酷爱自由的人，你不喜欢在一个固定的地方待得太久，对吗？可我们现在的家就在这里，我已经反复对你说明了这一点，你现在是我的妻子，你有责任管好这个家，你明白吗？

我们激烈地争吵了一番，不欢而散，那正是我获得绿卡的那天。我预感到与路易的关系将会出现裂痕，心里乱作了一团。

可我想回到中国的愿望是那样强烈，比我当年从北京要到深圳去下海，从深圳到美国来的愿望都要强得多，夜里做梦都梦的是长城黄河，说来你不信。我真的绝对是一个货真价实的爱国主义者，我后悔在国内的时候怎么就没有好好去游一游那些名山大川，现在才觉得它们是那样的可亲，而又离我是那样遥远。

还有我年迈的爸妈，他们慈祥忍耐的面孔，让我夜里睡不着觉，更是无心跟路易亲热。弄得他也难受极了，他说归，你到底要怎样呢？如果你真的要坚持，我就只好辞去工作，陪你到中国去过几年，把你的思乡病治好了再回来。

我知道这是办不到的。路易虽然开心起来像一个大孩子，可他的事业心却非常强，他好不容易进了那家研究所，如果就这么辞了真是太可惜。而他到了中国能做什么呢？他学的是西方心理学。

想来想去，我做出了一个痛苦的决定，我说路易，我们离婚吧。我确实要回到中国去，一天也不想等待。

他张大嘴想说什么，我用手堵住了他，我说你什么也不用说了，按中国人的话来说，我们俩的缘分已尽。你是我真正爱过的男人，我会永远记得你，将你留在我心底深处，好好地珍爱。

他第一次流了泪，一个美国人的泪水，同我的一样，也是咸咸的，滚烫的，我们亲吻着，把对方的泪水咽进了肚子里。

归而已说着，眼眶渐渐湿润，一滴滴泪水滑过她的脸颊。我拿过纸巾递到她手里，她擦拭着说，噢，我以为自己说起这些事不会再动感情，没想到还是在你面前落了泪。我说这没什么不好，一个女人如果连眼泪都没有了，那她可能也就真的枯竭了。她笑了起来。

她说我知道我不会再回到路易的身边，虽然他仍然爱着我，我也爱着她，可我还是坚持在离开美国前办理了离婚手续，我觉得那样更无牵挂，何必让一个人远隔重洋地为你揪心呢？回到中国以后，我的心真的就踏实了，为什么有人常说谁要是不爱国，你就把他弄到国外去，他过一段时间就会懂得什么叫爱国了。我算是体会到了这一点。

其实回来也有许多事不尽人意，尤其国内的某些现象让人气愤，但那种感觉就好比说自己家里的事，不痛快了骂几句，不像在国外无论走到哪里都感到孤独，动不动就辛酸，再好的事也与自己无关，而再坏的事也动不了多大情绪。

　　路易最初经常给我来电话，说希望我待够了就回去，我们还是可以考虑重新生活。我说你不要再等我了，去找一个适合你的妻子或是女友吧，我不会是一个好妻子。

　　后来他也就渐渐疏远了跟我的联系，去年圣诞节，我收到他寄来的贺卡，上面写了一句话，说我已经按你说的办了，我和玛丽共同祝愿你圣诞快乐！说来也巧，那天我还同时收到了黄白和陆振东的贺卡，真让我感到欣慰，这说明在他们的心目中，我还不是一个坏女人，还有让他们怀念的地方。为了报答他们的情意，我想到了举办这次影展，还有点意思吧？

　　我说拍得都不错，如果所有的观众都知道你的故事，我想这个影展可能会更轰动。

　　归而已优雅地笑了，说那好吧，我把这个建议留到以后来实现吧，我可能会写一本书，把我跟这些男人的故事写出来，给年轻的女人们去看。你说人们会怎么看呢？

　　我说，也许人们会说，噢，二十世纪末到二十一世纪的女人，原来还有这样的活法。

　　她点头，说对，我希望我们的后代更宽容一些，也更自由一些。一个人来到这个世界上，完全有权利选择自己的生存方式，比方我，经历了这三次婚姻，可能还会有第四次……我不是有意要这么做，我只是寻找一种东西，一种精神的翱翔。婚姻对我来说，或许成了远行的驿站，在那里歇息片刻以后，不得不再往前行，我不知道哪里会是我的归宿，但我努力在寻找。

　　我说，为了这个，你把你的名字改成了归而已，你以前不是叫这个，对吧?

　　她有些惊讶地看了看我，说你猜到了? 看来我找你聊天没错。那好，如果我真的哪一天写成了书，请你为我写序。

　　我说，你真的写成了，我可以试试。

小 豆

一

太阳明晃晃的，一个穿绿花衬衣的女人向报社大门口走来，她脸上有些惶惑，快到跟前又有些犹豫，往后退了两步。门卫眼睛一瞟，问她干什么？她说我想找知音姐姐。门卫说哪个知音姐姐？

女人拿出半张陈旧的晚报，点着上面说，就是这个。

门卫拿眼一看，咳了一声，说这个呀！

那是这张城市晚报的"知音姐姐专栏"，专谈婚姻爱情，感情生活，主持人叫林染，看过晚报的人都晓得。

女人拿的这期报纸，写的是一个下岗妇女，遭到丈夫嫌弃，夫妻俩经常争吵，丈夫遇到新欢离她而去。妻子走投无路，半夜三更准备去跳长江，在江边得到一群好心人的搭救，并且热心建议她向"知音姐姐"求助。后来，主持人林染帮她找到了离家出走的丈夫，几番劝说，夫妻俩竟重归于好。

女人热切地说，我也想找这个主持人帮忙。

门卫见过很多来找林染的，年轻少女，中年大妈，城里乡下，省内省外的都有，便也不奇怪，说这个知音姐姐忙得很，一早就好像出报社采访去了，恐怕一时半会儿回不来。

女人走到大门旁的墙边蹲下，说那我就在这里等她。她就攥着那张报纸蹲着，等到天黑也没走。门卫说，林染今天肯定不会来了，你还是赶紧回去吧，你家住哪儿？女人也不答话，站起来快快地走了。

第二天早晨，门卫吃惊地发现这女人不知何时又蹲在了大门旁，刚入夏，一早吹点凉风，女人的脸色憔悴，怕冷似的抱着双肩，将头缩在肩膀里。

叫林染的主持人快九点了才到报社来，门卫老远就喊，知音知音，这儿有人找你！林染穿一件宽大的男式长袖棉衬衣，一条松软的长裤，半边衣襟扎在裤腰里，斜挎一个黑色带亮片的双肩包，脚蹬一双短筒小牛皮靴子，噌噌地走过来，说哪个找我？门卫给她嘀咕了几句，林染便走到蹲在墙边的女人跟前，弯腰问道，你好！是你要找我吗？

半身伏在膝盖上的女人猛一抬头，眼神又疑惑了，她打量着林染，说我找那个女主持。林染一听笑起来，说难道我是个男人吗？我就是林染。

不怪女人疑惑，林染个儿苗条，穿戴又中性，关键还在她剪了一个男式的浅平头，乍一看的确像个美少年。

一听真是林染，女人立马想站起来，但腿却酸软了，一个趔趄差点没栽倒在林染身上。林染跟读者和来访者打交道轻车熟路，不慌不忙地扶了这妇女一把，说哎哎，不着急，不着急，有话慢慢说。

女人哆嗦着厚厚的嘴唇，额头上青筋直跳，语无伦次地说她叫张小豆，又从随身挎包里掏出一张皱巴巴的纸，那是一张打工证明，写着：张小豆是我桥岗塆村民，没有违法乱纪和超生行为，允许出外打工。女人说这是我去年准备出来打工时请村委会写的，你看上面盖着公章，可是真的。

林染说我相信，你好好收起来吧。又说桥岗塆是在黄陂吧？那一带我像是去过的，坐大巴到武汉来得一个多小时。

女人说是的，是的。我昨儿回到家快半夜了，今儿天不亮又赶车过来的，我是想一定要把林主持你等到，我就不信等不到。

林染看这脸色有些蜡黄的女人，除了嘴唇有点厚，眉眼其实长得蛮合适的，眼神里透着一股倔气，年纪大概比自己大不了多少，便问，张小豆，你找我有什么事？

张小豆话没开口，眼眶先红了，说林主持哎，我有男人等于没男人，没男人又要受这男人的气，我实在是活不下去了。我想要找个地方说说理啊，可到哪说去？他爹妈死了，我爹妈说我事多，家家都有一本难念的经，现如今像你这种情况屋里多得是……

张小豆的嗓门越说越高，大门前来往的人都朝她们看，林染看站在那儿不是个事，就把她请到旁边一个小餐馆里，买了碗热干面，说你还没吃饭吧，吃完再说。

女人半边屁股坐在凳子上，看了看热干面诱人的芝麻酱和葱花，搓着手说，这才不好意思呢，本来给你找了麻烦，还让你给我买面。林染说，你不是冲着"知音"来的吗？既然是知音，就不用讲那么多客气。

女人肯定是饿坏了，几口就把碗里的面条扒下去大半。见林染看她，才放慢了速度，长着黑黄老茧的手擦了擦嘴，又几口吃完了碗里的。林染说，你慢慢吃，不够再来一碗。女人搁下碗摇头，摸摸胸口说吃不下了。我这里呀，不吃饿得发慌，一吃多了又胀疼。

她两眼看着餐馆里外走动的人，叹了口气，欲言又止。林染去找餐馆的老板娘要了两杯茶，说还要在这儿坐着聊一会儿。餐馆就在报社旁边，老板娘跟林染很熟，马上开了餐馆唯一的小包厢，小声说，又来了个采访对象？唉，现在家里出些鬼事的真不少。

林染把女人请进小包厢，对面坐着，吃过面的张小豆脸上活泛了些，说林主持，我叫张小豆，噢对了，刚才给你看过证明。

林染说你就叫我名字吧，或者叫我林姐也行，他们都这么叫。张小豆说那怎么好叫姐？林主持你还没有三十吧？我都

三十八了，你看我脑壳上的白头发。说着，就低下头让林染看，
她一头短发焦黄，跟她的脸色一样，像被火烫过似的，头顶处果
然混杂着一些白森森的发根。

林染有些吃惊，女人要不说三十八，她都以为她奔五十
了。林染说我也三十八。好了，你叫什么都行，你说说找我是
什么事？

张小豆瞪大双眼，说天啦，看不出看不出。又说，你看我这
日子是怎么过的哟，这些年我天天都好像在刀尖上。要说是家丑
不可外扬，可我实在是跟你写的那个跳江的妇女一样，没有办法
呢，这才从桥岗塆找到汉口来，找你们知音说一说。城里是不是
有病？塆里的男人进了城，好多都变了呢。

林染说，城里的病不少。

张小豆说，林主持，一看你就是个懂我们的人。说实话，我
张小豆在塆子里是个心强的人，别看我现在这个鬼样了，当姑娘
的时候还看得过去，可搞来搞去，硬是磨得没了人样。怎么说
呢？自从结婚以后，平时吃苦受累都不算，我生了两个女儿，刮
过三次宫，引过一次产，每一次都是死里逃生，一个女人经得起
几回？林主持你肯定结了婚，我不该问你有没有伢儿？要是生过
伢儿，就晓得鬼门关前走一回的滋味。

林染扯过一把餐椅，把肩上的黑包放了上去，朝张小豆点了
点头，脸色诚恳地说是的，做女人确实不容易。

她不想对这个陌生的张小豆说到自己，她三十二岁才结婚，
跟丈夫在一起过了五年，去年离了婚，现在她是这座大城市里的

女单身，自由自在的单身狗。原先她不是没想过要孩子，但最终下不了决心。后来想，幸亏当时没要。

张小豆说，林主持，我没什么文化，说错了你莫怪。

林染说，你只管说，我们这个栏目就是以倾听为主，你想怎么说就怎么说，只要是说真话，动真情，对吧？

张小豆连连点头说，那我从当姑娘时说起吧。我娘家姐弟三个，我是老大，上小学时，我爹妈都到汉口这边来搞装修，两个弟妹没人管，就把我的学给撤了。我心里想读书，学习也还好，但是爹妈说一个女伢儿，书读得再多又能做么事？还不如回到塆里做家务，种田养鱼。等我长到十七八，倒真的是田里家里一把好手。像我们家做房子，屋里请来的帮工，几十个人的饭菜都是我一个人弄的，香喷喷的几大桌，塆子里哪个不说张家的小豆能干？

每到过年，出去打工的一帮年轻人就都回来了，有事没事在我家门前转，我妈就说，该给小豆找婆家了。风声一放出去，介绍的就上了门，有村长的儿子，有在外面当兵的，还有这个挨千刀的毕昌。

我们同一个塆子，毕昌他蛮早就进城打工，在一家服装公司搞推销，过年回乡下来，身上穿一套西装，比塆子里那一班伙计都洋气些，他身上有股城里人的味儿。但他家托人上门来说亲，我爹妈连茶都没倒，他家负担重，毕昌的父母都有病，干不了农活，几亩田都转给塆子里的人户种了，全靠毕昌带几个钱回来过日子，还有个弟弟分了家，把他们家后修的一幢新瓦房也占了。

我妈说哪个敢嫁他，住个破土房，还要侍候两个病人。

我虽然有点喜欢毕昌那股城里人的味儿，但爹妈这一说，也没什么心思了。没想到有天晚上，毕昌跑到我家屋背后学雀子叫，对着我窗户叫了半夜，硬是把我吵醒了，推开窗户一看，他丢进来一张纸条，上面写着他的手机电话，要我给他打电话。

林染笑了笑，说你和这个毕昌还有过蛮浪漫的时候啊？

张小豆这时把话说开了，脸色也红润起来，说林主持，不怕你笑话，哪个没有年轻的时候？都有把不住的关口。从他半夜三更来找我，就把我心里逗花了，忍不住真的给他打电话，一聊就是半夜。

毕昌说张小豆，你跟了我不会吃亏的，虽然我现在家里有些困难，那都是暂时的。我在城里有工作，一直在凑钱准备买房子，你嫁给我就等于嫁给了城里人。现在爹妈还在，你帮我照顾他们几年，等以后他们过世，我就把你接到城里去，我们恩恩爱爱过一辈子。

林主持，他这些话说得我心里发热呢。我说你见多识广的，汉口码头上那么多美女，你为什么还要回来找？毕昌说，外面是有不少漂亮姑娘，但都比不上塆子里的姑娘心好，我们都是乡下人，还是找乡下人靠得住。你张小豆又好看又能干，特别是对父母又孝敬，我就是铁了心要找你。

我被他哄得脑子里晕乎乎的，他约我晚上到湖边上去见面，我就夜里背着爹妈偷偷跑出去会他。约会了好几次，他的话越说越热乎，后来就亲我的嘴。张小豆说着，瞟了瞟包厢门外，吃午饭的时间已过了，端菜的小姑娘趴在餐桌上打瞌睡，再没有别的客人，张小豆的脸有些发红，她压低喉咙说，唉，反正婚都还没结，他就把我睡了。

她看了看林染，林染平静地看着她，张小豆这才又往下说，我一个姑娘家，跟他觉都睡了，还能有什么话说？于是我就告诉爹妈，我要嫁给毕昌。

我爹妈正在热心村主任的儿子那场事，没想到我说出这话，就发火，说搞你不懂哎，毕昌有什么好？家里穷还不说，人又没什么真本事，你看他那双眼睛，就不是个实在人，你张小豆根本搞不赢他。我呀从小就有些倔，我说什么赢不赢的，我是跟他结婚过日子，又不是比赛，争个什么输赢？

把我妈都气哭了，说好好，你张小豆狠，你不听老人言，将来吃亏在眼前。

二

张小豆说到这里，眼泪就下来了，笨拙地用手去擦，林染递过去几张纸巾，张小豆将纸揩作了一团。她说，我后来才明白爹妈的眼光没错，可当时怎么也听不进去，我喜欢城里人，毕昌虽然不是城里人，但他有城里人的味儿。哪晓得有城里人的味儿并不是什么好事。

我和他就在那年五月端午结了婚。他家穷，我爹妈虽然不高兴，但给我办的嫁妆还蛮周正，说我从小帮家里做事吃了苦，给我置了全套家具，还有铺的盖的，锅碗瓢盆……可以说除了房子是他家的，过日子的东西都是从我娘家搬过去的。我们张家对得起他。

结婚以后，他在城里上班，我在乡下照顾他的父母。他老爹半身瘫痪，妈是血吸虫病，全都治不好，只能吃不能做。我嫁到他家以后，把转给别人的几亩地收了回来，还有两口鱼塘，我天不亮就起来下田，回到家里还要给两个老的做饭洗衣，他妈顶多只能帮我烧把火。饭好了我先要跟他老爹喂到嘴里，等他们二老都吃饱了，我才动筷子。

他妈几次拉着我的手说，我是前辈子修来的福，有你这个好媳妇，我死了也闭眼。过了两年，他妈去世了，剩下我一个人守着他的爹，我一个年轻媳妇几为难啰。他一个瘫在床上的人，拉屎拉尿都得靠别人收拾，我开始真的拉不开脸皮，虽然是病人，但他毕竟是个男人啦。可你要是不动手收拾，一天下来，那床上就臭得满屋子苍蝇乱飞。公爹咬着牙，把头往墙上撞，说撞死算了，不拖累你们。

毕昌皱着眉头坐在他老爹床前，说小豆，要不我辞职回家吧。我晓得这不是他心里话，他十几岁就进城打工，开始是在工地下苦力，后来被一个工厂招工，有了城里的户口，以后他又跳槽到现在这家公司，老板蛮器重他，薪水也蛮可以，怎么能辞职呢？不是还打算在城里买房吗？

我说你别辞职，跟你弟弟商量一下，看有没有别的办法？他说我弟弟他们俩口子以前管了父母好几年，早就想把这个包袱扔给我，现在他们都在深圳那边打工，跟他们商量也没用。

最后说来说去，还是只有我来照顾老爹。我牙一咬，走到床前叫一声爹呀，您老就把我当亲女儿吧。我上去就给他换屎裤子，老爹腰以下不能动，但两只手还有点劲，拉住裤腰带死活都不放。毕昌给他老爹说好话，说爹，小豆和我是夫妻，她是在替你儿子行孝，你就听她的吧。

他爹干嚎着，松开手把脸扭到一边。我把公爹臭烘烘的裤子几把脱了下来，一看黑乎乎的一团，哇地就想吐，拼命地忍起。给他擦洗完身子，又换好衣服被单，我冲到院子的石榴树下，把苦胆水都吐出来了。

那味道真是苦啊。我那一是恶心，二是怀孕有了反应。毕昌跟出来，扶着我说小豆，真难为你了，你的好处我毕昌今生今世都不会忘记，以后我会好好报答你的。我说我们俩是夫妻，有什么报答不报答的，只要以后日子好起来，我现在吃点苦值得。他说你放心，我会在城里好好干，多挣钱，到时候让你过得比垳里所有的女人都强。

他说的那些话，一句句都印在我脑子里，我常常苦了累了，只要一想他说的话，就什么苦和累都不觉得了。我就这么侍候着他的老爹，又给他生下两个女儿，生娃儿的时候，他都不在身边。记得生老大那天上午，我还在田里割谷，割着割着肚子疼起来了，大田畈里，我走也没法往回走，只好扬起手里的镰刀喊救命。喊着喊着娃儿就下来了，我一刀割断了脐带，从田埂上经过的三嫂听到喊声跑过来，吓得惊叫，赶忙才叫人把我送到了乡医院。

后来人家都说，幸亏你张小豆那把镰刀被你用得风快，要是把锈镰刀，你们娘俩儿就都没命了。肯定要感染不是？

月子里，我妈来照顾了我几天，剩下的日子都是我一个人过，我得种田，得做家务，得给老的小的喂饭擦洗……我妈来看一次哭一次，说小豆，你这都是造的什么孽？我说妈，先苦后甜，毕昌说了，我们只要有了城里的房子，全家就搬到城里去，他上他的班，我做点小生意，到时候日子就好过了。

我侍候他爹好几年，老人家身上干干净净的，没长过一颗疮，垮子里的人都说我张小豆德行好，老爹生前享了福。林主持，你晓得不？现在有些人不把娘老子当人呢，老的得了病，儿女根本都不管，任他去死，还有更缺德的，连饭都不给，真有活活饿死的。

这话倒也不假，林染去过一些乡村，有时会看到孤苦无依的老头或老太太，满头白发地倚着墙根蹒跚而行，或是孤单单地守在空空洞洞的家门口，一脸凄惶，让人看了心酸。

林染说，你把老人照顾得好，会有善报的。

张小豆摇头，垮子里的人也都这么说，可是直到我把两个姑娘都盘大了，他爹也死了，毕昌在城里也没买到房子，我还是日夜辛苦，没有一天轻松的。而且没过多久，事情就来了。

张小豆说着，眼泪又哗哗地流下来，林染不停地给她递纸巾，她的手机响了好几次，都被她按了拒绝。

最近，老有一个叫"月下"的婚姻网站给她来电话和短信，要给她介绍男朋友。林染觉得好笑，自己本来就是主持婚姻爱情栏目的，如今倒被别人惦记上了。却不知她的离婚状况是怎么传到了社会上，被这个热情万丈的月下网站得知，一个劲地动员她加入网站成为会员，她拒绝了好几次，可人家锲而不舍，大有不达目的誓不罢休的架势。

张小豆看林染的眼睛朝桌上的手机瞄了好几次，便有些不安，说林主持，你是不是有事？林染说没事，你说你的。张小豆说，你看你这么忙的人，就听我在这儿啰唆。

这张小豆还真有些懂事。林染忙说，我主持的知音专栏不就是婚姻家庭这些事吗？你说的都跟我工作有关呢，你只管说。

张小豆说，林主持，我的事不想让你写到报纸上去，我只是想找你说说话，让你这样有板眼的人帮我拿拿主意。

林染说，行，你说不写就不写。

张小豆说，那好嘛，只要你不嫌我啰唆，我就说给你听。

三

张小豆说，那年夏天的一个周末，毕昌从汉口回来了，夜里躺在床上唉声叹气的，也不碰我。平常他一个星期回来一次，白天见到田里栽秧种菜，施肥打农药，他都会跟着干，手脚还勤快。晚上，总急急慌慌地要做那个事，他说一个星期才一次，有时候憋得他小肚子疼。男人嘛，好的就是这个，只要他想要，不管我身子有多乏，我都尽量由着他，让他快活。可是那天晚上他却只顾叹气，根本不碰我，我心里好奇怪，就问他怎么了？是不是在城里遇到什么事？

他说小豆，明天我想请两位客人到家里来吃饭，你准备些菜。

我说就这么个事？还让你长吁短叹的？

我问他请谁，他说请他的表舅，还有一个远房哥哥。那两人平时跟他关系不错，毕昌回到塆子里，常跟他们在一起玩牌。我说明天是不是又要在一起玩牌？他含含糊糊地说是啊。

第二天，我烧了胖头鱼，蒸了粉蒸肉，炒了几大盘菜，他表舅和远房哥哥来了，三人坐在桌子跟前也不动筷子，却叫小豆，你也来呀。以前家里来客我从来忙得上不了桌，他们也不是不知道，可那天就一个劲地叫我。我还跟他们开玩笑，说今天太阳从西边出来了，非要我来坐席？

他表舅说，小豆你坐下来，我们敬你一杯酒。这些年你为毕家辛苦了，我们这些当长辈的都看在眼里，应该敬你一杯！一下子弄得我手脚都没地方放，我说这是从哪说起？我拿眼看毕昌，他低着个头，眼睛盯着筷子，心事重重的样子。

他表舅说，小豆，要说你们现在伢儿也大了，日子该好过了，可是毕昌一个人在城里，你们娘儿仨在乡下，这要从长远看来，也不是个办法。

我说是啊，想全家人都到城里去，可就是发愁城里的日子怎么过？想先租个房子住着，做点小生意吧，别说我没那个本事，本钱还一时拿不出来。再说两个伢儿读书也难，没有户口要交借读费，听说城里的学校一年下来，两个学生的借读费至少要好几万，这钱往哪儿弄去，那除非我们全家人都饿起肚子不吃饭了。说着我还笑了起来。

　　他表舅连声说，是啊是啊，小豆你说的这些都是，可你们总得想办法解决才是啊。不是我当长辈的说你们，都是不傻不呆的人，就没有一点法子？

　　毕昌这时开了口，说表舅，你光知道埋怨我们，你倒给我们想个办法看看。他表舅说，这你难不倒我，我有个朋友跟你的情况差不多，老婆孩子都进不了城，可人家脑子活，想出一个好办法，结果全家人只用了不到两年的时间都有了城里户口，现在一家人在城里上学的上学，上班的上班，过得舒心极了。

　　我连忙问他，那家人想的什么办法。他表舅说，离婚！你们俩离婚！

　　我一听大吃一惊。毕昌也连忙说，表舅，你的酒喝多了，说胡话不是？他表舅一搁酒杯说，我清醒得很，我说的离婚是假离不是真离。我给你讲，只要小豆你跟毕昌离了婚，把两个孩子都给他，孩子的户口马上就可以进城，等伢儿们的问题一解决，你们俩再一复婚，全家人不是就又在一起了吗？

　　我听了心里不是个滋味，我说不行，我宁可过苦日子，也不搞这种虚假的事。

　　他远房哥哥半天没说话，好像一直在深思熟虑，这时慢悠悠地说，小豆，要照我看，表舅出的这个主意不错。你跟毕昌也不是一天两天的夫妻，你们俩的感情好哪个不晓得？这离婚不过是为了伢儿和你们将来幸福的日子，不就是一张纸吗？要是我呀，只要能换两个城市户口，别说假离婚，就是假坐牢我都愿意。

　　毕昌再也不说话。表舅他们把酒喝完走了，毕昌还是不吭声。我忍不住问他，毕昌你到底怎么看这事？他朝床上一倒，叹着长气，说别提了，都怪我这个男人当得窝囊，我们同事的伢儿都在城里上学，就我毕昌的女儿还在乡下。我看跟你一样，念完小学就别再读了，长到十八岁找个男人嫁了算了，怎么还不是一辈子？

听他这一说，我心里一团乱麻。我坐到床前，扒着他的肩膀问，那如果我们俩离婚的话，两个女儿的户口就真的能进城吗？

他说这倒是真的，我认得的假离婚的就有好几对，他们把儿女户口都解决了。咳，说是离婚，其实还不是住在一起，跟没离婚一样，只是手上多一张纸而已。

我去找我爹妈说了这事，他们一听就冒了火，说这是哪个出的馊主意，不仁不义的，就是假离婚把户口办成了，这名声有多难听？我们张家人不做这种事。

可是没过几天，他表舅又上门来喝酒，满脸恨铁不成钢的样子，用筷子指着我说，小豆，你不为自己考虑，也得替伢儿考虑，你没看那现在当妈的，为了儿女卖血的都有，办这事又不少你一根头发，你何必死心眼儿？

我心里好难过，明知道这么做不地道，可打那以后，毕昌对我越来越冷淡，回家来也不碰我。我伤心，问他怎么了？他说我心里太累了，没有情绪过夫妻生活。他说我那些同事日子过得都比我好，周末一家人逛公园逛商场，哪像我背起包就得往乡下跑，栽秧割谷，听你诉苦，你说我累不累？

我说毕昌，你以后回家来我再也不让你做任何事，你只管好好休息。你是我的男人，我哪能不心疼你？他爬起来坐着，说小豆，你要真的心疼我，表舅出的主意我看也不是不行，那样我们全家将来的日子才有个指望。

我忍不住哭了，心想这么些年吃苦受累的，又弄什么假离婚，能看出什么指望来？毕昌被我哭烦了，天不亮爬起来就要走，我拉住他，问他离了婚是不是还可以复婚。他站下来说，本来就是假离婚，怎么不复婚呢？我说那你给我写个保证，要是离了你不复婚怎么办？

他说小豆呀小豆，亏你还是上过几天学的，连这点知识都没有？我要是给你写了什么保证，万一落到别人手里，我们不成了欺骗法律？那是犯法的呀！你要相信我们十多年的感情，我毕昌欠了你那么多，还会骗你吗？

他一把拉过我抱在怀里，又是亲又是摸，说你放心，我们这样做，不都是为了两个女儿吗？我毕昌这辈子都不会离开你。一边说，一边就爬到我身上做那个，格外体贴。我抱住他，跟他紧贴在一起，对他放了心。

他让我立马就到乡民政那里办离婚证，我说哪这么着急？他说不是我们急不急，既然想好了就赶紧做，早一天就让两个伢儿少受一天罪。他说什么都有理，他在公司搞推销，嘴皮早就练出来了。

好嘛，从桥岗塆到镇上十多里路，毕昌骑个电摩托，让我坐到后座上，抱着他的腰，一会儿转过头来问我累不累，腰酸不酸，脸上笑得软软的，我都感觉我们俩不像是去离婚，倒像在谈恋爱。乡里那个赵民政认得我们，当年拿结婚证就是在他手里。他一听来意，嘴里一口茶喷了满地，开口就把毕昌骂了一通，说张小豆当年多水灵的一个姑娘，自从嫁到你们毕家就一年四季操劳，硬是变成现在这个样，你敢跟她离婚？周围团转的乡亲不把你骂死！

我眼泪往肚里流呢，可嘴上连忙说这不怨他，是我要离的，毕昌在城里上班，根本顾不了这个家，家里有他无他都是一个样，我还不如把两个孩子都交给他，我一个人在乡下过安生日子。这些话都是在家里，毕昌跟我一句句对好的。

赵民政板着脸说张小豆，你也不是三岁两岁的伢儿，脑壳要放清白一些，这个婚一离可不是闹着玩的。现在的婚姻法是要保护妇女儿童的合法权益，可如果是你硬要离婚，那别人也没得办法。我先给你提个醒，不要办傻事。

他说得我心里直咯噔，我回头看毕昌，可他脸上什么表情都没有，只说反正我该说的都对你说了，你要觉得过得下去，那我们就这么过，但你反正不要指望我。这话里的话我明白，他在家里也说了，要是不离婚，就这么过，那他以后也就不能按时回家了，他得在城里挣钱，现在买房子的钱还差好大一截呢。如果离婚的话，两个伢儿有了城里的户口，学费什么的就省下一大笔，他就不用那么累了。想到此，我咬咬牙，给赵民政一个劲地说好话，说您就让我们把婚离了吧，两个伢儿全归他。

赵民政两只眼睛瞪着我，把面前的茶杯摔得砰砰响，我看着他，还是给他说好话。就这样，大红印章一盖，我和毕昌的绿皮本子就拿到了。回来的路上，毕昌把摩托骑得飞快，也不像来的时候问我累不累。我在他身后迎着风喊，你开慢点好不好？我心里发慌。毕昌头也不回地说，你没看太阳都快偏西了，我还得赶回汉口，不快点行吗？

我心里难过，想他在家里过夜，可毕昌回到家就清东西，把他的四季衣服都放进了一个帆布箱子。我说你这是做么事？你怎么把衣服都拿走了？他说张小豆，你怎么不明白，假离婚我们也得做出个样子来呀，要不然乡政府会追究的。这一年半年的我就不回家了，我得抓紧去办伢儿的户口，但她们俩暂时还留在你身边，有什么事，你让大女到汉口公司来找我。我会每个月给你们生活费的。

我这个傻女人全信了他的话，外面天都黑了，我的这个男人手提着箱子，硬是连夜都没过就走了。

我傻乎乎地等着他给两个伢儿办户口，连我自己亲娘的话都听不进去。我妈说，毕昌这个人心眼有七个窟窿，这回绝对没安好心。我说不会的，他给我赌咒发过誓，等女儿的户口一办好，我们就复婚。我妈说，你就等着吧。

真被我妈说中了。等啊等，过了大半年，毕昌连个照面也不打，我把两个伢儿送到他公司门口，伢儿上楼去找他要生活费，我就躲在街边上等。伢儿说爸爸给了钱，就催着她们走，他晓得我在楼下，也不来看一眼，还说叫你妈以后别来了，让别人看见不好。

等到了大年下，垸子里在外打工的一个个都回了家，有的还开着私家车，家家户户忙着置办年货，几多热闹哦，就我们家冷冷清清的。我心里真不是个滋味，我就一个人跑到汉口找他，他公司有些同事认得我，原来见了还打个招呼，可这次我一去，碰到的熟人脸上都怪怪的。毕昌坐在那里打电话，一见我就拉下了脸子，说你怎么来了？有话到楼下说去吧。

我走了那么远的路，他连坐都没让我坐，就把我领到街边上，说你来有么事？我看他一身西装革履，皮鞋擦得亮晃晃的，脸上肉也多了，大半年没见，还比过去年轻一些。我心里酸酸的，说你一个人过得还不错呢。

毕昌不高兴地说，小豆你这是什么意思？难道你希望我过得坏吗？我每个月给女儿的生活费可一分也没少，你还要我怎么样？

我一听他这些话就像隔夜菜馊得变了味，我说毕昌，我不是来跟你吵架的，我是来跟你商量，春节快到了，这个年怎么过？

他说，你想怎么过就怎么过呗。我心里一惊，说毕昌，我们不是一家人吗？怎么我想怎么过就怎么过？

他说你别烦我好不好？你以为给两个伢儿办户口是那么简单的事，到处给人请客送礼说好话，现在刚刚才有了一点眉目，你又为这些鸡毛蒜皮的事来烦我，你让我安静一下好不好？

我委屈地说，这都快一年了，你连个照面也不打，什么都不给我说，眼看都要过年，你这儿一点音讯都没有，我才来找你的呀。

他说好了好了，你快回去吧，我们俩名义上是离了婚的人，你在我这公司门口站着，人家见了莫名其妙。我说毕昌，那我到你住的屋里看看吧，我帮你收拾收拾。按常理，他这么大半年没碰女人，怎么会不想？我还闷在心里盘算，要是和他进了屋，他想做什么就让他做。

可毕昌半点都没那个意思，说你没看我在上班吗？去我屋里干什么？他一个劲地催我赶快走，我心里起疑，就问他，毕昌，你是不是有了别的女人？他一听发了火，站在街上压低喉咙吼起来，说张小豆，你再多说一句，我今天就让你爬着回去！

我见他发火，反倒有些安慰。他吼了几句，口气又软下来，说过完年以后，两个伢儿的户口说不定就有了着落，我们再来说别的。又说趁这过年期间，还得给几个要害人物拜年送礼，求着他们把事给办了。

我心里半信半疑，只好一个人回了桥岗埫，跟两个伢儿守在一起过了年。爹妈见毕昌没回埫里来，问是怎么回事？什么时候复婚？我说快了快了。可是过完年，大女拎着我做的糍粑和鱼糕，进城去找她爸，毕昌却从原来租的那套房子里搬走了。

大女没找到他，我就进城去找到他公司里，一屋子人坐在小格子里忙乎，他见了我比上次的脸色还要难看，当着他那些同事说，你怎么又来了？我不是跟你说过吗？我们已经离婚了，你还老这么找我，算怎么回事？

我一肚子话被他堵住，当着外人想说也不好说。但有些事我不得不问，我说毕昌，你怎么搬了房子也不给我和女儿说一声？他说这就怪了，乡下的房子是你的，我租的房子是我的，我搬不搬关你什么事？

我们不是假离婚吗？他怎么这种口气说话？我说毕昌，我不想当着你的同事跟你吵架，我们到一边说去。他说你既然来了，大家也都看见了，有什么话你只管说好了，我也不怕丢这个脸。

他公司一个经理走过来，叫了我一声嫂子，说你跟毕主管离了婚，我们大家都蛮惋惜，但既然事情已经到了这一步，我看你们双方都看在儿女分上，多把对方的好处想一想。毕昌他现在也不容易，你不要再跟他过不去了，有合适的自己再找一个，好好过自己的日子，岂不更好？

我越听越伤心，有心把内情告诉他们，又怕像毕昌说的，政府追究法律责任。我就上前拉毕昌，说走，我们俩到一边说去。他不肯，说你这个张小豆，非要在这里胡搅蛮缠，现在是上班时间，好好好，我就跟你走，奖金也不要了，经理你记我的早退就是。

我把他拉下楼，说毕昌，这到底是怎么回事？你的话怎么越来越不是味儿？

他眼睛看到一边，说张小豆，我上次好言好语地已经给你说过了，我们俩虽然离了婚，但该尽的责任我一点没少，给伢儿的钱也一分没少，倒是你几次三番跑到公司来让我出丑，我看我们俩以后最好是大路朝天，各走一边，井水不犯河水。

我一听就像头上打了个炸雷，忍不住揪住他的衣领，骂他狼心狗肺，忘恩负义。他在街上大声叫起来，说张小豆，你不要动手好不好？他这一叫，围上来一堆人，他一边拉扯着往后退，一边说我不跟你打，你恶！你狼！算我怕你好不好？旁边就有一个大妈来掰我的手，说你这个女人莫这样凶，有话好好说，给男人留个面子！

我被弄糊涂了，我怎么就成了个凶女人呢？

四

坐在面前的这个张小豆被她丈夫骗了。

林染从她的叙述中，似乎看到了那个心眼儿活脱的乡下男人，在城市的夹缝里钻营，生活在他来讲成了一出戏，他也算得上是一个三流的演员。

张小豆说，我不晓得自个儿是怎么回到桥岗塆的，经过江边的时候，我几次都想从桥上往江里跳。我又怪自己，我要是不急着往城里去找他，说不定他不会说出这么狠的话。

林染往张小豆杯子里加了些水，劝慰道，这不是你的错。你不去找他，他也迟早会把早就打算好的话说出来的。

张小豆去端水杯，手却抖个不停，水杯在她手里像把筛子，茶水被摇晃了一地。林染说，小豆，我知道你心里难过，但像你这样的事，并不是只有你一个，我有一个女朋友也跟你一样，被她丈夫骗着离了婚，什么也没得到。

张小豆说，真的？城里女人也有跟我一样傻的？

林染笑笑说，你们都不傻，是男人太坏。

林染没告诉张小豆，其实她就是那个被骗的女人。林染的前夫是做钢材生意的，家里有钱，但人未到中年就发胖，一个大肚子，林染开始根本看不上这胖子，但胖子死追了好几年，每天一早就按时让人朝报社这边给林染快递一束玫瑰花，引得报社上下一圈艳羡的目光。最后，林染带着下嫁的心态跟胖子结了婚，以为丈夫会永远把她当个宝，她坚信，只有她嫌弃他的，胖子绝不会三心二意。

但前年有一天胖子突然告诉她，生意上出了问题，他欠了别人一笔巨债，现在逼债的要到法院去起诉，如果对方胜诉，那他和这个家就都完了，房产汽车和所有资产都会被扣押，妻子林染也会受牵连，如果抵押的财产不够偿还的话，说不定还会按月扣林染的工资。

林染和胖子讨论了一整夜，想找出什么摆脱困境的办法。

天快亮的时候，胖子和她亲热了一阵，然后充满歉意地说，我一个男人，居然连自己的老婆都保护不了，反而还让你受牵连，你说我还活在这世上干什么？我现在真的一门心思想跳楼。

胖子这话让林染吓了一跳，他们住在高楼的十八层，如果胖子真的哪天想不开，扭头往窗户那儿一纵身，顷刻就粉身碎骨。她说胖子，我不怕受牵连，你千万别想多了。胖子说，你不怕，可我们这个家全完了呀。要是能让你躲开这一切，并且把房产也保留住，就叫作留得青山在，不愁没柴烧。

林染想到这儿，不禁笑起来，坐在她对面的张小豆听她咕咕地笑，便问，林主持，你……林染说，没事，我只是想起有些事来，张小豆你知道吗？虽然你是在桥岗塆的乡下，我那女朋友在汉口码头上，但有些事却是相像得很，男人的把戏都差不多，他们就像在一起排演过似的。

张小豆问，你那女朋友的男将说什么了？

林染说，他说我们现在假离婚，把房子留给你，将来就是法院判我败诉，也跟你没关系，你照样住在这屋里，照样上美容院，逛街购物。

胖子当时就是这么跟她说的。胖子说林染，我俩来个假离婚，然后债务就跟你没关系了，等我把这场官司避过去，东山再起，咱俩再复婚。林染觉得这胖子真够义气，把倒霉事全一个人扛了，她以后得好好地爱他。

可等不到她爱他。

他们俩到街道办事处办了离婚证之后，胖子跟她一起回到家里，林染正要打开冰箱准备做点吃的，胖子却在那儿开始清理衣服了。他很快把西装金表搋进一个从美国带回的超大箱子里，然后打电话让他的司机来拿。林染奇怪地问，你这是打算往哪儿去？难道要离开这个家？

胖子一脸正经地说，我们不是离婚了吗？

林染更奇怪了，你不是昨天半夜说假离婚，我们还是跟之前一样过日子吗？胖子叹口气，说可是林染，刚才去拿离婚证，我猛然觉察到了法律的严肃性。林染你还是报纸专栏的主持人，一天到晚不是把法律法律的挂在嘴上吗？这方面你应该比我懂得多，你想想，要是外人知道我俩离了婚还住在一个屋里，是假离婚，那不更得把我们告上法庭？

这一说，林染觉得自己就像个白痴。

我得尽快离开这个家，找个避人的地方住起来，然后等着他们打官司。前夫说完，就毫不犹豫地拎起箱子，迈着壮实的步伐走出了家门。

林染目瞪口呆。

事实上，没过多久，她就明白了，胖子根本就没有欠下什么债，也没人要跟他打官司，相反，他用他的小公司作为底牌，走进了一家更大的企业，然后娶了那个大企业董事长的女儿，那是个大龄剩女，脾气古怪，但胖子看中了她家的钱，胖子因此一跃进入了全市有名的民营企业家行列。

他还算没有完全绝情，把房子留给了林染，除此而外，分文没有。

林染觉得对自己是个最大的讽刺，她每天都在当知音姐姐，替别人的婚姻爱情出谋划策，但临到自己，却基本上是个傻瓜。她太相信胖子，是因为她太相信自己，也太高估了自己。

这是事后她才明白过来的。

离婚后她还慢慢得知，其实胖子的花花心早就有之，送玫瑰花的模式不知用过多少次，只是陶醉在其中的林染以为自己的条件不知比胖子好出多少，丝毫也没产生疑虑。

张小豆说，林主持，你那个女朋友后来怎么样了？林染说，不提她了。咱们还是先说你的事吧，你打算怎么办？

张小豆说，我到汉口来找他闹过几次，他也不再藏藏掖掖的了，他说跟你说实话，你张小豆照顾我爹妈我都承认你的好处，但你脾气不好也是事实。我本来是想为了伢儿的户口我们俩先离婚，如果以后有感情再和好。可是你几次三番来闹，越发让我看透了你的性格，将来我们就是在一起也过不好日子，我不想再跟你和好。

你听听，林主持，照他这话，我跟他好像早就是冤家对头。他和他表舅、远房哥哥当初说的都是些鬼话，都是骗人的。

每回去跟他吵一次，我就像害一场大病，但回到桥岗堍，我跟哪个都不敢说，爹妈总问我，你和毕昌不是说一过完年就复婚的吗？这端午都过了，怎么还没有一点动静？我连哭都不敢当着他们的面哭。

大女懂事，她看我常在夜里掉眼泪，嘴上不说，心里什么都明白。又过了些时，我要大女一起进城去找她爸拿生活费，大女说我都十几岁了，我自己去吧。我不放心。大女说妈你去一次回来就病一场，何必呢？那天她一早就走了，到夜里才回来，差点没把我等得急死。大女进门神色就不对。我问她怎么了，是不是她爸爸骂了她？

大女说，妈，你以后再也不要去找他了。

我问她遇到什么事？大女好不容易才说，她先到公司里找她爸，但是周末，公司里只有值班的人，有个小阿姨见她站在那里可怜，悄悄告诉她，要她到汉正街那边一个叫"汉秀"的服装店去找。大女转了几道公交车，好不容易找到"汉秀"，居然见她爸跟一个女的在那店里卖衣服，两人有说有笑的，还有个两三岁的伢儿围着他们跑来跑去，嘴里喊爹叫娘。

我不肯相信，我得去亲眼看一看。大女抱着我的腿不让我去，说妈，你别去闹了。我和妹妹都听你的话，长大了为你争气。我说你们别拉着我，你爸他不能这么欺负人，不把事情弄清楚，我死也不闭眼睛。我把她们俩姐妹推到屋里，一把锁上了门。

那汉正街尽是卖服装的，我眼睛都找花了，但终于在一个邋里邋遢的巷子里找到这家卖女装的"汉秀"。果真像大女说的，毕昌和一个大眼泡女人正在店里忙乎，他一脸带笑，我很少见他那么开心地笑，他抱起那个满地跑的小男孩，说乖儿子，别绊倒了！我的头嗡嗡直响，不用说，他没有跟我离婚，就跟这女人好了，一起过日子了，而我还在给他爹擦身子换尿布，我怎么嫁了这么个王八蛋？

那个女的看见我了，朝我问了一句，进来看看？我顾不上理她，我想找把刀，想找把铁锤，我四下里搜寻，哪儿有哇？只看见一张长桌上两个保温杯，我扑过去抓起一个就朝毕昌的头上砸去。那女的惊叫起来，毕昌往旁边一闪，杯子砸在了他肩膀上。

他回过头看见是我，脸唰地黄了。我扑过去就跟他拼命。那大眼泡女人高叫着，哪来的泼妇？我也叫喊，说毕昌，你跟我回家把话说清楚，你今天要不走，我就死在你面前！

毕昌怀里的伢儿哇哇直哭，那女人从他怀里一把抢过去，问毕昌，她是谁？毕昌说，我不是跟你说过吗？这就是跟我离婚的那个。大眼泡一听，把伢儿一把又塞到他怀里，扑上来就抓住我撕打，说好哇，你这个不要脸的，婚都离了，还跑到这儿来撒野！大眼泡比我个子高，身子也壮，她死命地揪扯我，把我的胳膊都要拧断了。狼心狗肺的毕昌站在一边动也不动，我那会儿呀，真是心灰意冷，我打不过他们，我就死给他们看。这么一想，也不知哪儿来的力气，猛地挣开那女人的拉扯，就一头朝店门前的墙上撞去。

那一撞就死过去了。

五

张小豆说着，把她额头上的乱发扒开，留在那里有一个坑，就像个扭歪的核桃仁，凹凸不平。林染看得心惊。

小豆说，那一撞把毕昌吓得不轻，生怕她死在店里，赶忙把她送进了医院，然后趁她在手术缝针，他往桥岗塆村委会打了个电话，也没说他是谁，就说张小豆在城里出了事，让她的爹妈赶快到汉口三医院来。等张小豆的爹妈和弟弟赶到医院之前，他就躲了。

张小豆被抢救了一夜才醒过来。

她说林主持，我现在好多事情都想得开，为什么？就因为我这条命是捡回来的，死过一回的人了，所有的事都看淡了。

我醒来以后，爹妈他们就问我是怎么回事，我不想说，但我不说他们也猜得到，问是不是毕昌欺负你了？我说那个人死了，以后再也不要提他。

可我弟弟后来打听到了，毕昌早在外面有了人，两人结没结婚不清楚，但早就在一起过日子。当过兵的弟弟说不能便宜了这家伙，说姐，你去告他，你们当初说好是假离婚，你要求撤了这个假离婚。我就到乡政府去找赵民政。但人家说张小豆呀张小豆，你让我说你什么好？你要晓得法律是不容许戏弄的，真也好假也好，那是你们两个之间的事，法律只管离与不离，当时我一再提醒你，不要轻率从事，你还非要坚持离。既然已经离了，哪有说撤销就撤销的，除非你们两个再一起来要求复婚，我再给你们办理结婚手续。

张小豆叫了一声林主持，说他赵民政说的是个理吗？

林染说，差不多，他就是再同情你，也只能这么说。

张小豆沮丧地点头，说可是我弟弟咽不下这口气，他打听到毕昌在汉口住的地方，就找去了。原来那个叫吕汉秀的女人在汉正街上做了多年的服装生意，她以前的丈夫跑公差遇到车祸，还得了一大笔赔偿金，所以手里有钱，在汉口还有两套房子。毕昌冲着她的钱，还没跟我离婚就和她搭上了，两人还生了个儿子。我弟弟练过武术，一气之下找了几个人去揍他。毕昌怕死，一见那场合就怂了，求我弟弟放过他，说我跟你姐好歹还有两个女儿，要是把我打残疾了，哪个来养她们？

我弟弟没好气地说，就等着你来养。你当初跟我姐是怎么说的？现在先跟她把婚复了再说。毕昌说让他考虑考虑。我弟弟说你考虑个屁？今天就回去办。一行人就把毕昌带回了桥岗塆，我弟弟对他说，不许说是别人逼他来的，是他自愿的，要不然的话没得好果子吃！

这样，毕昌两年来第一次回了家，进门抄起碗来喝了一气水，然后就说张小豆，我们俩复婚吧。

那时我头上的伤还没全好呢，正躺在床上犹豫要不要去法院告他，听他这一说，我又惊讶又怀疑，我说毕昌你想转了？

毕昌看看我弟弟的脸色，说想转了，夫妻还是原配的好。

可这男人说什么我都不相信了。张小豆说，我看他那个有气无力的样子就不像真有诚意，我就说你把我的心都伤透了，我不跟你复什么婚，我要去法院告你。

毕昌一听倒急了，说小豆，其实我做的一切真的都是为了你和伢儿，你想啊，我们夫妻十多年没少拼命，可还是穷兮兮的，原来指望在城里买个房子，可是房价一个劲往上涨，我们那点钱越来越差得远。吕汉秀她有车有房，死个丈夫还得了几十万，我还不是心想沾她点光，将来让女儿她们也住到城里去。

我说你这叫人话吗？我的伢儿就是睡在茅棚里，也不会去寄人篱下。

毕昌说，好，就算你张小豆有骨气，我贪财爱占便宜好不好？我这不是来跟你复婚吗？以后还是跟从前一样，勤扒苦挣过日子，管他穷也好苦也好，都认了。

我说过，他那张嘴搞推销，死的能说成活的。可我不信，我说你别再骗我了，我真的再经受不起。

毕昌说，那你就给你家里人说清楚，不是我毕昌不复婚，是你死活不肯。毕昌当着我爹妈和我弟弟，说你们都看到了，不是我不愿意复婚，是你姐，她这个人就是这么个牛脾气。说完就打算走。

我弟弟拦住他，对我吼起来，说不管么样，姐你冲两个伢儿想，这婚也得复！要不你后半辈子靠谁去？我爹妈也劝，打断骨头连着筋，再吵再闹，你们已经做过十多年的夫妻，又不是仇人。

　　爹也说，妈也说，弟弟也说，最让人难过的是两个伢儿眼巴巴地一旁看着，我知道她们的心思，都巴不得让爸爸回家。唉，心一软，我就点了头。

　　就这样，去年夏天我们又到镇上办了结婚证。还是那个赵民政，说你们是不是真的考虑好了？我这鲜红大印一盖下去，可就代表法律哈，不许再折腾。毕昌脸上肉一跳，我说毕昌，你这会儿要再反悔的话，还来得及。他说办就办吧，反正我也都这样了。从始至终他都皱着眉头，那样子不像我们俩破镜重圆办喜事，倒像当年给他两个老人送终一样。

　　拿到那张纸，他跟我回了家。两个懂事的女儿一口一个爸爸地叫，想方设法讨他开心，大女没等我们回来，就把灶里火烧好了，饭菜香味满屋都是，还给她爸端来洗脸水。可毕昌一个笑脸都没开，只说了句，这下好，你们的目的达到了吧？我忍着，没还嘴。

　　当晚，我们睡在大床上，这是我们新婚时就睡的床，在这张床上，他过去不知亲热过我多少次，可这晚他背对着我，像一堵墙，冷冰冰的。我不怕你笑话，林主持，张小豆说，我也是个有血有肉的女人，当年还没嫁给他，他就动了我的身子，那时我什么都不懂，羞得捂着脸由着他做这做那。结婚最初的那些年，他火气旺，只要回到家，恨不得一夜要折腾好几回，我也都由着他，第二天还给他煮鸡蛋煨鱼汤，生怕他亏了身子。他说腰疼我给他揉腰，他说背疼我给他捶背……

　　张小豆说着说着，伤心垂泪不已，我就想不通，我到底哪点做错了，他这么没情没义地对待我？我看那个大眼泡除了有钱，也不比我长得好看，难道钱就那么要人的命吗？

那天夜里，我想问他，又怕跟他吵起来，两个伢儿听见不好，翻来覆去一夜，折磨人啊，林主持。

林染开始只想到张小豆被丈夫抛弃，现在如何唤他回家，没想到却是一波三折，离婚又复婚，复婚却又是感情破裂。她想了想说，小豆，既然你们已经复婚，有了法律保障，你就带着女儿想办法跟他好好过吧。女儿是他亲生的，这一点也算是可以拴住男人心思的小锁。你对他试着再温柔一点，时间长了石头也会焐热的。

张小豆苦笑，要是日子过得下去，我还会跑到这里来找知音姐姐吗？

那天天还没亮，他就从床上爬起来要走，我问他走这么早做么事？他恶声恶气的，说我还能做么事？去卖苦力养活你们呗，我前世欠了你们的账，这世来还的！我说毕昌，你逼得我撞墙，我也没逼着你非要复婚，我只是要你把话说清楚。以前哄了我，我听信你的话把婚离了，现在又听你的话把婚复了，这都是按你说的做的，你还凭什么对我这么凶？

他说你张小豆把好人都做了，你是桥岗垮的秦香莲，我毕昌是嫌贫爱富的陈世美，你弟弟拿着刀把我逼回来，我怕死，复婚就复婚。可我身子是自由的，我告诉你，从今以后，我想回就回，想给钱就给钱，你要再跑到城里去闹，我就豁出命来成全你，鱼死网破算了。他摔门而出，又回头恶狠狠地补一句，你要敢再给你弟弟和你爹妈说我们俩的事，我就把你们全家一起都杀了！

他真是这么说的呢。我做梦也没想到，同床共枕的夫妻，翻了脸会这么狠！

从那以后，他真的一不回家，二不给钱，眼看两个伢儿上学要买这个买那个，家里除了粮食，变不出现钱来。我只好又让大女去城里找他，看他这个当爹的能不能给两个钱。哪晓得他一见大女就把眉毛竖了起来，说你这个长嘴巴的乌鸦，就你在你妈面前瞎说，你还在我背后跟踪？吓得大女直哭，他一把揪住她的头发提到门外，说你给老子滚回去！老子看了心烦！可怜的大女一路哭着回来，进家门前把眼泪揩了，还不敢给我说。可我看她眼圈红红的，头发也乱蓬蓬的，就猜想是不是挨了打？这一说，她才忍不住哇哇地哭，说妈，我和妹妹没爸爸，我们只要妈……

伢儿哭得我心都碎了。张小豆说，林主持，你说我该怎么办？复婚还不如不复婚。而且，毕昌他碰到垮里的人就说我总在记恨他，他回到家不给他好脸色，甚至整夜整夜骂他，不让他睡瞌睡，搞得他在家里待不下去。这世上的事情也真奇怪，假话说到三遍之后，也会被当成真话。我爹妈开始还说小豆不会那样做，可说的人多了，他们也相信起来。

我妈走来劝我好几次，说一个女人得饶人处且饶人，不要占着理就没完没了。我说妈，你也相信毕昌编出来的话？我爹说，怎么毕昌又跑了呢？不是他要复婚的吗？小豆你是不是真有哪些地方做得不对？

弟弟还专门来训了我一通，说姐，爹妈养了你一场，福没享到就跟着你受气，两个老人为你的事操心够多的了，以后你少拿这些事烦他们，是好是歹你自个儿看着办。

听说毕昌没多久还是回到了大眼泡吕汉秀身边，我想去找他吧，又怕去了像上次那样，他们俩一起来对付我，我只有死路一条。也想过去找他公司的老板，但又想现如今哪个单位还管家务事，去了也只会是自找没趣。

我们埫里的村委会倒是跟我交过心，村妇联说张小豆，你就忍着吧，有个名分就行，到时候嫁姑娘他毕昌总得拿点钱，比没有的强。再说了，现在埫里出去打工的，少不了出点花花草草的事，会想的就往宽处想，不会想的，就把自己逼到窄路上去了。

他们都说，我这点事拿不到台面上，但我就想找个说话的地方。那天在镇上买盐，那店老板把一张看过的报纸往旁边一丢，我恰好看见上面写着一个"知音姐姐"，捡起来一看，这不就是替妇女说话、出主意的吗？

我就找你来了。张小豆一双微肿的眼睛殷切地盯着林染。

林染一时无语。这些日子她其实心里也很乱，跟胖子离婚几年了，白天忙起来不觉得，夜里却是常常失眠。开始吃安定，后来一片两片都不怎么管用，就干脆坐起来扒手机，看电影听音乐，《空军一号》《两个大烟枪》《宇宙追缉令》……哈里森·福特、杰森·斯坦森几位硬汉的电影全都看遍了。看完之后如果天还未亮，心里会空荡荡的，头晕乎乎的，真的是怀疑人生。有一次，她想起胖子关于跳楼的话，不禁扑到窗前朝下打量，想象飞跃之后的感觉，那一刻，真有往下跳的冲动。

这让她自己害怕。

十多年前，她从大学毕业到报社工作，满脑子都是兴冲冲的想法，她跟随一位老记者办起了"知音专栏"，每天劲头十足，但现在似乎是见多了城市风景，稀奇古怪，已经见怪不怪，有时候就什么也不想写，也不想去采访，提不起兴趣。

中年油腻女，她对几位闺蜜自嘲。

闺蜜们替她分析，认为她应该找一个男人。她说快算了吧，受了一次祸害还不够吗？我可不受二茬罪。我宁可心如止水，波澜不惊。

但眼前这个乡村女人的诉说，让她有一种说不出的心动。或许是这个女人太普通，这种事情也太司空见惯，就像满地尘埃中的一粒沙子，细小到你感觉不出它的存在，但当那女人扒开白发早生的乱发，露出撞伤过的头顶，又用那双常年劳作而青筋毕露的双手捂住脸，泪水就从那肿胀的手指间穿过的时候，林染的心里胀痛了。

她说张小豆你别哭了，明天我想法去找毕昌谈一谈，好不好？你想让他怎么做？

张小豆有些意外，接着感激万分地点头，那当然好，当然好。我给他打过好多次电话，他拉黑了我，从来不接。我只想问他一句，他要么回家，要么我们离婚。我不想跟他这么耗下去。

六

第二天清早，林染约了一个摄影记者，按照张小豆说的，在汉正街上找到了汉秀服装店。几十年前的汉正街就是全国闻名的小商品市场，成千上万的小店小贩在这里进进出出，这些年通过几番整顿，大多数店商都搬进了陆续兴建的新楼，俨然成了大商场的一部分。但也有偏偏角角、旮旮旯旯一些不起眼的小店子依然旧瓶老酒，汉秀服装店就在一个偏狭的小巷子里。

一看就没有多少顾客光临，林染跨进店门还没来得及端详，一个身材高大健壮的女人就从里边迎出来，有些警觉地问，想买衣服？

林染问，毕昌在吗？女人两个大眼泡一闪，问你是谁？林染说我是报社的，想找毕昌聊聊。

女人唰地拉下脸，说我这儿没这个人，你找错地方了。

林染说，你是吕汉秀吧？

女人红头涨脸地昂起下巴，是又么样？随即朝天破口大骂，扯淡！我就晓得又是张小豆那个臭女人变出的鬼花样，格板妈的，装得可怜兮兮的到处骗人……

女人一口汉腔骂得汹涌，一个瘦脸男人从里屋探出半个身子，说么回事？

林染叫了一声：毕昌！男人下意识地瞪大眼睛，你找我？

吕汉秀没好气地剜了他一眼，说关你么事？你跟我进屋里去。

林染朝毕昌走过去，那摄影记者也跟着。林染说，毕昌，你知道你妻子张小豆在找你吗？你知道你跟别人同居是犯法的吗？

吕汉秀蹿上来，将身子拦在林染和毕昌中间嚷道，什么叫同居？什么叫同居？我跟毕昌早就是事实婚姻，她张小豆是小三！

毕昌苦着脸说，你少说几句行不行？

吕汉秀说，他们不是报社记者吗？我要让他们晓得，张小豆那个桥岗垴的女人千方百计想破坏我们的婚姻，她寻死觅活的，还让她弟弟来绑架毕昌，毕昌是怕闹出人命，才被逼得跟张小豆又办了个鬼复婚。我就是不服气，他还死活不让我跟别人说，怕张家的人上门来闹。可你怕他们闹，我算什么？我跟你儿子都有了，还像个贼似的藏着掖着？

毕昌一屁股蹲在地上，说，你也来逼我。

吕汉秀说，不是我逼你，张小豆把报社的人都请来了，你还不当着他们把话说明白？你毕昌到底是要她还是要我？你要是就这么不明不白的，你就回你的桥岗垴去，我这里容不下你！

毕昌站起来，一言不发地往外走，他瘦条条的身子，没有林染想象中的滋润。吕汉秀在他身后哭叫起来，你个没良心的，你还真走哇？

毕昌转过头来，说我现在反正里外都不是人，我哪个家都不想要了，你们都好好活吧。正说着，一个两岁多的小男孩从屋里跑出来，他好像刚刚睡醒，叫着爸爸，就朝毕昌身上扑去，说我要吃热干面。

毕昌搂住孩子，说好好，爸爸这就去买。

吕汉秀从他怀里抱过孩子，说妈去给你买。又对毕昌说，你再好生跟他们说说吧。这个大眼泡的女人，口气一下子又变得柔和多了。

吕汉秀走后，毕昌扯过两把椅子，说你们坐嘛。

林染两个就挨着一排排女衫坐下了。毕昌说，真的是张小豆请你们来的吗？

林染说，她只是想问你以后究竟打算怎么办？你不接她的电话，她只好托我们知音栏目来找你。

毕昌说，在她张小豆眼里，我毕昌就是个伤天害理的大坏人。其实不完全是她想的那样，她对我毕家的好处，我一点都没忘。可她这人外表瘦弱，性格倔强得很，我早先想把她弄到城里来做个小生意，哪怕卖个菜也好，可她没干几天就不愿意了，说没有在家里种田自由，我只好由着她。可我在汉口工作快二十年了，别人都一个个在城里安了家，我还一年四季两头跑，真的是又累又烦。

她老催着我买房，我一个打工的，天晓得，哪拿得出钱来买这汉口的房子？我就想先买辆车，好回去方便些，她是死活都不同意，我周末只要一回到桥岗塆，不是下地帮着干活，就是修墙加瓦，夜里想跟她做做那事，她总说身子累，弄得你一点趣都没有。你们若是个知音，也替我们做男人的想想，你说我苦不苦？

毕昌说着，两只手捧着脸，抹了一把泪。

吕汉秀端碗面，牵着小男孩走进来，一旁看了看，不声不响地往毕昌手里递了一杯茶。毕昌抬起头来，说反正现在事情都闹大了，我也就敞开了说，她张小豆只怕是想把我整到牢里去才安心，那也只好随她去。

他说，我跟汉秀之前的丈夫原来是同事，过去经常上他家来喝酒，哪晓得他突然遇到车祸走了，汉秀她哭得死去活来好可怜，一个人又要照看店，我就有时过来给她帮个忙。唉，汉秀这人外表凶巴巴的，其实心直口快，跟她在一起人不累，一来二去我和她就好上了。

有时候我们俩也吵架，但吵完就过去了，不往心里去。说实话，开始相好也没想到今后，可汉秀她怀上了我的伢儿，还是个儿子，我这才想到去和张小豆离婚。可小豆照顾过我爹妈，又给我生了两个女儿，我张不开口，这才想到找个假离婚的说法，也是想走一步看一步再说。唉，现在想起来真不该……

吕汉秀说，好哇！搞了半天，你当初跟我好也就是逢场作戏是不是？

毕昌说，那以后我不是一心一意在跟你过日子吗？我说的都是真话。

吕汉秀说，那你跟张小豆离了婚，为么事又要复婚？

毕昌说，我不是怕她死吗？

吕汉秀吼道，你怕她死，就不怕我死？

他们俩你一言我一语争来争去，林染和摄影记者夹在中间，一时都想不出什么话来。毕昌的话让之前的气愤已经冲淡了很多，这桩纠缠不清的事，究竟错在哪里？

林染说毕昌，我想提醒你一句，你目前跟张小豆还有婚姻关系，你和吕汉秀又形成了事实婚姻，如果你不尽快解决目前这种婚姻状况，也就是解除其中一个婚姻关系的话，无论张小豆还是吕汉秀，她们都可以把你送上法庭。

毕昌说，你是说我犯了重婚罪？我现在是死猪不怕开水烫，她们愿怎样就怎样吧。但如果让我选择，我还是想跟汉秀过。

吕汉秀哇的一声哭起来，说儿子他爸，你坐牢我去给你送饭，等你出来我们再好好过。

林染说，我的话还没说完，你对张小豆没了感情，可对两个女儿还负有不可推卸的责任，你怎么能连一点生活费都不肯给呢？

毕昌说我是做得太过分了，那一天大女被我打走以后，我一气喝了一斤白酒，差点没醉死，我心里难受啊。我那样做，也是想让张小豆对我死了心，恨我，把我当成个坏人，就不会再指望我了。以后嘛，我再想法给两个伢儿补偿……

从汉秀服装店出来，摄影记者问林染，今天的照片等着用吧？我晚上就发给你。林染说暂时不用了。她不打算把张小豆和毕昌的事写到专栏上去。

摄影同事说林染你在这件事情上心太软，应该把毕昌送上法庭。摄影跟着林染来采访，就是想把题材做大一点，进城打工者变为城市人所引起的家庭婚姻动荡现象，带有一定普遍性，还有对法律的无知和轻视的问题，都值得一谈。

但林染想的是小豆、毕昌和汉秀几个人的运道。她这回只想充当一个普通的知音，帮他们解决掉这件事。

张小豆在桥岗坞接到林染的电话，林染说我告诉你，毕昌他……张小豆打断她的话，说林主持，我明天上午来找你，见面再说吧。林染从她的语气里，知道她已经猜想到结果。晚上她又给张小豆打了个电话，说你别来了，我恰好明天到黄陂那边去采访，顺便来看看你。

林染第二天一早开车，从汉口往桥岗塆而去。经过汉口火车站前，车流人流潮水般涌动，再沿着发展大道进入二环线，车还是很多。中国的每一座城市现在车都很多，川流不息，像一条条日夜奔腾的河流，恒定地朝不同的方向流动着，天知道车和人都在为着什么奔忙，一个个迫不及待地要去往前方。

林染转动着方向盘，又经过后湖、竹叶山、金桥大道，然后进入岱黄高速。不过半个小时，黄陂就到了。

黄陂本早已是武汉的一个区，所属的村落均在城乡之间，随着武汉城市圈的一圈圈扩大，好些村落逐渐化为城镇，但桥岗塆仍以种植为主，间或有些旅游开发。林染按照导航语音的提示，转而驰入一条绿荫叠加的公路，道路两旁不再是高楼或隔音板，而是一望无际的田野。

她突然想到一个问题，五月的田野长什么庄稼？目光所及一片片翠绿，那是头两个月栽下的秧苗，现在已很壮实，绿油油，厚墩墩的。还有一片片白色薄膜盖着的，却不知道是些什么。

张小豆刚骑着一辆三轮往稻田里送完肥，林染在路口迎住她，早晨下过一阵雨，张小豆穿着一双胶靴，戴着沾了黄泥的白手套，有些紧张又有些惊喜地朝林染叫道，林主持你真的来了？来这么早？我估摸你要来也是采访完了下半天的时候，真是的，也没到路上去接接你。

或许是站在田野里的缘故，张小豆的神色不像那天蹲在报社门口憔悴，倒有几分英姿飒爽。林染说，到你家去看看吧。张小豆欢喜地说，接都接不来的客呢。她前面走着，胶靴啪嗒啪嗒的，裤脚上溅起一些泥星子。林染看她走得带劲，在她身后说，我昨天找到毕昌，跟他聊过了。

张小豆脚步不停地问，他怎么说嘛？

林染说，他说了好些苦衷。她停顿了一下，他最后说，以后还是跟汉秀一起过。沉默了一会儿，林染说，你们离婚吧。

张小豆仍然啪嗒啪嗒地走着，只是脚步放慢了些。她说我晓得。

我晓得呢。昨天你一打电话我就晓得了。她又走了几步，转过身子看着林染，抿了抿厚嘴唇，用力地说，林主持你信不信，我这几年都没睡过一个完整觉，但昨天晚上我一觉睡到天亮，连梦都没做一个。

我真的睡踏实了。早晨醒来就像变了人似的，身上好轻松。张小豆说。

林染惊讶地看着她。张小豆没有像她预料的那样，再一次哭泣诉说，此刻倒有些像一个破釜沉舟，义无反顾的勇士，虽然这比方有些夸张。对失意女性的安抚是知音姐姐常备的功课，但这会儿，林染准备的很多说辞看来已派不上用场。

种瓜得瓜，种豆得豆，林主持你说是不是？就像那些地里的种子，该怎么长就怎么长，这日子该怎么过还不得怎么往下过？张小豆一边说，一边利索地将停在田埂上的三轮掉了个头，推到公路上来，一脚踩动了，轰轰的，像在给她助威。

　　林染点头。她朝着雨后的天空伸了个长长的懒腰，问，田野里都长什么庄稼？

　　张小豆不解，啊？

　　林染又说，就现在这个季节，除了那些秧苗，田野里还有些什么庄稼？张小豆说，这个呀。可多啦，早玉米、花生、萝卜、西瓜、甜瓜，都长出来了，你看都在那些白膜下面，青枝绿叶咕嘟咕嘟往上蹿。还有跟前这些豆子，苗都长这么高了。

　　她指着田埂上一排排欢实的豆秧，说长得好吧？这豆子最不娇气，黄豆绿豆红豆，田头地角都能长，我挨着路边点一个窝，撒两颗种，点一个窝，撒两颗种，也没怎么管它，它自个儿就伸头展脑地长开了。

　　她说，哦，我爹就说过，给你取个小豆的名字，你要有小豆的命硬，就算不错了。

　　林染笑起来，小豆，她说，好，小豆。

青云衣

一

残红晚霞，一江碧水泛散粼粼金光，倦鸟泼剌剌归林，峡谷峭壁深沉了颜色，如墨如黛。

老人向怀田端坐在九十九级石阶上，看着眼前的一切。

清朝"湖广填四川"，向家人从江西迁移过来，经绿波浩渺的洞庭湖，溯长江七七四十九天，爱上这山的幽静，便留在了三峡。

但眼下，他得离开了。他向家要搬得远远的，去一个没有山的地方。虽然这山，让他几十年夜夜入梦。几十年前的光景他一刀一刀刻在了心里。

那年夏天，连日暴雨如注，三峡烟雨缥缈，可那天一早，峡谷却大放光明，一轮红日冉冉升起，阴霾扫尽。他和爹上坡薅草，黄昏归来，走进篱笆小院。哥哥向怀书已娶妻另立门户，而下月的八月初八，便是向怀田娶亲的日子。爹妈已将东侧厢房收拾齐整，对江的窗棂用暗红山漆刷得一新，苞谷十斗换得红花布匹，妈妈飞针走线做得松软被盖，堆叠在雕花架子床上。一面铮亮玻璃镜悬挂窗前，专等新娘梦桃粉红脸颊。那人间欢乐，满山翠鸟又何以能比呢？

进得院来，屋里早已飘出诱人饭菜香味，耳听得锅勺悦耳的碰响，妈叫了一声："怀田，吃饭了！"

爹也随声附和："吃饭了！"

声声呼唤，清晰入耳，可当时他鬼使神差，突然想在吃饭前再去担一挑泉水，省了明早一宗工夫，好去锤些核桃大小的碎石，填补山湾一脚坡路，雨水将那里冲垮了一角，梦桃踩过时会有不便呢。

取水的泉眼只有半里山路，刚按进桶去，突然听得一声闷雷，抬头看天，却是晚霞灼灼，云彩纹丝不动，心里不禁好生奇怪。他好气力，两只半腰高的水桶挑起一溜儿飞跑，转过山湾，便见自家小院。却没想就在这时，骤然间天昏地暗，他迷瞪瞪再往前看时，不禁魂飞魄散。

那一明两暗三间瓦房，如从天而降，轰轰烈烈，却不停歇，端然齐整地滑入波光粼粼的大江。江水毫不费劲地一口吞下，眨眼平静如常，只溅起半圈雪碎浪花，缓缓落下。稍时，涡流飞旋。

那以后，长江三峡县志记载："民国三十一年，七月丁丑，县西九里许，江南滑坡，昼晦，动摇有声。"

就在那天傍晚，哥哥向怀书在乱石叠嶂的纤夫道上打了个愣怔。

跟在他身后的陶先生一行，也只好站住了脚。脚下的纤夫道，时而穿过尖利的荆棘丛，时而又没入荒凉的乱石堆，而此处，只是悬崖上凿出的一串石窝子。走在前头的不动，后边的人只能贴峭壁而站，屏息凝神，不敢低头，脚下丈余处，深厚江水打着一个个旋儿，滚滚而去，让人眼晕。

陶先生问怀书，怎么了？

向怀书说，突然一阵胸口疼。

那时峡谷斜阳，一抹淡去，暮色渐渐升起，一行人踩着青碗大的石窝，一直走到天黑，才终于找到一处稍显平坦的沙滩，筋疲力尽地歇了。向怀书却依然心神不定，突然对陶先生说："我想回去。"

陶先生吃了一惊。这一行原是从武昌来的水利勘探队，向怀书是他们请来的向导。上至夔门、下至夷陵，悬崖峭壁的三峡无一处平地，或攀扯藤萝，或手扒凸起岩包、凹陷石缝，真个是"蜀道难，难于上青天"。怀书一路披荆斩棘，逢山开道遇水搭桥，还帮着背了几个大包裹。这陶先生出身贫寒之家，虽然苦读成了工程师，但为人不失厚道，一路待向怀书并不见外，便小声笑他，是否新婚夫妻憋不住了？

怀书却眼中含泪，说妻子秀娘早已身怀六甲，分娩在即，他刚才胸口一阵剧疼，怕是不祥之兆！

陶先生愕然良久。随后便默默解开怀书背负的行囊，将干粮袋、煤油壶、盐包一些物件分作几堆，吆喝同伴们背了去。篝火旁的人本是累得一路歪斜，急得都拉住向怀书，说："前面的路越发难寻，没了你怎么行？"

陶先生说："你们别为难怀书了，明天一早，我们再到前面村子里找人吧。"一边说，一边从皮包里数出白花花十块洋钱，递了过来。

向怀书像遭火烫了似的，在手里颠来倒去，哗地散落一地。"这钱我不能要。"他说，"路还没走到一半呢。"

说话露水铺了一地，江面朦胧，凉风悠悠，站着忍不住打冷噤。就着沙滩的火堆，添些崖上掰来的枯枝、江水打到岸边的烂柴头，再用吊帚烧了水，每人冲碗米糊糊，嚼两块巴东的香豆干、万县的榨菜，便一个个裹着油布雨衣倒头睡去。

江风过处，山林之中猿鸣不止。

早起天明，一江水雾渐褪，飘来浓浓的水腥。

沙滩上，一行人收拾着行李。向怀书面色凝重，跟往日一样拆帐篷、卷油布，然后将包裹往自己肩上一背，招呼一声："走吧。"

众人默默看着他，眼睛在问："往哪走？"

向怀书一声叹息，露出苦笑："跟我走！"在众人惊诧的目光中，他又说："答应的话要作数。"

作数，是三峡人的口气，说话算话的意思。一群人顿时欢呼起来。

二

父母没了。门前的橘树、屋后的翠竹、那三明两暗的房子也都没了，只有一道巨斧挥过似的沟壑，裸露着在此之前从未见过天日的黄泥和青石，散发出一阵阵呛鼻的土腥味儿。

那是山鬼的气息。

山的幽灵，忽大忽小，忽隐忽现的。一会儿是风，带着呼呼的叫声掠过山头；一会儿可能藏匿在漫山遍野的白雾之中，化作一只小小的狐狸，嗖地从雾中穿过；更多的时候，它沉睡在大山的深处，就像这些深埋地底的狰狞巨石，一动也不动。

但它，说不定什么时候突然惊醒，一撑腰站起来，山的衣裳就崩裂了，哗啦啦落下无数挂饰。要知道，山也是爱美的，尤其是三峡的山，将自己养息成一副丰茂绝美的姿态。可是，山鬼可以藏在山的任何一处，它的突然发作，谁也无法制止。

而山是不能没有山鬼的。山鬼是山的魂魄。

面对自古以来就有的滑坡，峡江人悲伤而又无奈，他们只能从两岸山上赶来，不停地用最柔软的语言，劝慰痴呆的怀田。峡江人说：天作孽，人有什么办法？要朝活着的人想。又说，山鬼收走了你的爹妈，可你向家兄弟不是还在吗？你们要把家再撑起来！

嫂子秀娘挺着大肚子颤惊惊地走来了。从镇上到峡口，二十多里地，嫂子一步步，满脸细汗，手指间黑绿黑绿，那是叫人砍了一根新鲜树枝做了拐杖，拄着走过来的。嫂子明丽的脸庞显得浮肿，未开言先流下两行热泪，叫一声："兄弟啊……"就哽咽着说不出话来。

向怀田扑通一声跪倒在地，恸声叫道："嫂子！爹妈没了，我只有哥哥和嫂子啦！"

秀娘不顾身子笨重，两手使劲拉住怀田："好兄弟，你快起来！"

向怀田一低头，看见了嫂子的脚。

嫂子的脚肿了，鞋的勒口像一圈绳索，勒得那双脚像要爆裂开来。可以想象爬坡下坎的山路，嫂子走得好艰难。向怀田擦去眼泪，从旁边的峡江人家借了竹子轿兜，又邀了一个伙伴，抬到嫂子面前，要送嫂子回镇上。

峡江山陡，若使武昌城里的窦轿，定是寸步难行。山里人娶亲嫁女、看病送老，还有请教书先生，都免不了要用轿，便砍了峡江翠竹，晾过热烘烘的夏季，竹子通体油黄，再细细扎成小巧的轿兜，一高一低地行走在峡江两岸窄窄的小道上。

可秀娘却不愿意上轿，她心疼地看着满脸憔悴的怀田，说："兄弟你三天没吃一口饭，三天没喝一口水，嫂子我不让你抬。"

向怀田回身一找，只见扔下的水桶还歪斜在石板上，扶起半桶水，拾起葫芦瓢，舀起满满一瓢双手捧到嫂子跟前。等嫂子秀娘喝了，自己才喝，然后不由分说，将嫂子双臂拦进轿兜。

秀娘按住轿杆，说："兄弟，你要答应我一句话。从今往后，我和你哥的家就是你的家。"

怀田说:"嫂子你说的是。"

秀娘说:"我托人给你哥带了信,说话他就会回来。"怀田连连点头。

小轿蔸升了起来,峡江的乡亲看着它一晃一晃地远去,走过那片竹林,渐渐化作一个小黑点,然后化在那一片模糊的山谷之中。

峡江的日子就是这样的。刚才山尖还挂着半个日头,能清点树上的红橘,太阳一掉下去,深黪的峡谷刹那间就像洒了浓墨。

小轿蔸抬出不到二里地,眼前就全黑了,好在平常走惯的道,就是闭着眼睛,怀田也会摸到镇上。可走着走着,嫂子突然一声叫喊:"兄弟啊,走错路了!"

轿后的伙伴也叫道:"怀田,咋又走到江边了呢?"

果然,耳边滔滔江水,如沉闷的大鼓,脚下踩的是半湿的沙滩,而去官渡镇的道,却应是一路长长的青石板啊。走了半天,还只是在原地推磨打转呢。

一道电光闪过。天上并没有打雷下雨,却无端闪过一道亮煞煞白光,一只火红的狐狸从白光中穿过,然后倏地钻进了黪黑的林子。分明可见那篷鲜红的大尾巴,竖立着,招摇而过,向怀田不禁叫了一声:"狐狸!"

秀娘他们却问:"狐狸?哪来的狐狸?"

秀娘他们什么也没看见。但随之,林子里显出一点红闪闪的亮火,比萤火虫儿大了许多,像人举的火把。在这峡江岸边,走夜路的人都举一根火把，用松木棒裹些麻丝，蘸了桐油，可烧一两个时辰。另有那有钱的人家出行，或是打一盏灯笼，上写了这家的姓氏，晃悠在夜色里，也是山道上常见的情形。

这亮火，却只是跳跃着，不像火把升腾的火苗，也不似灯笼一团温和的光芒，小小的又亮得有些刺眼，就在人前七八步远的地方闪烁，人走它就动，人停它也停。

坐在轿上的秀娘一身冷汗。

抬轿子的怀田和伙伴也是一身冷汗，脚下像是腾云驾雾，倒不觉得累，轻飘飘的，凉意森森。从未走过的一条路，生疏的夜色，数不清的大树，一根根枝丫张牙舞爪的，像是要拦住轿蔸，四周弥漫着湿漉漉的诡秘。

秀娘不敢叫停，只有细声地叫兄弟，说："你脚下好生些。"又关照轿后的伙计，把脚抬高些，不要一脚踩到岩壳里。

向怀田嘴里应着，他希望嫂子不停地说话，只要有人的声音，这山道上才不那么让人觉得心里发瘆。但走哇走，也不知走了多久，估摸都到后半夜了，两边还是些绊脚的野树葛藤、狰狞的岩石，肩上的轿子越来越沉，心里不禁发慌。后面的伙计带着哭腔叫道："怀田，歇下来吧，我实在走不动了。"

秀娘也叫："兄弟，快停下来吧。让我下来自己走。"

就在绝望之时，突然间，眼前像一道黑布被人哗地一手扯去，现出一片红艳艳的灯火。让人不敢相信的是，他们已到了镇口。嫂子的爹老秀才举一盏橘子灯，瘦骨伶仃地站在道旁，风吹着他那把长长的白须，脚下的青布鞋沾满了湿漉漉的露水。

小道的野草丛中,那点亮火最后跳跃了一下,然后一闪而逝。

秀娘托的那人,没有将信带到。

先是到了巫山,打听店子的老板,说是见过勘探队一行人,往奉节县去了。峡江人都认得勘探队,隔年总要来个回把,打着油布背包,往哪一站,就支起三脚架,东西南北地瞄,峡江的人对他们怀着几分尊敬、几分好奇。可带信的人忙着生计,要往巫溪镇上去贩盐,没有工夫再往奉节去,于是又托了一个背脚的,让他带个口信给官渡口来的向怀书,说是他娘子有急事招他回去。

背脚的很记事,虽说背架子有百十斤重,三捆细洋布,压得他头都抬不起来,路上说话十分不易,但他只要遇到从奉节下来的人,就问,见过巴东官渡口来的向怀书没有,跟勘探队的人在一起的?人说见是见过的,但早就是几天前的事了,那行人只怕快走到万州了。

背脚的走得慢,一天最多也只能走出五六十里路,还要逢到这天不下雨。要知道峡江两岸雨水密,雾罩也大,青石板逢雨就打滑,这人脚步不敢迈大,只有胯子上使着暗劲,脚板吃着路,一步一尺地往前行,稍有不慎就会摔得人货找不回尸骨。

背脚的心知跟向怀书他们越离越远,只有再托人往前带口信。

最后见到向怀书的,是在巫山江边卖米酒汤圆的幺嫂子,面前摆一只油得发亮的木盆,半遮半掩地盖着,一股股酒糟香甜味儿从盆里蹿出来,招惹着码头上下的人。

　　幺嫂子听得有人问起向怀书，开始说不晓得，后来听说是跟着勘探队来的巴东人，就放下手里的米酒碗，朝江边停泊的木船一指，说："莫不是那条船上的人？刚刚打这里过。"

　　说着就朝船上喊起来："那边有没有巴东来的向怀书——这边有人找你——"

　　只见那波涛滚滚的江边，那只船正一篙向江心撑去。这大江之水，比不得小河小溪，浪大水急，只一篙，船儿便嗖地离了岸，岸上的呼喊只剩了半声，断断续续地传了过去，船上的人没听清。

　　向怀书却正是在这船上。

　　这一行自宜昌西陵峡口启程，沿江而上，已将长江三峡的西陵峡、巫峡、瞿塘峡全程走完，陶先生对这次勘探甚为满意，对怀书说："这下你可以放心了！两岸猿声啼不住，轻舟已过万重山，明日只要一上船，你一天就可到家了。"

　　可向怀书却并没有笑逐颜开。

　　他迟疑着："……陶先生，这年月江上的船千金难求，何必雇船？还不如走旱路。"

　　陶先生摇头，说："走旱路少说得五六天，不能再耽误你家的事了。"

　　从前川江上船儿来往如梭，也常是渔歌晚唱、悠闲自在的光景。但兵荒马乱的年月，陶先生几个在江边转了几圈，也没雇上船。到了晚上，却突然有个穿青布衣的男人找到客栈来，问是不是要船？二十块大洋，明早码头上见，迟了恕不恭候。说完转身就走，陶先生想多问一句都来不及。

二日天麻麻亮，大雾满江，一行人到得江边，只见那穿青布衫的男人蹲在石头上抽旱烟，头上的黑帕子将眉毛遮去半截。向怀书一见那船，脸上一沉。

要知道江上的桡夫子个个都是骄傲的人，各家的船儿每年都要上油，明光锃亮的，比打磨女人喜爱的首饰盒还要用心，船帮上描有各家的名号，跟山道上行走的灯笼一样，有名有姓。川江上有一句话"为人做事要站在亮处"，但这条船却没有名号，什么印迹都没有，光溜溜的船帮，像没穿衣服的光脚杆子。

向怀书叫了一声陶先生。

陶先生正小心着脚下，那块搭在船帮上的跳板比洗衣板还要窄，向怀书抢上前扶了一把，凑到陶先生耳边说："我们还是走旱路吧。"

穿青衫的船夫跳上船头，厉声吼道："搭船的人听好了，我只管撑船不管福寿，自家的性命自家爱惜。上船就好生坐起，不想搭船就赶紧给我下去——"

说话间拔篙朝岸上一戳，于是就在么嫂子的呼喊声中，船儿已似离弦之箭，冲到了江心，眨眼已去十余里。大半天便到了奉节，陶先生听了向怀书的话，要船家靠岸歇息，二日再走。但船夫阴下脸来，狠扳了一把舵，船儿呼地一歪，激起众人一片惊叫。

船夫这才开口说道："你们要到宜昌，我自然把你们送到宜昌！但行走要听我的安排！水上的生意，搭船人随便说的吗？"

那船夫手段倒确实好，要说船儿即使再小，拨浪下滩地走远路，也得一人掌舵一人撑篙，这船夫却是两手合一，丢了篙就去掌舵，或一手压着舵一手点着篙，把个小船点拨得如秀才手中的笔。向怀书也不由生出几分佩服，问了一句："老板，你这船上为啥没个帮手？"

船夫冷笑道："要帮手还不容易？川江两岸多的是。可你们七八号人，一大堆行李，这屁大的船儿，再加人载得下吗？"他说着，朝船角的行李扫了一眼，问道："你们是不是在上水找金子的？"

众人都笑起来。陶先生说："船家，我们跟找金子不搭界，是来摸摸大江的水有些什么脾性，比如能不能修水电站，如果有了电，你们就再也不会点煤油灯、打火把灯笼了，江上会有比现在洋船更大的轮船，一直从上海开到重庆……"

正说得高兴，船家突然一把将身上的青衫脱去，大叫道："都给我坐好，要过滩了！"

后来陶先生才知，那滩有三道，又称"鬼见愁、伏三跳"。年年在滩上出事的行船不计其数，住在这一带岸上的人家，一年四季烧的都是从滩上拾来的木船碎片。

一道滩是浅滩，阳光下只见浪飞鱼跃，生气勃勃。船上人只当玩乐，嬉笑不止，但船儿猛然之间，如离弦之箭飞也似的窜出，一船人噢噢惊叫，浪花扑面而来，迸得满船人全身透湿。正在惆然之际，飞速的船儿却又渐趋平稳，回首看去，滩已过了。

陶队长兴奋地叫道："船家，你快停船！我们要上去查勘一下。"

船夫理也不理。陶先生伸长手臂又叫喊了两句，船夫恶狠狠地骂道："哪个敢再乱动，老子一桡片铲下河去！"

向怀书一把将陶队长按倒。说时迟，那时快，只听耳边风声乍起，船儿像颠簸在凹凸不平山道上的马车，刹车失灵，狂奔乱窜，迎面一块巨石铺天盖地而来，顷刻就要撞得粉身碎骨，一船人惊恐得紧闭双眼，狂叫不止。只听哗地一窜，如婴儿奔出母腹。睁开眼来，船儿已在平如湖水的江面上荡漾。

陶队长擦去头上冷汗，挤出一道笑容："又过了一跳吧？看来，这伏三跳是有惊无险。"众人俱有同感，一个个苍白脸上又有了颜色。

但看那船家，却依然一脸凶狠。往前又行了半里，江水顺着山势一个拐弯，船儿刚顺过头来，船家突然脸色大变，猛添十分焦躁。

向怀书也失口叫道："糟了！"

众人顺着他们的目光看去，只见前方绿森森的江面上，竟有十多条木船排成了一字，将那江口堵得严严实实，船头站着好些人，正定定地候着他们。陶先生懵懵懂懂地问："怎么这么多船？他们是……"

"棒老二！"向怀书小声说。三峡人将土匪叫作棒老二。常年行走在川江上的怀书早知这一路暗藏凶险，但是祸躲不过，这时他脸上反倒镇定下来。

那被堵的江口正是船儿必行之道，除此之外的江面却是险礁密布，水浅之处不过船身，人称鬼见愁。这船夫用一根篙将船儿定住，江口那边喊过话来："乱世英雄，普济苍生！有钱拿钱，没钱留人！回话——"

留人就是要命，抓到船上将全身搜个干净，然后往水里一推完事，干净利落，连刀枪棍棒都不用。有那命大会水的，侥幸挣扎到岸上，棒老二起手就是一飞镖，胸口对穿死得更惨。船上人一听，慌得面面相觑，不由自主都将求救的目光朝怀书投来。怀书朝船家叫了一声："大哥！"

那船夫却将扔在船板上的青布衣拾起，一只一只袖子地慢慢穿着，像是没听见。江风吹过来，向怀书又朝他叫了一声："大哥！我们坐的是你的船，你看咋个办？"船夫冷冷道："你们上船时我就说过，我只管行船不管福寿。"他抬眼看了看怀书，又说："你不过是个帮工的人，我劝你一句，少管闲事！"

向怀书死死盯住船夫，说："善有善报，恶有恶报！大哥你做了善事，我姓向的会替你扬名……"

那边的话又传了过来："有钱拿钱，没钱留人！赶紧回话哟——"话未落音，一根箭唰地飞来，将这船儿的龙头射得梆地一响，随之落下水去。陶先生口吃起来："我们……哪……哪来的钱呀？盘缠都用……用光了，剩下的光洋都给了船……船钱啊！"

向怀书说："大哥，这位先生的话你都听清了吧？"船夫说："那你自己朝那边喊嘛！"向怀书说："我是个沙喉咙，喊了怕他们听不清。大哥你嗓子亮堂，劳烦你喊一嗓子，请兄弟们高抬贵手！"船夫低头扣着胸前的纽扣，一颗一颗地很仔细，说："我昨夜受了凉，想喊也喊不出来！"

向怀书一弯腰，将垫在屁股底下的包袱拎了起来，拍打拍打然后舒展在面前，从包袱里摸出一块洋钱，又摸出一块……一共十块，整齐地摆成了两堆，说："大哥你的船定得真稳，这么急的水，船儿都不摇晃，你看这钱稳稳当当的。"站在船头的船夫垂下眼皮瞟了瞟，说："你抬举我了！不是我船定得稳，是这钱堆得不算高。"

向怀书笑了笑说："钱堆得是不算高，但川江上的人有一句话：人情比天大！我向怀书这点钱送给大哥喝茶，此外请大哥给一个面子，我向家也是世代三峡人！"

船夫一副受急的样子："你这人真是，只管跟我说些什么？关我何事？"

"怀书！这钱可是你要养娃的呀！"陶先生听两人言来语去，不禁忘了惊吓，抢着说道，"怀书，让我来跟他们说，我们把衣服零钱都给他们，只求把我们的资料仪器留下……"

那船家紧盯着陶队长，还有他怀里那小小的褐色牛皮箱子，陶先生时刻抱着，一路没松过手。向怀书却说："陶先生，你把箱子打开，让这位大哥看一看。"

向怀书这一说，陶先生一脸惊异，将箱子抱得更紧了，仿佛就有人马上要扑过来抢似的，急急地说："怀书你又不是不知道，箱子里都是这一路的勘探资料哇！这些东西见不得水，哪能打开？"

向怀书脸上好些无奈，他看看陶先生，又看看船家，那人抱着膀子将头扭到了一边。怀书收回目光，叹了口气，将摆在船板上的洋钱一一收起，递到陶先生怀中，说："你替我好生拿着。"陶先生还没明白过来，怀书已是一个箭步跳上船头，一挥手拔起了定在江上的竹篙，船儿顿时一阵摇晃。

众人同声惊叫："怀书！"

船夫唰地回过身来，暴喝一声："你要找死啊？"

向怀书两手撑篙，淡淡一笑，说："看来这船儿，今天只有我来划了！"说着一篙撑去，船儿走动起来。船家也不再答话，抬手就朝向怀书一掌推去，怀书往旁边一闪，挥起篙杆横扫过来，船家一缩身子躲过，转身又朝怀书扑去，怀书又是一篙，正扫在他腰上，随后飞起一脚，将船家踢下水去。

江口那边的排船上顿时一片叫喊，有的拔篙，有的舞桨，朝这边而来。

那船夫好水性，眨眼便从江水中冒出，抬手抹了一把脸上的水，大声叫道："姓向的，你狗日等起！"陶先生这才有些明白："这船家跟那边的棒老二，都是一伙的？"怀书也顾不得答话，将船儿摆弄着，想绕过江口。那船家爬上　丛乱礁，叫道："姓向的，你赶快把船划过来！要不然兄弟们就要使飞镖啦！"

向怀书丢下篙杆，叫了声："陶先生，把你的箱子抱紧啦！"随之扳过舵把，对准险滩而去。船儿眨眼上滩，前仰后翘，似正月十五草扎的龙灯。又如风滚雷动，狼牙般的礁石扑面而来，只听嚓嚓几声巨响，船儿已过得险滩。

片刻间，离了那片黑压压的排船。

生死仿佛只在一线之间。

众人还没来得及喘气，突然听那陶先生一声惨叫："我的箱子！"

就在刚才过滩的一刹那，陶先生紧闭双眼，感觉胳臂被尖利的礁石划过，剧疼之下稍一松手，皮箱就在风驰电掣中簌入水中，只见它几个跌翻，骨碌碌顺流而下。陶先生惊叫之后来不及思索，探身就想去抓捞。

这江面，正是鬼见愁的最后一道关，人称"油锅"。江底恰是一个巨型的锅底，急流泄入，击起深处的江水，如煮沸的汤锅，旋涡连环，似蛟龙吞吐，就是水性再好的人到此也色变。箱子转瞬间就滚进了一片白浪翻腾的旋涡，陶先生还拼命地探着身子，没想到一个大浪将船儿一歪，陶先生竟从船舷一下子滑到了江中。

眼见得陶先生如飓风中的羽毛，在激流中沉浮，向怀书来不及说话，长啸一声，纵身朝激浪涛涛中跳去。

三

丧信报到官渡镇上。秀娘正在做一件小袄儿，针尖陡然戳了指头。当下正听得大门前有人呼叫，老爹前去开门应答，不两句失声叫道："怀书——"

秀娘听得清楚，心头不由骇然一震，本想站将起来，却猛地往后一栽，两腿间顿时热热地流出水来。

恍惚间，怀书穿一件白褂子，在碧波中踩行，那脸上亦悲亦喜，只是追赶不上。天上两只大鸟，忽扇着翅膀，盘旋不去。秀娘心下焦急，奋力竟然飞了起来，却沉重迟缓，飞得吃力，眼见得一江波涛，怀书素白身子逐浪而去，秀娘热泪奔涌，狂叫一声：

"怀书啊！"

便觉五内俱焚，疼痛难忍，霎时訇然降落，便落入一片漆黑。不知过了多久，耳边小鸟叽叽，睁眼却在床上，身边站了爹妈，还有接生的婆婆，一片唏嘘。秀娘左右张望，叽叽声出自身边包袱，裹一团皱巴巴粉红小脸，双眼犹闭。秀娘明白，怀书送来了儿子。

她喃喃叫唤："怀书！爹，你们快替我把怀书叫来……"

老秀才老泪纵横。妈俯身拢住她的脸庞，叫道："苦命的儿啊！"

当晚，陶先生和他的同伴来到了秀娘家，一个个浑身泥巴草屑，蓬头垢面，脸色青紫。江中死里逃生的陶先生双膝跪在秀娘爹妈跟前，涕泪交流。好汉向怀书奋不顾身，先是将陶先生推出旋涡，而后又将牛皮箱从波浪滔天的江水里捞出，扔到了小船上，可一排恶浪打去，将他卷入水底，再也没有起来。

陶先生他们在岸上奔走叫唤了一天一夜，哪里还有踪影？

"我们的命都是怀书救的，老爹爹，您让我们怎么报答啊？"陶先生抖抖索索地捧着怀书的白布包袱，说："这是怀书的衣物，还有工钱。"然后又捧出一堆零碎光洋，还有一块手表，说："我们出门多日，全队所剩盘缠无几，这些请二老和怀书娘子先做贴补，等我们回到宜昌，再来报答您老全家……"

老秀才打断他的话："不要说了，你们就是搬来一座金山，也换不回怀书。他的工钱我们收下，那是他的血汗钱，其他你们都拿走。"

正在这时，门外一阵风卷进一个人来，上前一把拎住陶先生的衣领，吼道："你就是那领头的吗？"

陶先生被他卡得脖子透不过气，看这小伙一脸胡子巴茬眼里布满血丝，想点头说是却说不出话来。老秀才一边忙上前掰开，说："怀田，不要行蛮！"一边又说："这是怀书的兄弟，他向家刚遭滑坡大难，老天爷真是没长眼啊！"

陶先生一行人忙给怀田赔着小心。

说到遇险的经过，向怀田再次暴跳起来，一把扯过跟前放着的褐色牛皮箱，说："就这个家伙？害了我哥哥的命！都是你们城里人哄人的！"

拉扯间，箱子扣扯开了，哗地滑出一摞子纸，流水一般泻了满地。陶先生慌了，扑上去捡了这张顾不得那张，索性整个身子趴在了地上，将那些纸死死地护在了身子底下。

"都是我不好，你要出气就朝我身上打吧！"陶先生嘴里叫着。

向怀田吼道："你当我不敢打啊？"

随行人见势不好，上前想拉劝，怀田想是来打群架的，不等人家开口，一顿拳脚打翻几个，然后悲愤交集："我向怀田没有了爹妈，只有这个哥，如今哥也被你们害死，我还留这条命做什么？干脆与你们一命换一命算了！"说罢抡圆拳头就要朝陶队长头上打去。

就在他拳头落下去一刹那，膀子突然被人架住，转脸一看，一个头缠黑帕、眉清目秀的后生站在面前。

"大哥，能听我一句劝吗？"这后生开口道。

向怀田粗声大气地："你是何人？"

"我是何人不关紧要。"后生说，"只是前日在滩上，亲眼见到事情经过，是我们放船过去渡了这些人。你家大哥仗义救人遭遇劫难，并非这几位之过……"

"那船家呢？他怎么不下水救人，偏只有我大哥？"向怀田道。

陶先生一旁战战兢兢地说："兄弟，那船家见我们落入水中，好歹还帮忙救起几人，后来才不知去向。"

向怀田对着那清秀的后生："川江上的船家谁不认得谁？你应当晓得，那船家是哪里人？"

后生摇头："一条过路船，哪个晓得？"

怀田恨道："八成你们都是一伙的，谋财不成便害我哥哥，现在又来装好人！今天你要不给我说清楚，别想走出大门！"说着，上前一把拉住后生。

后生长得单薄，右胳膊被向怀田捏住，疼得眉头一皱，嘴里不由滋了一声。

陶先生围着怀田团团打转："……大兄弟！大兄弟你莫错怪了好人！这事与他毫不相干……"他身后的人也都七嘴八舌，劝的劝，赔礼的赔礼。

向怀田一时心里乱成一团，眼见那后生一脸清纯，不像说谎之人，这陶先生也是一派斯文，满脸厚道，更不像为非作歹欺世之徒，难道哥哥之死，实属天命？更想到父母双亡，哥哥远去，都是无踪无影，连个尸体都没有，心里一时如同刀剜，忍不住双膝一软，大放悲声。这陶先生一行也是多日劳顿，饥寒交加，受了许多惊吓，还有说不尽的内疚，也是百感交集，满屋一片抽泣，越哭越悲。

正在此时，突然一声："兄弟！"

这一叫细小但却尖利如针，向怀田惊得顿时止了哭号。一屋人也都安静下来，却听屋里传来秀娘的声音："兄弟，你给我站起来！"

隔着门帘，那秀娘仍然将屋外点滴都看得真切："兄弟，你哥哥用性命救出来的，一定是贵人，我们怎么能怠慢？爹，妈！"待她的爹妈应过之后，秀娘又说："快给客人们让座，爹把您的金丝旱烟拿出来，妈您给客人泡上云雾茶！"

向怀田痛痛地叫一声："嫂子！"

秀娘说："兄弟你不要哭，你哥哥还没走远，莫让他心里难过！"

向怀田说："嫂子我听你的，不让我哥难过。"

秀娘说："他给我送了儿子来，还取了个名字，你哥给他儿子取名叫向波。"

"跳丧吧！"秀娘说，"给你哥把丧歌唱起来！让他走得热热闹闹！"

按照峡江的习俗，给怀书跳丧送行。

然后，吃秀娘家的峡江饭菜，新糯米合了蒿菜、豆干丁子和香葱，搅拌在一起上甑蒸过三刻，满屋清香。桌上自酿的苞谷酒，陶先生满满一杯祭了怀书，然后又斟满一杯，隔着门叫了一声："大嫂！我陶某人不会喝酒，但这杯酒我敬大嫂，我喝了！"

不想向怀田一手抢过，一仰脖喝净，不管陶先生一旁张口结舌。

"嫂子，我回宝塔河了！你和我侄子多多保重。"向怀田朝里屋鞠了一躬，转身离去。谁都没有留住。

怀田拿定主意，在一片废墟的向家屋场上再建吊脚楼。

好在九佬十八匠的手艺，自己每样都通晓一二，等进到深山买来木料，一根根修整成柱头、椽角、檩子，工夫虽然不是一天两天，但无论如何，他向怀田也要建起一幢雕龙翘檐、走马转角、亮亮堂堂的吊脚楼。

三次到后山耳子坝求娶梦桃，三次扫兴而归。耳子坝是一块高山平地，上得山去便道路平坦，稻谷飘香，梦桃家租种八亩水田，两亩山地，勤恳耕织，倒也衣食足够。梦桃父母说：你向家眼下名存实亡，梦桃难道随你去住岩洞？你倒不如搬到耳子坝来，家中一切现成，岂不是好？

向怀田摇头。梦桃父母恼了，说："你家哥哥不也是做了上门女婿吗？怎么你就做不得？"向怀田还是摇头。

他离不开那条大江，虽然大江在他身边，永远不言不语，缓缓地流淌着，仿佛一个身着道袍的长须老人，头也不回地拂袖而去；还吞噬了他一个个亲人，但却流淌在他血液里，除了恨，还有许多说不清的滋味。离开它，他的血会冷，会干的。这一切，怎么向梦桃一家说得清呢？

几番下来，人家便有了退婚之意，说："既是你再三不肯屈驾，便等你一年时光，若吊脚楼修好，花轿送了梦桃来，如果一年修不好，别怪我们断了亲。"

梦桃躲在里屋不露面，话都由她爹妈说。怀田眼巴巴地期待梦桃能走出来，哪怕给一个眼神，但没有。他孤单单走下耳子坝，便在山路上飞奔起来，人争一口气，她梦桃再好，他也不爱了。

回来住进岩洞，进门冷锅灶，出门不用锁，倒也省却许多闲事。他没日没夜地背脚下力、买料打石头，攒钱修屋。

坎下的小道走得少了，野草丛生，秋后的蚂蚱都蹦到了肩上。可有一天，就沿着那条道走来一个人，眉清目秀、头缠黑帕的后生子，笑盈盈叫了声："大哥！"

向怀田吃了一惊。他正在废墟上开出一方地盘，将背回的木料刨光、剔直，乒乒乓乓，干出一身躁汗。见这人，却是那天在秀娘嫂子家见过的，不知为何走到这里？心里想着，但脸上却没露表情。江边路，人人都走得，他干他的活，人家走人家的路。

"大哥会干木匠活？"

后生的模样伶俐，说话声音也好听，心里便不讨嫌。孤孤单单的向怀田搭了一句话："穷人子，哪样活不做呢？"

"大哥能帮我一个忙吗？"

"做什么？"

"修船。"

"船？"

后生子指着岩下的大江："我的半边船舷撞破好多天了，还没修。"

一提船，心里就莫名地痛，向怀田啪地将手上的斧头砍在碗粗的料上："找别人去！我又不是修船的。"

"我晓得你会修。我给你钱。"

真是奇怪，他从哪里晓得？从前也不认得。怀田拿起斧头干他的活，嘴里说："给钱也不修。"

"大哥！"后生子巴巴地喊道。

"我说了，你找别人去，莫在这里耽搁我的事！"

半天没有声音，人却又没走开，怀田忍不住回头瞟了一眼，却见后生脸色凄惶，垂下两行泪，瘦弱的削肩一耸一耸的。

"你，哭什么？"怀田的心被什么撞了一下，堤坝里的水渐渐漫延，自己不觉得声音柔和了许多，"你怎么不找别人？你家自己不能修吗？"

"我只有我哥，可他……死了。"

向怀田吃惊地丢下斧子。

后生泪眼婆娑的："我哥他，在江里受了寒，得了大病，冬月间死了……我不赶紧下河打鱼捞虾，怎么活？"

"你怎么不早说？"原来这世上，还有跟他向怀田同样苦命的人，这后生是个惹人怜爱的小娃子呢。他走过去攀住后生肩膀，后生却身子一扭。怀田叹道："你莫生气，我这就去替你修。"

后生子擦干泪水："我今天没钱付，日后捕了鱼虾还你。"

怀田说："哪个打算要你的钱？"

后生子的破船，藏匿在宝塔河岩下的芭茅丛中，向怀田在沙滩上支起架子，将船拖出来修。那后生在身边转来转去的，怀田只顾埋头干活，也不知他在忙些什么。擦黑时分，船舷补好，后生一旁叫着："大哥，饿了吧，快来吃饭。"

怀田奇怪，哪来饭吃？

后生手一指，却是三块石头架了火，熬着一锅鱼汤，又用树枝穿着几只一尺来长的鱼儿，烤得金黄，铺在沙滩的布袋上，堆着焦香的苞谷花。

此前一连好多天，吃饭都是敷衍了事，有时夹生半熟，有时就是几个生红薯，这顿意想不到的夜饭让怀田觉得鲜美无比，就着脆崩崩的苞谷籽，喝一口香浓的鱼汤，再撕一块冒油的烤鱼细细咀嚼，不由得想："这一天工夫真是没有白做。"

太阳落了峡谷，留一片温热在沙滩上，对面峰顶的向王庙，映在烧红晚霞的天际，轮廓清晰如画，傲然而又神秘。向怀田吃饱喝足，才想起连这后生的名字都不知道。

"你问我的名字？"后生嘴里咬着块鱼骨头，眼里闪过顽皮一笑，"袁（沿）江走。"

"袁江走？"向怀田悟过来，"你哄我？看我不揍你。"

后生子丢了鱼，连忙缩到一边："别别！"

"看你吓得，汗都出来了。"向怀田不屑地说，"我又不是疯子，真的就伸手打你了？"

后生子笑起来，揩着头上的汗，说："我知道你是逗着玩的。"

"都快立夏的天气，你还缠帕子做什么？"看那后生满脸是汗，头顶却还缠着一盘黑帕子，向怀田便说："你看我，一年四季光头，省事不说，又去火又不起风皮。"

他赤膊亮怀，光头剃得像青葫芦。后生匆匆看了一眼，正正自己的头帕说："人各有一喜，我这人就是爱包帕子。"

峡谷顶上，不知什么时候蹦出了星星，江滩的风凉沁沁的了，面前的火堆一闪一闪，捡来的柴火枝儿都快要烧完。后生站起身来要走，向怀田说："咳，你慌什么？"

后生说："太晚了。"

怀田说："晚怕什么？住我那里就是，莫看是岩洞，铺了厚厚的稻谷草，舒服得很。"

后生子像是没听见他的话，自去推船下江。向怀田只好伸手帮忙，一边说："你这人真不知好歹。这黑夜风高水急的，你吃得住吗？"

那后生却再不多话，只道了声谢，然后躬腰耸肩，将船儿连推带拉送入江中，一跃而上撑篙离去。

转眼，江滩空荡荡的。向怀田站在那里，心中不禁好一阵怅然。

白日在坡上薅草，歇锄时会忍不住朝那小道张望，隐约期待岩坎上冒出一盘蘑菇似的黑帕，继而是那张带着顽皮的小脸，脆生生叫一声："大哥！"

可一遍遍失望。

这世道，看来没什么让人相信的事，那后生甜言蜜语，说欠他的人情一定会还，却连个人影儿都没有了。孤单像一条蛇，在心里钻来钻去，除了到镇上看望嫂子秀娘和她怀抱里的侄子，怀田在这世上，活得无滋无味。

记得那后生说住在江上十五里的虎跳坪，有一天怀田到那边的铁匠铺打斧头，朝人一打听，却说根本没见过这人。怀田不相信，仔细描述了后生的长相，说他还有个死去的哥哥。人家更是摇头，说虎跳坪巴掌大个地方，哪户人家有红白事，坪上人都要去帮忙，哪会有不知晓的？肯定是向怀田弄错了人。

这一说向怀田傻了，他真有些怀疑自己那天是不是做了白日梦。可江滩上明明还有他曾砍下的木屑，新鲜的木屑，抓起一片，依然散发着清香。那人确实是来过的。

只有苦笑。

没想到的事又发生了。月黑风高的一天半夜，洞外一声唿哨，闯进几个人来。他夜里睡觉，只将两捆柴火放在洞口挡风挡野牲畜，没有门。来人叫了一声兄弟，将怀田从梦中惊醒，心中却也无甚害怕，已是穷得无家无业，也从来没与人结过仇怨，料想又能怎的？不曾想那人说道："只因寨子修筑工事，差些木头，借兄弟的一用，多有得罪！"

向怀田追出洞来，月光下，只见七八个棒老二正朝岩坎下掀着一根根木料，墨黑的大江传来通通的闷响。那是他多日辛苦攒下的料啊，向怀田急得大叫："你们给我住手！"

哪里由得他？一瞬间，堆在岩洞前的木料被掀得干净。他抓起斧头，要去拼个死活，可那群棒老二转眼如鸟兽散，他追下江滩，江上并无船儿，却见一根根木头顺着急流漂漂荡荡，一会儿便没了踪影。

多日辛劳全都付之东流，向怀田扑倒在沙滩上，心灰意冷，欲哭无泪。

二日清晨，蒙眬中被人推醒："大哥，你怎么睡在这里？"

那后生子水灵灵地站在他眼前，打一双赤足，露两节光滑的小腿，脸被晨雾撩得潮红，黑帕上点缀着一颗颗露珠……向怀田嗖地坐起来，一夜的气急败坏仿佛烟消云散，倒有些莫名的自惭，在后生子那双清澈的目光注视下，他感觉到自己浑身污浊，一脸晦气。

"大哥，你怎么了？"

向怀田这才说："……昨夜遭了棒老二，木料全被他们抢走了。"

"那你媳妇又娶不成了？"后生子惋惜地说。

"不娶就不娶。"向怀田心情忽然开朗起来，"单身独人还自在些，你不也是光棍一条？"

后生子微微一笑，说："好哇，大哥，我们兄弟俩都是光棍，不如来去做个伴吧。我做饭洗衣都会呢。"

向怀田心里一热，却说："你这人也没个正经话，你说你住在虎跳坪，虎跳坪哪有你这么个人？"

后生子眼神一闪，说："大哥还去找我了？"

向怀田不答。后生也不再问，却晃荡着手上的竹篓，他带来好些鱼虾，烧火架锅，片刻工夫就将热热的鱼汤摆在了面前，叫一声："大哥，吃饭吧。"更让向怀田想不到的，变戏法似的，小小茶碗喷香，后生子两眼笑眯眯地说："你端起来，喝一口，喝一口。"

那不是茶却是酒，三峡好水酿造的苞谷酒，一闻就知道。他好久都没喝酒了，一碗喝下去，一把火倏地蹿到了全身，再喝一碗，眼里的后生子脸也红喷喷的了，他叫了一声兄弟。

"兄弟！你不告诉我名字！不过不要紧，你就是我的亲兄弟！"他说，"我向怀田在这世上没有兄也没有弟了，你就是我的兄弟！"他说着，眼泪哗地淌了满脸，拿拳头捶着石壁，一下子手背就流了血。

后生子慌忙扶着他，将他的手抱在怀里，说："大哥，你别这样。"

后生子的怀里暖暖的，他的手也就一点也不觉得疼。他有很多话要对兄弟说，住在这岩洞里别的都不怕，怕的就是孤独，有好多次他都想奔到镇上嫂子家里去，可祖上传下来的向家这屋场，他得守着。

还有，火旺年纪，哪有真不想女人的？时常夜里睡不着，浑身的血腾腾地往一处涌，恨不得凉水泼，头撞墙，一拳将大江砸个窟窿。

"刚才还嘴硬，说不娶就不娶。"后生子抿嘴一笑。

"你笑什么？"向怀田火了，"我好歹还有个窝，看你上无片瓦下无寸土，穷得像只水老鸦，你要是能娶到婆娘，我就不姓向！"

后生子说："大哥，你我谁也莫嫌谁穷，既然都是遭孽人，那……我们就一起过吧？"

"一起过就一起过。"向怀田嘟哝着，"等我娶了媳妇，再帮你也娶一个……"

"大哥，有了我，你就不要再娶媳妇了。"那人红了脸，"你种田我打鱼，你砍柴我做饭，你挑水我洗衣……"

"是吗？你什么都会？"向怀田恍恍惚惚。

"我还会为你……生娃儿……"

向怀田的酒一下子惊醒了："你，在说什么？"

好似做梦，那盘厚厚的青布帕儿一圈又一圈，解开来，铺了半边沙滩，那瀑布般的长发就柔柔地泻下了，遮住了那人羞红的脸庞。身上的青云衣，像中弹的羽毛纷纷飘散，只剩下一片雪白，雪白之上耸起了两座如玉的山峰，巍峨得令人昏眩。

"……你是妖还是神？"

"大哥，我是人。"

"真的是人？"

"我叫妲儿，大哥，我是河上三十里的妲儿。"

妲儿，真真切切的女人，好女人！向怀田那时再也耐不住性情，扑上去一把搂住。向王天子祖先人，大江作证，从今天起，妲儿就是我向怀田的女人了。

四

每月十五前后，官渡镇上的邮差老远就吆喝起："向波，汇票！"

秀娘就开了小小的门，答应着，在邮差递过的本子上按一个手印。陶先生每月都给怀书的儿子寄来一笔钱，退回去三次，仍又寄过来，陶先生写了长长的信，说如果再退，他就只好亲自送来了。秀娘一家只好收下。

隔三岔五的，怀田去帮着做一些粗活，屋后的柴要劈，房上的瓦要捡，背脚的送来苞谷，要在石磨上推成粉子。做到晚些时候，秀娘下一碗挂面，卧两个鸡蛋，撒一层葱花，有时还会切一刀腊肉，薄薄的片儿，含在嘴里就化了，留满口余香。

怀田呼噜呼噜吃了，嘴一抹说："嫂子，多谢了。"

叫多谢就是要走的意思，秀娘会端庄地站起来，叫爹妈去开了门儿，说："叔叔慢些走。"有一天，秀娘多了一句话："兄弟，你啥时把弟妹领到家里来看看呢？"

怀田顿感惭愧。

妲儿做了怀田的女人，怀田本想热热闹闹地整酒，把三峡人家的亲朋邻舍都请到一起，可妲儿死活不肯，说我们又不是富人家，连个像样的房子都没得，整得什么酒？还是过自己的日子吧。

没有整酒，连嫂子秀娘家里也迟迟没去拜见，总想着有一天收拾得像模像样的，夫妻二人去登嫂子的门，但夏天过了，山上的树叶又都红遍，妲儿却还没见嫂嫂。有了妲儿的日子过得飞快。

妲儿会唱山歌，站在向家屋场的空坝子上，一唱峡谷里嗡嗡回荡：

> 幺妹打柴下山坡，
> 两眼只顾望情哥，
> 绊到石头脚踢破，
> 只怪石头不怪哥。

妲儿会在水里钻。红火日头晒软了手脚，妲儿便拉着怀田扔了锄头跑到江边上，脱光衣服，像条白鱼儿哧地就钻进了水里，好久好久见不到动静。急得怀田在岸上抓耳挠腮，一忽儿听见妲儿叫，搜寻半天却是在江心，妲儿水妖精一般冒出来，咯咯地笑。气得怀田不睬她，仰脸倒在沙滩上，一忽儿突然下了雨，凉悠悠落了满脸，一看天上却是烈日当顶。再看原来是妲儿悄没声息地钻了过来，往自己身上洒水呢。

有了妲儿，怀田觉得自己变得像小孩儿，俩人打打闹闹、疯癫嬉笑，家中没有了隔夜米，也照样不心焦。但时时想起来，该去拜谒嫂子，提了几次，妲儿嘴里答应着，人却扭头干别的去了。看出来妲儿对去官渡镇不是太热心。

嫂子这一问，怀田心急火燎地回到虎跳坪，收拾了几条鱼一包香菇一包洋芋粉，叫妲儿换了衣裳。妲儿说："非要现在就去？转眼就过年了，到时候去给嫂子拜年还不行？"

怀田沉下脸，说："我就这么个嫂子。"

妲儿不再言语，穿了青布衣，系上青丝带，衬得脸皮越发红润，见怀田只顾看她，便笑着问："我好看吗？"

怀田也不回答，上前朝那脸亲了一口。妲儿又问："你嫂子好看吗？"

"咳，你见面就知道了。"怀田拎了东西，拉了妲儿就走。

到了镇上，沿石板街走去，两扇木门紧闭，就是嫂子家。妲儿要上前捶门，怀田忙止住，轻轻叩了两下。片刻，门吱呀一声开了，秀娘爹妈忙喊客来了。正在厢房做针线的秀娘走将出来，妲儿和秀娘对视，脸上都微微一怔。

怀田忙叫："嫂子，这就是妲儿。"

这边又示意妲儿快叫嫂子，那妲儿却不张口，只是傻看着秀娘。

见那嫂子秀娘，穿一身素白衣衫，脑后挽了个髻儿，斜插一根淡白玉钗，脸上没涂脂粉，却是洁白无瑕，只一瞬间便收了吃惊，眼里平静如水，浅浅地哦了一声，闪开身子将他们让进屋里。

那堂屋也是一派洁净，桌椅原是桐油漆过，美丽木纹清晰可见。秀娘转身从灶上沏来一壶香茶，盈盈倒了两个半杯，等怀田和妲儿接稳杯子，那边早已端出瓜子红橘几样吃食，说道："兄弟、弟妹，你们随意尝尝。"

这才端然坐下。忙的这一阵，身手半点不乱，举手投足无不得体，虽衣衫宽松，仍可见身子苗条婀娜，那眉眼秀美，更是非同寻常。

平日妲儿嬉笑打闹，简直没个正形，此时却安静得像是变了个人，手也没处放似的，在膝上摸来摸去，怀田不时拿眼看她，她却只是瞟着秀娘，心思完全被秀娘吸去。

菜也做得精细，细瓷白碗，点了一枝鲜红的腊梅，妲儿端在手里，只是转着看，半点才吃一口，秀娘不断往他们碗里夹菜，妲儿灿灿地笑，却吃得很少。

回家的路上，怀田一把拉过妲儿，搂住肩头，说："你今天怎么了？话也不会说了？"

妲儿将头偎在怀田的肩上，叹了口气："咳，秀娘才是个好女子呢！我看来看去，我是怎么都比不过她的。"又抬起头来，盯着怀田说："有句话你听不听？"

怀田道："你这人真是，说也没说，我如何听？"

妲儿说："要是没有我，你该娶了秀娘才是。"

怀田勃然变色，吼道："妲儿，你再瞎说，我撕了你的嘴！你是想挨打是不是？"

虎跳坪一条小径绕下长江，转过两道拐，江边一块馒头石，可立脚可系船。

前十多年，便开始有戴着红黄盔帽的陌生人从小径爬上虎跳坪，站在向怀田嘎公的门前对着峡口指指划划。

不久对岸人来人往，修一条通往江边的公路，炮声震得屋顶直颤。

"他们要做什么？"怀田问。

女婿是乡长，明白底细，女婿斟上一杯酒，双手捧在嘎公向怀田面前："爹，国家要修电站了！"

怀田没当回事，国家修国家的，自家修自家的，妲儿在世没住上好屋，他得替她把坟再修修。那是一片好坟场，占的是虎头凤尾，正对峡口，风水涌来，满山松杉翠柏，随风吟唱。

几十年过去，怀田脸上沟壑纵横，额上三道虎王纹，眼角撒满渔网丝，牙也去了四五颗。却不减当年矫健身手，上坡下坎，如履平地。多年积的心愿，除了替妲儿修坟，还要整修向家屋场。

那时女婿急了，说："爹，你莫修了！"

怀田说："你管你乡上的事，不要管我。"

女婿和向波赶到虎跳坪的时候，嘎公向怀田正站在高坡上指挥拆屋。

一班帮忙的按照吩咐上了屋顶，稀里哗啦揭了瓦。瓦是青瓦，土改分的果实。瓦上存土，长着两棵青草，不青不黄。拆了瓦，一明两暗三间土房就没了样子，光秃秃地露出断墙残壁，墙上的裂缝指头粗，像爬着一条条小蛇。墙倒众人推，一转眼，稀里哗啦，老墙土扬起的尘埃，远看就像江边烧着火灰。

怀田扯起嗓子一声吼："修屋噢！"

女婿隔老远就喊："爹，爹！搞不得！"

怀田说："什么搞不得？"

女婿拿眼看向波，女婿只是半个儿，不敢在嘎公面前说直话。向波走上前，叫一声："二叔！"

向波自小孱弱多病，下巴尖尖的，每日陪母亲守在木楼里，寡言少语，但出奇聪慧，五岁能背《三字经》，练出一手好字。

怀田每次去看这小小人儿，心里就酸疼，嫂子秀娘给他一份宁静，又给他一份酸楚，每逢离去，松开向波的小手，看那两扇紧闭的大门，便不禁湿润了眼眶。终于有一天，向怀田把话说出了口："嫂子，你把向波过继给我吧。"

嫂子扬起秀美的眉毛，面带惊讶。怀田说："我会待他像亲生儿，尽心尽力让他读书……"

秀娘说："兄弟，那我做什么呢？"

怀田说："嫂子……你这么年轻，你，你另走个门子吧。"

秀娘纤纤细指捏了多年的绣花针，那时伸直了，啪地在怀田脸上留下了五个指印。

怀田捂着脸说："好嫂子。"

但心里却把向波当成了自己的儿子，就在这虎跳坪，守望着这孩子长大成人，读书又当了老师，结婚生子，一眨眼的事，向波的儿子嘉国也成大人了。

可这亲如儿子的向波也说："二叔，这屋场不能再修屋了。"

"这……虎跳坪要淹，向家屋场也要淹，山上的坟茔也要淹，您老不能再在这里修屋……"

向怀田颤颤地临风站着，光头上沁出豆大的汗，手一抖一抖。

女婿说："三峡这一方的人好多都要搬迁，我们……也要搬呢……"

"向家世世代代就在这里，哪朝哪代的皇帝也没赶过，你这个当乡长的赶到我头上来了？"

"不是我……"

"那是哪个？哪个拿的点子？你去找来同我说说理。"向怀田说："修电站就修电站，哪里不可以修，偏偏要淹我向家的屋场做什么呢？"

端的好所在，一明两暗三间瓦房背靠青山，面对江水，竹林环绕，门前一块平整的场坝，又栽种些柑橘葡萄，异香袭人，蝴蝶蜜蜂乱飞。举目眺望，山川寥廓，零星炊烟如云似雾，却是相去甚远。静谧之中，尚有峡谷波涛奔涌，击起潺潺水声。

小径上走来嘉国。在省城读书的嘉国，向波的儿子，放假回来了。套一领白白的体恤，头发湿淋淋的，刚从江里爬起来，拉住怀田的手，叫了声爷爷。

怀田就怕孙子，一叫心里就化开了。

嘉国说："爷爷，您不是要带我祭祖吗？"

怀田告诉嘉国，从前，老辈子留下的话。

族谱上更有详文记载：远祖向斯安，元顺帝至元二年受封为征西将军宣抚都总管，同其弟斯重，子大雅等平西川变乱，百日凯旋，特授靖安宣抚都督……大雅有八子（派行汝，分名山、河、湖、海、龙、虎、彪、蛟），于元明鼎革之际，避祸分手，将八耳鼎锅分为八块，各执一片，以为他日子孙认同的信符。后代乃称"八耳锅向氏"。

现在那信符，跟随祖先来到三峡宝塔河，就埋在这向家屋场的地底下。

嘉国问："爷爷你看见过吗？"

怀田摇头，说那不是给人看的，那就是埋在这山上，世世代代跟向家人在一起。

嘉国说："我明白了。"

怀田带着嘉国去看老辈人的坟园，就在向家屋场的后山，怀田当年给消失在江中的父母砌起了衣冠冢，还有妲儿的墓。

暮色中，向怀田蹲在妲儿的坟头喃喃自语。妲儿，你一直想有个家，我怎么能撇了你呢？

这三峡，每到七月十五过月半，出嫁的姑娘都要回妈屋，烧纸钱，祭祖先。"年小月半大，神鬼也歇三日驾"，山间的小道上走着一个个花枝招展的女人。妲儿却说无家可回，妲儿说，妈屋没人了。

但那年一个包帕子的燕儿客突然出现，妲儿给怀田说是妈屋的远房哥哥，没得吃了来借粮，怀田给了他两升苞谷籽。日后又来了，要的东西越发多，油盐柴米，连园子里的青菜也挑走几担。妲儿翻脸作色，朝那人一顿痛骂，那口气不像是对自家哥哥。

怀田早有疑心，问："妲儿，你给我说实话，那男人是哪个？"

"你说呢？"妲儿冰雪聪明，"你当是我的野男人？"

呛得怀田反倒说不出话。但那男人临走时狠狠的样子让怀田担忧，男人说："你妲儿不讲情义，也莫怪我心狠手辣。"这话说得根本不像自家人。

妲儿却若无其事一般，夜里同他亲热，如火如荼，激起他夜夜在她身上操劳。虽然俩人还住在岩洞里，但妲儿心满意足地挺着大肚子，在坡上薅草，在灶上煮饭。不几年，遇到穷人翻身，分给他们不少富人的家业，妲儿欢喜得手舞足蹈："这下好了，我们要有屋住了。"他俩盘算着，先打土墙盖一明两暗，等日后有钱，再盖一幢走马转角楼。

可那年秋天，眼看屋就要盖起来，他和妲儿正在背墙土，小路上走来两个挎盒子炮的同志，点名道姓叫妲儿，到县里走一趟。他惊呆了，疯了一样拽住妲儿："妲儿，你怎么不说话？他们凭什么带你走？"

妲儿却像中了魔法，只是流泪，服服帖帖跟着走。他追到峡口，妲儿被捆上骡子，跨嗒跨嗒一阵风过了山湾。他追到县城，城里贴了好多标语——清匪反霸肃清反革命，转悠了几日，不知道该上哪去找妲儿。

后来看到人们都往一个地方去，小学校操场开大会，台下黑压压的人，台上一排人低着脑壳，怀田也跟着走进操场，一眼就看见妲儿的绿衫子，心跳都停了。他女人妲儿，同一排地主反革命土匪头子站在台上，妲儿也是土匪，是河上有名的土匪头子"伏三跳"的亲妹子。

过了三个月，妲儿被放回来了，变了一个人，脸上总是怯怯地讨好地笑。"我没做过恶事，"她说，"……真的没做过。"他抱住妲儿，热泪盈眶。

"我相信。"他说。

妲儿说，她生下来就没有父母，是哥哥带她长大的，今天歇村寨，明天歇岩洞，她在马背木船上长成了人，风里来雨里去，不得不一年四季女扮男装，好羡慕那些住家户的女孩儿，比方秀娘。

妲儿说，那年给怀田的哥撑船的正是她哥"伏三跳"。他们本来预备拦截下陶先生的勘查队，但她哥最后改了主意，或许是看怀田的哥哥那么救人，他也帮着救了几个，才弃船而去。就在那年冬天，他受了风寒一病不起，死在了冬月。

妲儿跑出土匪窝，来虎跳坪找了向怀田。后来同伙来人叫她回去，她不肯。山不转水转，没想到解放后，被人告到了县里，说妲儿欠过人命。

"我没害过人，我只想有个家。"妲儿说，"好想好想……第一眼我就看上你了……但没想到却害了你……"

"你没有害我。"怀田说，"妲儿，你是好女人……"

"旁人不这么看。"妲儿惶惶地说，"……他们朝我吐口水……"

"别去管他们，妲儿。"怀田抱紧了她，亲她冰凉的脸，"我会好好疼你。"

但妲儿的身子热不起来，她常是怏怏地发痴，一动不动地盯着江水，怀田一叫妲儿，她就受了惊似的一颤，脸上即怯怯地笑，笑得怀田心里好疼。

"妲儿，你别这样，我求求你。"

妲儿慌作一团："……是我不好，是我拖累了你……"

他只好什么也不再说。

她终于死了。最后身子瘦得像一只小猫，轻飘飘的。她好多天什么也吃不下，只是歉疚地看着怀田，看着女儿。"……我好舍不得……"她最后说。

向怀田将她埋在爹妈的坟旁，妲儿不会孤单。她依然可以每天看着江水，看着她的男人和女儿。怀田在妲儿身旁择好了地方，她什么时候一声召唤，他就立马前往，那时就可以重新相依相伴了。

因此，他向怀田今生今世，还能搬往别处去吗？

"嘉国，你说？"

从坎上的林子里钻出来，孙子伸过手，扶住了他。

五

怀书在江上出事的四十五年后，孙子向嘉国就读水电专科学校，在校图书馆查得有关长江三峡的水运资料，有民国时期国民政府拟具的《勘测河道大纲》。

"查江之病，在于河道过陡，水流湍急，一泄而尽，兼之滩礁林立，航道阻碍太多。故整理之道，在于筑坝蓄水，炸平礁石，便于航运为主……"

向嘉国选择了一处光线明亮的窗户底下，翻阅着那些陈旧的书页，突然心里涌起一种莫名的悸动，那一行行字越看越活灵活现，仿佛生动地挤涌着，向他诉说。他看了很久，然后冲动地站起来。第二天，回到了宝塔河。

跟着怀田爷爷祭过祖坟，回到拆毁大半的向家屋场，那夜月色出奇明亮，月升中天，照得峡口白昼一般，山形依旧水也依旧，风过处树影摇晃，怀田爷爷临风淌下两行清泪。

嘉国和爹向波恭敬地站在旁边，嘉国说："爷爷，我奶奶请您明早过去。"

怀田转过身来："你奶奶？"

跟嫂子秀娘，除了逢年过节，平素并不常常走动，挂牵只在心里。

"有事吗？无事就先不过去了，我明早还得叫人把这里剩下的墙拆掉，过了十五，就要砌新墙造新屋了！"

嘉国看看爹，又看看怀田，说："爷爷，请您的话是奶奶亲口说的。"

向怀田不吱声了。

二日早起，路上的露水还没干，向怀田已来到镇上。摸一摸那扇光滑如冰的大门，一步跨进去，叫一声："嫂子！"

顿时有人回道："哎！"

那声音脆若处子，又婉转如莺，多少年里，总在心里回荡。怀田一时眼热，再向前去，就看见那秀娘嫂子了。瘦弱挺拔，慈眉秀目，苍苍白发梳理得一丝不乱，端坐在堂前，只是双目早已失明，一动不动地望着前方。

好比昨日，嫂子秀娘走过来，用几张阔大的桐树叶将一锅红薯苞米饭包了，又拿过一筒炒熟的苞谷籽、坛子里的萝卜泡菜，还有换洗的夹衣单衫，一双新鞋，千层底以及比蚂蚁还细的针脚，要向怀田换上，说："下力的人，千万莫光打赤脚，白天还不要紧，晚上坐在那里沾了湿气，将来腿要得风湿。"

"嫂子！"怀田一声叫回了几十年。

嫂子秀娘下得座来，两手朝前探寻："兄弟，兄弟，你好稀客呀。"

"嫂子，我早想来看你呢。"向怀田两眼如潮。

一时间，向波和女人，还有嘉国，端上酒菜来，板栗烧鸡、清蒸鱼、过桥肉、粉蒸排骨，四盘八碗摆得齐整，全是三峡一带人爱吃的菜。酒杯斟满，嫂子摸索着递到向怀田手里："兄弟，这杯酒要请你代喝，为的是你哥九泉之下终于可了心愿了！"

向怀田不解。

秀娘叫道："向波，把陶先生的信拿来。"

"陶先生？"

当年勘测队的陶队长，陶先生，是向家人的世交，嘉国上的大学，陶先生是那里的元老，现在是国家水电部门的总工程师，陶先生的信中写道，他要在三峡电站工作一段时间，这电站就是他们几十年勘测的结果，其中向波的爹怀书舍命从水中抢出的牛皮文件夹，为电站的修建提供了重要的资料……

"兄弟，"嫂子秀娘笑开一朵菊花，朗声说道，"人生自古谁无死，你哥哥他死得值得，你说是不是？"

嘉国说："我在陶先生的设计院看过电站设计图，大坝建成以后，坝内江水上涨，成一个百里长湖，而江中的险礁，还有我们现在坐着的地方就都——成为湖底了。"

酒过三巡，向怀田未发一言。

最后酒足饭饱，两只筷子并拢，齐齐放下，站起身来说："嫂子，我多谢了！"

嫂子秀娘两眼空若无物，含笑道："兄弟，你吃饱了？"

怀田说："吃不动了。"

秀娘说："那你走好。"

女婿乡长走村串寨，处处碰钉子。搬迁户都说："你把你的爹请动了，我们一声噢嗬就搬家。"各路人轮流来看向家大爹，向怀田自是"老死不开口，神仙难下手"，依旧请人到镇上买水泥、木料，一派重建吊脚楼的架势。眼看三峡工地日夜施工，搬迁期限日近一日，女婿急出一嘴燎浆泡。

忽一日，向怀田突然传出话，要在八月十五这天动工，是儿孙的，都请到堂。

这天晴朗，好太阳，山巅翠微，江水清澈透底。向怀田光头发亮，穿一身崭新衣裳，精神矍铄。儿孙来得整齐，几十个请来帮忙的乡亲早候在坪坝，只听吩咐。

炸过鞭炮千字头，向怀田对太阳底下一班人说道："起坟！"

原来，要将向家的亡人请进多年居住过的岩洞，然后用水泥浇灌，封住洞口。众儿孙听得明白，回过神来，不禁脸色肃然。

忙碌之间，女婿小心翼翼地问了一句："爹，您答应搬迁了？"

向怀田没有回话。

到得下午，山上坟茔的先人一一被安置进洞，正要砌洞之时，向怀田喊道："且慢！"众人不解，怀田却道："把我的寿枋也抬进去。"

众人大惊。

三峡人古来就有为自己准备寿枋的习惯，十年前，向怀田的寿枋就已备得，年年复上油漆，枋面光亮如镜。这天早起，他在寿枋内轻轻放下一套青云衣——是妲儿当年亲手为他缝成的青布裤褂，他一直没舍得穿。

"这宝塔河，向家世代的地方，到了我这辈断不得根。"众人听得脸色发紧，向怀田却说出一句让人出乎意料的话来，"国家要做大事，我向怀田不好说不搬，也由不得我。但我日后死了，请各位将我送回宝塔河。"

女婿叫了一声："爹！"

向怀田说："到时候，在水下开了这洞，我要睡进这枋子里！"他凝视着幽深的岩洞，儿孙早流下泪来。

"你们，听清了没得？"向怀田吼道。

"听清了！"儿孙们也一声吼。

黑漆寿枋十六人抬，缓缓靠进洞的深处，与亲亲的父母，还有哥哥怀书，还有心肝女人妲儿，紧紧挨在了一起。砌起一块块三峡石，洞口眼见着一寸寸弥合，再远远望去，便没有了洞，只有浑然一体的大山，以及山下的江水。三峡的风、古老的风，抚摸着它们。